一错再错

百年江南·范小青中短篇小说集

范小青 著

四川文艺出版社

图书在版编目（CIP）数据

一错再错 / 范小青著. — 成都：四川文艺出版社，
2020.1

（百年江南·范小青中短篇小说集）

ISBN 978-7-5411-5524-6

Ⅰ.①—… Ⅱ.①范… Ⅲ.①中篇小说—小说集—中国—当代②短篇小说—小说集—中国—当代 Ⅳ.①I247.7

中国版本图书馆CIP数据核字（2019）第214835号

BAINIANJIANGNAN FANXIAOQINGZHONGDUANPIANXIAOSHUOJI

百年江南·范小青中短篇小说集

YICUO ZAICUO

一错再错

范小青　著

出 品 人　张庆宁
策划统筹　崔付建　陈　武
责任编辑　金炀淏　彭　炜
特约编辑　罗路晗
责任校对　汪　平
封面设计　叶　茂

出版发行　四川文艺出版社（成都市槐树街2号）
网　　址　www.scwys.com
电　　话　028-86259285（发行部）　028-86259303（编辑部）
传　　真　028-86259306

邮购地址　成都市槐树街2号四川文艺出版社邮购部　610031
印　　刷　山东泰安新华印务有限责任公司
成品尺寸　149mm×215mm　　　开　　本　16开
印　　张　19.25　　　　　　　字　　数　210千
版　　次　2020年1月第一版　印　　次　2020年1月第一次印刷
书　　号　ISBN 978-7-5411-5524-6
定　　价　38.00元

目　录

洗衣歌

一

　　在杨湾中学最漂亮的女生是陆红，这是大家公认的，当然这样的事实也只是在陆红就读于杨湾中学的这一段特定的时间内。现在陆红刚刚升入高中一年级，这就是说，陆红在杨湾中学还有三年时间。那么在这三年时间里会不会出现一些意外从而改变这一事实呢？比如陆红本人有关她的容貌她的体形她的其他什么会不会发生某种变化，女大十八变，这应该说是正常的，或者有没有另外的可能，比如在这期间有一个或几个更漂亮的女生转学到杨湾中学来，或者陆红她自己中途转学出去不再是杨湾中学的学生，等等，这些都是很难预测的，有可能发生也可能不发生。

　　杨湾中学是一所完中，有初中部和高中部。陆红初中并不是在杨湾中学读的，她是在杨湾镇南边青云公社的乡下读的初中，然后她从那里考上了杨湾中学的高中。很显然陆红的成绩是不错的。1972 年在杨湾那一带农村初中毕业生读高中的比例大概是三十比一。

　　杨湾中学高一年级的学生中大约有一半是从杨湾附近的农村初中考上来的，对杨湾中学来说，他们是新生，他们被统称为"农村同学"。高一新生的另一半是从杨湾中学的初中部升到高中的，他们好像不能算作新生，几乎应该是老生了。他们的家大都在杨湾镇上，为了区别于"农村同学"，老师称他们为"杨湾同学"。杨湾同学住在自己家里，而农村同学则住在学校的集体宿舍。

　　陆红是从乡下考上来的，自然属于"农村同学"。但是陆红并不是农民的孩子。陆红的爸爸妈妈本来是杨湾镇医院的医生，他们在三年前下放到青云公社，在大队里做赤脚医生。他们把陆红的奶奶、陆红的姐姐和陆红一起带了下去。所以说到底陆红还是一个杨湾人。

　　杨湾并不是一个很了不起的地方，杨湾只是一个很普通的水乡小镇。但是住在杨湾的人谁都不想离开杨湾，而离开了杨湾的人又都想回到杨湾，比如陆红的爸爸妈妈，陆红的姐姐陆青，还有陆红她自己。每个人都有他自己的生存位置，只有在自己的位置上，才能安下心来，这并不奇怪。

　　陆红现在回到了杨湾，她是不是该安心了呢，也许还没有，因为她的爸爸妈妈，或者说她的家还在乡下，陆红仍然被划在"农村同学"的行列中，她住在学校的集体宿舍。

　　已经说过杨湾是一个很普通的地方，但这并不是说在杨湾就没有什么值得杨湾人骄傲的内容。比如杨湾的万佛塔，就是很有名的。

不过万佛塔因为年久失修，几乎无人问津，几年来一直处于一种门可罗雀的冷清状态。现在大家也不大提起它。而作为省重点中学的杨湾中学也曾经和万佛塔一样冷清了一阵，现在却开始有了一些欣欣向荣的趋势，在杨湾中学以往的毕业生中，有一些人是相当有成就的。另外杨湾中学的文艺宣传队和体育运动队也都是有传统的。杨湾中学曾经送出去一些文艺骨干和体育尖子，经过进一步的培养，其中的一些人后来果然成了才。

每个新学年开始的时候，文艺宣传队和体育运动队总要到新生中招兵买马。

就这样大家才发现陆红长得很漂亮。陆红在刚进校的时候，并不引人注目。她穿一件颜色很老气的衣服，是她母亲的旧衣服改的，见了人总是低垂着眼睛。

宣传队的殷老师说："陆红，你愿不愿意参加宣传队？"

陆红当然是愿意的，但是她很不好意思，她说："我不会……"

殷老师笑起来，说："唱歌跳舞，学一学就会了。"

陆红也笑了。

陆红进宣传队很顺利，别人没有什么疑义，因为陆红长得漂亮，这是事实。但是一个人长得漂亮并不等于这个人就一定有文艺方面的天赋。以后的事实将会证明，陆红就没有什么艺术天赋。

陆红第一次参加宣传队开会，她坐在一个角落里，很难为情。殷老师把她叫到当中，介绍给老队员和其他新队员。殷老师介绍陆红时很得意，他好像在向大家展示自己的一件宝贝。

陆红红着脸对大家笑笑，然后回到座位上。

开会的时候殷老师讲话，老队员却不听他的，叽叽喳喳互相说话，分开了一个暑假，见了面，有好多话要说。

殷老师也不生气，讲几句，他就停下来看着大家，然后再接下去讲。陆红当然是很认真听的，殷老师说的话她觉得句句都很好听，殷老师是音乐老师，他从前是在音乐学院学声乐的，嗓音很好。

后来殷老师就点了一个女同学的名，他说："屠丽丽，你老是说话，我叫你学的歌，学得怎么样了？"

陆红看这位名叫屠丽丽的女生，她是一个塌鼻子，而且不是一般稍微有点塌，她塌得很厉害。鼻梁和脸几乎是一个平面，因此整个脸就显得很扁，又很大，像个向日葵。陆红认为屠丽丽长得很不好看，但是长得不好看，怎么到宣传队来，她不明白。

屠丽丽朝殷老师一笑，说："唱给你听。"

殷老师笑笑，随手拿起一架手风琴，拉了一段过门，拉得很轻，很柔，把陆红的心都弄得软软的，屠丽丽跟着节拍唱了起来，她唱的是《洗衣歌》。

> ……是谁帮咱们翻了身哎，
>
> 是谁帮咱们翻了身，
>
> 是亲人解放军，
>
> 是救星共产党……

陆红听屠丽丽唱了几句，就被她的歌喉惊住了，她觉得自己从来没有听过这么好听的歌。

屠丽丽唱完以后，很骄傲地看看大家，又看殷老师，殷老师很高兴，他拍拍屠丽丽的肩膀，脸朝着陆红坐的这边说："她是我们的小郭兰英。"

陆红那时候还不知道郭兰英是谁，但是她确实是十二分地服帖屠丽丽了。

屠丽丽扭了一下肩膀，回到自己座位上，她正好坐在陆红旁边。陆红看她走过来，就有一种威慑的感觉。

殷老师放下手风琴，又对屠丽丽说："你的五线谱，怎么样了？"

屠丽丽翻了一下白眼，说："黄豆芽，我学不会。"

殷老师叹口气，说："你呀。"

然后殷老师又同别的宣传队员说话，趁这时候，屠丽丽扭头对陆红笑了一笑。

陆红很开心，又有点胆怯，也笑了一下。

屠丽丽却突然严肃地说："你要当心殷包头。"

陆红吓了一跳，殷包头，她想肯定是指的殷老师。殷老师的头确实是梳得很光，向后包着。在1972年那时候，男人梳这样的头是很少的。陆红朝殷老师的头看了一眼，想笑，却没有敢笑出来，她看着屠丽丽威严的脸，有点害怕。

屠丽丽说："我跟你说，殷包头最喜欢跟长得漂亮的女生在一起。"

陆红只是发愣。

屠丽丽看陆红发愣，突然又笑起来，说："不过你也不要怕，有什么可怕的，殷包头人倒是很好的，他答应今年推荐我考文工团呢。"

陆红有些茫然地看着屠丽丽。

会议到后面，就转入正题，由殷老师大体上讲一下本学期宣传队的任务，要排的节目，几个新队员暂时不安排角色，因为先要练基本功，老队员都 一分配了任务。

因为暂时没有具体的任务，陆红的心里轻松一些，对于老队员要排的节目，她也没有认真听，她只是想着屠丽丽的话，忍不住要去看殷老师的包头，一看，就想笑，但又不敢笑，一直到最后，她才听清了殷老师的话。

殷老师说，这个学期最大的一个任务，是排一个慰问解放军的节目，元旦前要到县里参加会演。全县几所重点中学，一家出一个节目，这是辨苗头，看水平，比高低，所以这个节目是本学期的重点，内容已经定下来，大型舞蹈《洗衣歌》，由屠丽丽独唱，跳舞的演员是十个女生和一个男生。女生演藏族女青年，男生演解放军班长，内容主要是藏族女青年帮助解放军洗衣服。歌颂军民鱼水情，慰问解放军，这个节目是很合适的。

但是十名女演员现在只有八名，还缺两人，等新队员训练一个月基本功以后，再从新队员中选出来，反正时间还早。

殷老师一边说，屠丽丽一边又哼唱起来："搓搓搓搓就格搓搓，嗨，勒斯，帮咱们亲人洗呀洗衣裳哎……"

一时大家都有点激动，一起唱，连陆红也受了感染，虽然还有些拘谨，但也跟着哼起来。

以后在每天下午的课结束之后，陆红就到宣传队去，老队员归老队员排练节目，新队员在一起练基本功，殷老师两边照顾，更多的时间，他在新队员这边。

所谓练基本功，就是根据各人的特长，喉咙好的，学唱，从简谱学起。身材好的，学跳舞，从基本的舞步学起。其他比如擅长乐器的，也都各练各的。

　　陆红身材好，当然排在跳舞队。开始的时候，殷老师教他们练基本功，弯腰、绷腿、旋转等等，然后就用乐器配出曲调，让大家跟着曲调练一些基本舞步，要求并不高，只要合上节拍，可是陆红总是跟不上拍子，踩不上点子，不是慢一点，就是快一点，她心里很着急，每天下午练过，晚上在宿舍里还自己哼着拍子练来练去。

　　一个宿舍，住七个人，参加宣传队的，当然只有陆红一个人。这些同学，入高中之前，在自己学校都是尖子，但是一进高中，尖子和尖子堆在一起，就显不出尖子来了，只有在以后的学习中拿出好成绩来，才能成为新的尖子，所以大家都很用功，晚上是要看书的。陆红在宿舍里转来转去，影响她们，有的同学好说话，也有的人不好说话，就有些意见。当然也或者她们看陆红一进校就参加宣传队，就引人注目，她们有些妒忌也是可能的。好在陆红的为人十分谦和，大事小事处处让着别人，不同别人计较什么。倘是在宿舍练舞步影响同学看书，她就不练了，或者一个人到体操房去练。所以一段时间下来，陆红和同宿舍的几个同学相处得都不错。

　　陆红如果晚上到体操房去练，一个人总是有点害怕的，同宿舍的赵水娥说："我陪你去吧。"

　　陆红不好意思，赵水娥说："不要紧的，体操房这么大，你跳你的舞，我看我的书，不影响的，我看书不怕吵的，从前我在家里看书，一边轧稻还一边看呢。"

　　赵水娥也是青云公社考上来的，虽然和陆红不在一个初中，但来自同一个公社，先就有了几分亲近。赵水娥是农民的女儿，十分朴实，待人很诚恳。其实一开始赵水娥曾经把陆红看成另一种人的，因为陆红漂亮，城里人的坯子，大家注意她。赵水娥以为陆红会很傲气的，可是相处下来，她觉得陆红人很好，她很喜欢陆红，她就愿意帮助陆红。

这样晚上陆红常常由赵水娥陪着去练舞。陆红是很刻苦的，但是她的动作很笨，怎么练也达不到要求，有时候赵水娥不看书，看她练，看了一会儿，赵水娥倒看会了。陆红还是跳不起来，赵水娥忍不住过来指点她一下，陆红很伤心，说："我不想练了，我太笨了。"

赵水娥总是鼓励她。

一个月过去了，殷老师让新队员每人跳一段舞，算是考试，同时就要定下人选，补足《洗衣歌》缺的两个人，跳过之后，很明显，陆红跳得比较差。

殷老师在定夺两个人选的时候，看得出他犹豫不决，最后殷老师点了两个人，杨新新，陆红。

报出陆红的名字，其他的队员神色并不大好看，还相互做眼色。

陆红低着头，不敢看人，听殷老师说："今天就到这里了。"她想往外走，却被殷老师喊住了。

殷老师说："陆红，怎么，有什么思想问题？"

陆红很难过地说："殷老师，换个人吧，我肯定不行的。"

殷老师说："试一试，努力一下，反正时间还长呢。"

陆红不好再说什么，点点头。

殷老师拍拍她的肩，送她出来。陆红想起屠丽丽的话，她让开了殷老师的手。

陆红暗暗下决心，就是不吃不睡，也要练好《洗衣歌》。

过了几天，陆红下午排练过后回宿舍，满脑子是《洗衣歌》的词："……是谁帮咱们翻了身哎，是谁帮咱们翻了身，是亲人解放军，是救星共产党……"

这时候赵水娥迎面过来，说："陆红，你姐姐来了。"

陆红很高兴，跑回宿舍，果然看见姐姐坐在她的下铺床沿上。

陆红在门口就说："姐姐，你怎么来了？"

陆青看看陆红，站起来，不小心碰到上铺的边沿，撞了一下，痛得咧嘴。

陆红说："哎呀，当心。"

赵水娥说："我给碰过好几次了，一个多月下来，还撞呢，不习惯的。"

睡下铺的都有些体验，都笑了。

陆青好像不大高兴，不知是撞了头，还是别的什么原因，她对陆红说："你写信回家，怎么说农忙假不回去，为什么？"

陆红看看宿舍里的同学，说："我要排练舞蹈。"

陆青说："你跳什么舞，你又不会跳舞的，从小你就不行，爸爸妈妈叫我跟你说，叫你农忙假回去。"

陆红说："你就为这件事来的？"

陆青说："怎么会，我另外有事情。"

陆青不说什么事情，陆红也没有问。

后来姐妹俩走出去，陆青告诉妹妹，有消息说下放的医生可以办回城了，当然是一个一个地走，爸爸妈妈正在为这件事忙，她自己也有事，家里的自留地，要陆红回去帮帮忙。

陆红说："你有什么事？"

陆青说："我的事情你不懂的。"

陆红看看姐姐，她看不出姐姐是喜还是忧。

陆青陆红姐妹俩长得很像，一般两个漂亮的女孩子站在一起，会有不少人朝她们看。陆青比陆红大五岁，当然要比陆红成熟得多，所以比起陆红来，她不仅漂亮，更多了几分成熟女性的美。

陆青看看杨湾中学校园，突然叹息了一声，说："这里还是老样子，和我们读书时一样。"

陆红也看看校园。

陆青说："刚才我走过我们家的老房子，那里跟从前不一样了，那家搬进去的人家，把房子改过了。"

陆红问："我们家什么时候能搬回杨湾来呀？"

陆青说："你问我，我问谁？"

陆红说："总归有点希望的。"

陆青的情绪突然又不好了，说："希望在哪里，我怎么看不见？"说过以后，她就知道自己又摆脸了。她看看陆红，口气缓和了一点，说，"家里的事你不要管，你只管好好读书。"

陆红点点头，她送姐姐出校门，回来就碰上了殷老师。

殷老师停下来问她："刚才那位是你姐姐吧？"

陆红点点头。

殷老师问："她叫什么？"

陆红说："叫陆青。"

殷老师说："陆青，名字好熟，好像也是我们杨湾中学的学生吧？"

陆红点点头。

殷老师又问："哪一届的？"

陆红说："68 届高中。"

殷老师"哦"了一声，说："快要放农忙假了，你要回去吧？"

陆红点点头。

殷老师说："回去不要忘了多练，你还要加一把劲，这个节目，很要紧的。"

陆红又点点头。

殷老师伸手想拍拍陆红的肩，可是伸到一半，他突然笑了一下，又缩回去，对陆红挥挥手。

殷老师刚刚走开，屠丽丽不知从哪里过来问陆红："殷包头跟你说什么？"

陆红说："他叫我农忙假回去练舞。"

屠丽丽说："就这个？还有……还说了些什么？"

陆红说："没有，别的什么也没有说，真的。"

屠丽丽笑起来，说："你怕什么呀。"

陆红觉得，殷老师是没有什么可怕的，倒是屠丽丽，陆红看见她，心里就有一点害怕，她想大概高年级的女生都是有点傲气，有点神秘的。

二

自留地实际上分作自留地和自留田两部分，自留地是种蔬菜的，陆医生一家既然到了农村，在农村过日子，就要和农民一样，自己种菜自己吃，不可能每天赶到镇上去买菜的。当然种蔬菜并不麻烦，下了种，或者栽了秧，逢天旱浇浇水，也就行了，一分地的蔬菜，一年四季陆医生一家也吃不了。自留田是种粮食的，是分给陆青、陆红和她们奶奶三个人的。陆医生夫妻俩，虽然下了乡，但仍然可以领工资，可以领粮油票的，只是陆青、陆红和奶奶，因为没有工作，就和农民完全一样了。粮是队里分的，但有时候歉收，或者陆家工分少，粮就分得少，如果不够吃，就在自留田里种粮食来补充。其实陆医生一家并没有大食量的人，光靠队里分三个人的口粮，也有得吃的。自留田也是可种可不种的，但是既然分了，不去种，荒了田，农民要有意见的，所以陆医生家里每年还是把田种好的。因为没有多少，总共三分，家里叫陆红农忙假回去帮忙收稻子，陆红并不觉得是个负担。跟着父母下乡三年，陆红每个假期都要和农民一样劳动的。

所以陆红是做好了劳动的准备回家去的。可是到家里一看，三分田的稻子已经全部收好，麦种也已经做好，只等下麦种了。

陆红知道是周福平帮的忙，周福平为什么要帮他们的忙，陆红也明白，因为周福平喜欢陆青，周福平和陆青谈恋爱，大家都知道。

陆红回家那天，爸爸妈妈都在医疗室上班，陆青也不见，只有奶奶在家。

陆红给奶奶带了一包白糖，奶奶年纪大了，爱吃甜食，但是乡下白糖供应很紧，有一次在宣传队无意中谈起来，屠丽丽就拿来两张白糖供应票送给陆红了。镇上户口的人是凭票供应白糖的。

奶奶知道这一天陆红要回来，在锅上煮了几段糯米塞藕，这是陆红最喜欢吃的。奶奶掀开锅盖，把陆红拿回来的白糖往锅里倒了一点，陆红就闻到一股藕香味。

陆红吃着藕，问奶奶："姐姐呢？"

奶奶说："大概在福平那边。"

陆红说："上次姐姐到杨湾去，什么事情，不肯告诉我？"

奶奶说："你就不要多问了，我也不明白，反正你姐姐不高兴。"

陆红也就不再问，姐姐不高兴是常有的事。

吃过藕，陆红说："奶奶，你看我跳舞，好不好？"

陆红就一边唱一边跳起来："搓搓搓搓就格搓搓，嗨，勒斯，帮咱们亲人，洗呀么洗衣裳……"

陆红跳了一会，停下来，问奶奶："怎么样？"

奶奶说："你这是洗衣服吧？"

陆红很开心，说："是啦是啦，我跳得像啦。"

奶奶笑笑，说："比小时候好得多了，你记得小时候吧？"

陆红说："小时候怎么？"

奶奶笑着说："那一年六一节，演小海军的小胖子病了，临时叫你上去，一共四句词，你说了一句，我是小海军，下面的词忘记了，就站在台上哭起来，嘿嘿嘿。"

陆红不好意思地笑了，她不记得那一次的情景了，但她相信这是真的。

过了会陆青回来了，看见陆红，只是"嗯"了一声，然后就问奶奶："妈妈怎么还不回来？"

奶奶说："你怎么啦，还不到时间呀。"

陆青就走进了里屋，闷在里面，也不知做什么。陆红看看奶奶，奶奶摇摇头，叹了口气，陆红想奶奶一定知道姐姐为什么不开心，陆红想奶奶早晚会告诉她的。

　　吃晚饭的时候，爸爸妈妈都回来了，看见陆红，问了一些学校的事情和陆红学习的情况，陆红一一回答以后，他们就不再同她谈话了。陆红感觉出爸爸妈妈的情绪也不大好。

　　晚饭以后，陆红无事可做，不知不觉地又哼起了《洗衣歌》来，现在这《洗衣歌》好像已经深入她的灵魂深处了，她不能摆脱它，时时刻刻会想起来，会哼起来。

　　"搓搭搓搭就格搓搭，嗨，勒斯，搓搭搓搭……"

　　陆青走过来，板着脸说："烦死了，一天到晚'搓搭搓搭'，搓个魂！"

　　陆红平白无故受陆青的批评，有点不服气，但是陆红是很忍让的，她知道姐姐有什么事不顺心，怕烦，她忍气吞声，就不唱了。

　　陆青走进爸爸妈妈的房间，在里面叽咕了一会，声音渐渐大起来，陆红听见有"周福平"和另一个姓刘的名字。

　　妈妈在里面喊："奶奶，陆红，你们都进来。"

　　奶奶和陆红进去，陆青说："为什么，叫她们做什么？"

　　妈妈说："我们的话到底有没有道理，一家人都听听，我们是不是为你好，奶奶是过来人，有发言权，陆红也是高中生了，也懂了，你叫她们说说。"

　　陆青不说话，过了一会儿，突然扔出一张照片来，飘在陆红脚底下，陆红捡起来一看，一个男的，龇牙咧嘴，很难看。

　　陆红皱了皱眉头。

　　陆青说："你也认为他难看吧？"

　　陆红惶惶然。

　　陆青冷笑一声说："爸爸妈妈要我跟这个人谈恋爱，他是医院刘主任的儿子，你懂了吧。"

爸爸妈妈很生气，爸爸说："陆青，你怎么能这样看爸爸妈妈，我们没有一定要你跟谁谈恋爱，小刘是人家介绍的，你自己去见过一面，不满意，就算了，我们从来没有，以后也不会强迫你的。"

陆青说："你们强迫我也没有用。"

妈妈说："我们只是想劝你再慎重考虑一下跟周福平的关系。"

陆青激烈地说："就因为周福平是农民。"

妈妈说："你愿意做一辈子农民？"

陆青顿了一会，说："周福平可以去参军。"

妈妈说："参军，周福平几岁了，还能当兵？"

陆青说："还有一年。"

妈妈说："希望太小了。"

这样讲了一会儿，大家都沉默了，因为没有更多的话，事情很明白，也很简单，但是却没有解决的办法。

隔日下午，陆红到自留地上摘一点蔬菜，在采摘秋毛豆的时候，她突然看见一条蛇。一般到了十月份，蛇是不大见了，但这几日天气闷热，蛇又出来了。陆红是最怕蛇的，她尖叫了一声，那条蛇不大，那双眼睛碧绿的，瞪着陆红，陆红两腿直抖。

这时候周福平正在附近的田里开沟，听见陆红喊叫，连忙过来，打死了那条蛇。

陆红半天才回过神来，想谢谢周福平，却不知怎么说才好。支吾了半天，她说："你今年去当兵吗？"

周福平笑笑，说："恐怕不成。"

陆红叹了口气。

周福平说："小小年纪，叹什么气。"

陆红想说我是为你叹气的，当然她只是这样想，她不会说的。

周福平帮陆红拣了一些蔬菜，又下田开沟去了。陆红站在那里，看着周福平，心里有点难过。

过了几天，陆红在家正无聊，赵水娥来看她了，陆红十分开心。

赵水娥晒得很黑，陆红拉她的手时，触摸到几个很硬很大的老茧。陆红说："你做活，累吧？"

赵水娥说，开始两天浑身痛，蹲下去就站不起来。从前倒是做惯的，上了高中，长远不做，筋骨就硬了，做了几天，也就好了。赵水娥又告诉陆红，她家里劳力少，一个哥哥是驼子，不能劳动，父母亲年纪都大了，父亲又有病，本来她算是家里的主要劳动力的，现在她出去读书，家里人很苦，她很不安心的，幸亏还有农忙假期。陆红问赵水娥农活是不是差不多了。赵水娥说，别的差不多了，稻子还没有轧完。

说了一会赵水娥那边的事情，又说陆红这边的情况。赵水娥问："你的《洗衣歌》怎么样了？"

陆红沮丧地说："不行，唉，我总是不行的，我笨死了。"

赵水娥说："你跳给我看看。"

陆红起先不肯，经不起赵水娥的催逼，就跳了起来。赵水娥给她打拍子，陆红仍然是老毛病，踩不到点子上，动作也很生硬。藏族舞中有一些比如甩长袖这样的基本动作，陆红做起来，就像木偶戏似的，很难看，整个舞蹈动作中，只有洗衣服的动作，还说得过去。

赵水娥看了，不客气地说："你这样不行，要好好练。"

陆红说:"再练也是这样了。"

陆红奶奶很喜欢赵水娥,做了藕粉圆子让她吃,赵水娥一边吃一边说好吃,吃过以后抢着帮奶奶洗碗,又说:"我奶奶也是很喜欢我的,可惜奶奶过世了。"一边说一边有点眼泪汪汪的。

陆红说:"不说了不说了,我们出去玩玩。"拉了赵水娥走出来。

赵水娥的家在青云公社另一个大队,离陆红这个大队不太远。她们到杨湾去上学,要走一个多小时的路,到青云镇上坐船,再到杨湾。赵水娥到青云镇,是要经过陆红她们村口的,所以两个人约好,到上学那天,上午8点陆红在村口等赵水娥,两人一起去青云镇。陆红就用不着家里人送了,一个多小时的乡村小路,小姑娘一个人走,家里也不放心,有个伴,就好了。

临走的时候,赵水娥关照陆红,叫她一定要把洗衣舞练好。

后来的几天,陆红听了赵水娥的话,就在家里用功练舞。陆青心里烦的时候,就挖苦嘲笑她,说她不是跳舞的料,又说她唱得难听死了,打击陆红的积极性。也有的时候陆青情绪好一点,她会指点一下,或者跳一跳作个示范,陆红看姐姐的舞姿,心里羡慕死了。她忍不住说:"你从前在杨湾中学,怎么不参加宣传队?"

陆青说:"老师叫我参加的,我不高兴,宣传队,没有意思的。"

陆红说:"是殷老师吗?"

陆青笑了一下,说:"是殷老师,我们都叫他殷包头,他的头梳得很难看。"

陆红也笑了,她说:"殷老师早就在杨湾中学了吗?"

陆青说:"我也不知道,反正我们读书的时候他就在了。我们那时候听说殷包头犯了错误才下来的,原来他是要到北京去做什么独唱演员的。"

陆红说："犯什么错误？"

陆青说："我怎么知道。"

陆青的情绪又不大好了，陆红也不再多嘴。

十五天的农忙假很快就过去了，奶奶给陆红煮了一大锅五香豆，又炒了一点炒米粉。这天一早，妈妈送陆红到村口，等赵水娥来。

赵水娥一直没有来，等到九点多，不能再等了，班船是十一点开，再等就赶不上船了。妈妈说："怎么办，我今天有事，不能送你了。"

陆红望着赵水娥家的方向，说："我自己走，不要送，你在这里再等一会，要是她来了，你叫她快点追上来，我慢慢走。"

妈妈就送陆红，送出一段，陆红说："你回去吧。"

妈妈就停下了，说："还有一件事，你参加宣传队，我不反对，功课不要掉下啊。"

陆红点点头。

陆红走出一段，回头看看，妈妈站在村口，一直望着她。

陆红一个人在乡下小路上走，心中总是不踏实，她希望赵水娥突然在背后喊她，她一再地回头看，却没有赵水娥的身影。

走了大约半个小时，她再回头，就发现后面跟有一个男人，不远不近地跟着她。陆红很害怕，心慌意乱，好容易走近一个村落，她跑到村边上一家人家门口。

有一个中年农民坐在门堂间，见了她惊慌失措的样子，就问："小姑娘，什么事？"

陆红不大好开口，但回头望望，那个人仍跟着。她鼓足勇气说：

"我要到镇上坐船到杨湾去读书，后边那个人，一直跟着我……"

因为紧张害怕，声音发抖，中年农民伸头朝后面看看，"哦"了一声，说："你走好了，我来拦住他，半个钟头之内，不让他走，半个钟头你可以到镇上了。"

陆红听了，差一点哭出来，一时竟然不知怎么办好，那农民说："你快走吧。"

陆红回过神来，拼命往前赶路，一直到看见了青云镇，才松了一口气，就觉得两腿发软。

到了轮船码头，离开船时间还有半小时。陆红想这时候如果赵水娥来了，她一定不理睬她，谁叫她迟到的。

可是赵水娥没有来。

十一点开船时，陆红还在朝岸上探望，仍然没有赵水娥。

船离开了码头，陆红看着空荡荡的码头，心里也空荡荡的。

三

开学第二天，宣传队就开碰头会，洗衣舞要开始正式排练了。

正式排练就是十一个人一起在台上跳，屠丽丽站一角唱，这样陆红的差距就很明显了，她永远跟不上其他十个人的步子，动作永远也协调不起来。

过了一天，殷老师跟陆红说："陆红，可能要换人了，你不会想不通吧？"

陆红也许早就想到会有这一天的，但是真的听到殷老师这样说，她很伤心。她咬着嘴唇，不说话。

殷老师叹了口气。

陆红说:"我想得通的,我本来就不行。"

殷老师说:"让你换个角色,由你来报幕,怎么样?我们宣传队一直没有物色到好的报幕员。"

陆红赌气地想说:报幕我也不行的。可是她到底没有说。

报幕相比起跳舞来,自然要容易一些,就是站台型,两只脚,或者丁字形,或者外八字,变化并不多。陆红因为身材好,往台上一站,就很有台风。殷老师再辅导几回,形象基本上就出来了。陆红要克服的就是普通话一关,陆红的普通话还过得去,只是有一点乡音,加以克服,就行了。

过了几天,宣传队在校内演出歌舞,报幕员就是陆红。

那天晚上,陆红化了妆,往舞台后角上一站,一个亮相,就把台下镇住了。

陆红第一次正式上台,心里怦怦乱跳,就听见前几排高三年级的女生在议论。

说:"台风是不错的。"

说:"面孔很漂亮。"

又说:"听说很笨的,学跳舞学不会,只好叫她报幕。"

又说:"全是殷包头看中的,殷包头重点培养的。"

一阵笑声。

等到身后大合唱的队伍排好了,陆红跨前一步,报幕了:"第一个节目,大合唱《三大纪律,八项注意》。"

台下面"哄"地笑开了。

原来陆红情急之中,把"项"字念成了杨湾方言"杭"音。

陆红退到后台，眼泪在眼眶里转，殷老师过来，笑眯眯地说："很好嘛，第一次上台，真是不错了。"

陆红的眼泪就滚落下来。

殷老师说："我第一次上台，你知道怎么样，唱一首《康定情歌》，唱'跑马溜溜的山上'，唱成了'跑马溜溜的山下'……"

陆红"扑哧"一声笑了，情绪也稳定下来。

再上台，她就镇定多了，以后的节目，都报得很好，除了有一点乡音，没有大的差错。

乡音这个问题，也不是一天两天能改掉的，不管怎么说，陆红有了信心。练普通话比练舞容易得多了。只要多念念课文。本来语文课，课文都是要念要读的，这样正好一举两得。

自从从洗衣舞中退出来，陆红觉得自己一下子自由了，快活了，心情也好起来。

开学一个星期了，赵水娥还没有来，老师同学都奇怪。到第二个星期，陆红收到赵水娥一封信。赵水娥在信上说，她母亲出了事故，半夜里轧稻的时候，打瞌睡，手被卷进滚筒，右手轧断了。赵水娥同时给班主任写了信，说家里这样的情况，可能不能再来读书了。

大家都很着急。班主任决定带一两个同学到赵水娥家去。考上高中是很不容易的，这么放弃了，太可惜了。

本来陆红是一定要去看赵水娥的，但是因为宣传队有演出任务，走不开。班主任带了正副班长去了，陆红心里十分不安。

一天以后，班主任他们回来了，告诉大家，赵水娥家里确实很困难，但是在他们的劝说下，她决定克服困难，继续上学，待处理好家里的事情，过一两天就来上学。班上的同学听了，都有些激动，有人提议为赵水娥捐助一点钱，当时就得到了响应。捐到五六十块钱，加上班上给她的三十块补助，这笔钱在赵水娥来的时候，交到她手里，赵水娥含着眼泪对大家说，一定不辜负大家的期望，认真读书。

陆红总算松了一口气。

到了十一月初的几天，学校里热闹起来，地区的文工团来招生了。

中心是屠丽丽，这不用怀疑。

现在屠丽丽走到哪里，熟悉的人都要说："屠丽丽，这一次有希望了啊。"

"屠丽丽，请吃糖啊。"

屠丽丽总是很傲气地一笑，说："还要考呢。"

要屠丽丽考唱歌当然不成问题的，大家都这么想。

文工团的人还没有到，先寄下来几份油印的招生简章。

招生简章中有一条规定，凡考声乐者，必须要懂五线谱。

屠丽丽看看这一条，有点慌了，一慌她就对殷老师说："你怎么不跟我说，要懂五线谱呢？"

殷老师说："我叫你学五线谱，讲了多少回？"

屠丽丽说："你没有说招生要考五线谱的。"

殷老师说："我说了，你听不进去，你不相信。"

屠丽丽说："你根本没有说，我晓得的，你是存心不让我考上，你要推荐别人。"

殷老师笑笑，说："你这个人。"

屠丽丽突然捂着脸哭了，大家都看她。殷老师说："你慌什么，只要你下决心，五线谱又不难学，我可以保证你几天内学个七八成。"

屠丽丽一下子破涕为笑。

以后的几天，殷老师日夜加班加点，辅导屠丽丽学五线谱，到文工团正式来面试，屠丽丽也就有了准备了。

考试那一天，学校小会堂里里外外挤满了人，宣传队队员允许在会堂里边的。陆红坐在那里，心里很紧张，好像将要考试的是她自己，而不是屠丽丽。

参加考试的一共三个人，屠丽丽是考声乐，另一个男同学考乐器——吹笛，还有一个女同学是考舞蹈的。

谁先谁后事先并没有确定好，屠丽丽就第一个站起来，说："我先来吧。"

屠丽丽走到考场中央，落落大方，因为平时常演出，走相站相都很有格式，只是那张脸，那只鼻子太刺眼了一些。

屠丽丽先唱了一首指定的歌曲《唱支山歌给党听》，一曲未了，主考官们频频点头，一个个都不掩饰满意的神情。

接下来再唱一首自选的歌《南泥湾》，这一首发挥得更好，可以说是炉火纯青了。

坐在下面的陆红被屠丽丽的歌喉迷住了，她无意中瞥了一眼站在一边的殷老师，她发现殷老师似乎比任何人都紧张、兴奋。

屠丽丽考过，另两个同学也一一上去表演，尽管他们的水平也都很不错，一个吹笛一个跳舞，和屠丽丽不是同一种类的艺术，但由于屠丽丽先声夺人，她的光彩罩住了整个考场，别人的才能也就体现不出来了。

考试以后，全校，甚至整个杨湾镇都知道屠丽丽是十拿九稳了。

文工团的人带着各人的考试成绩、照片、履历等先回去，让他们等通知。

可是过了几天，文工团负责招考的人带了化妆师又来了，找到屠丽丽，在房间里关了几个小时，最后就看见屠丽丽红着眼睛出来了。

屠丽丽没有被录取，是因为她的鼻子，据说文工团的化妆师想尽了各种办法，也弥补不了她的塌鼻子。

但是也有人不这样说，有人说屠丽丽不是因为塌鼻子，是因为其他事情，她自选的那首歌，情调不健康，还有别的什么事情。

不管怎么说，反正屠丽丽没有录取。另一个女同学也没有录取，倒是那个吹笛子的男生录取了。

陆红一天听见屠丽丽跟殷老师说："文工团长是你的同学，你不肯帮我的忙。"

殷老师不说什么，他走出来的时候，看见陆红，他对陆红说："人和人是不一样的，你明白吗？"

陆红那时候并不明白这句话是什么意思，后来她也一直没有明白，也许这句话本来就没有什么意思。

文工团的事情过去以后，一切又平静下来，洗衣舞照常排练。陆红现在很轻松，功课也很好，几次小测验，都在前几名里。每逢宣传队演出，她报幕，逐渐也老练起来。

这期间，陆青的事也比较顺心，周福平招工招到工程队去了。工程队开山炸石，虽然工作比较辛苦，他总算跳出了农门。父母亲也不再反对陆青和他谈恋爱了。

陆红这一阵很开心，什么都很顺心，相比之下，赵水娥就很不幸，她虽然在大家的帮助下继续求学，但总是放心不下家里，常常回去，有时候不按时回校，缺课，功课渐渐地掉下来。陆红为她急，一有空就帮她补课。可是赵水娥听不进去，陆红实在也是无能为力。

如果说现在陆红心里比较轻松，那是因为她退出了洗衣舞，这一点不用怀疑。

宣传队里出了一件事情，闹得学校里沸沸扬扬，说有一天夜里有人路过学校水灶房，听见里边有声音，推门一看，发现里面有两个人，是宣传队一男一女两个队员。

中学生早恋，是校规校纪不能容许的，至于他们谈恋爱究竟谈到什么程度，众说纷纭，有人说已经破了贞操，甚至打过胎。也有的说只是比较亲密而已。反正在学校做出处理决定之前，是难以统一说法的。

宣传队是不能再留他们了。宣传队本来就是被人认为是是非之地的，出了事情，就有了事实可以证明宣传队的不洁了。殷老师也受到了学校领导的批评，脸色不大好看。一阵子，连屠丽丽也不敢大声说话，大家都规规矩矩，看着殷老师的脸色。

这件事本来与陆红无关，但偏偏那个女同学是洗衣舞的演员之一，现在开除出宣传队，洗衣舞就少了一个人。

这样就又把陆红推上去了。

四

陆红第二次被推进洗衣舞，她不是不用功，不是不努力，不是不想跳好。但事实第二次证明，她还是不行。

这样她就必将第二次被挤出洗衣舞。

拿谁来顶替陆红呢，殷老师为这事大伤脑筋。宣传队内部已经排不出人，殷老师就到各个班级的体育课上去，转了两天，终于找到了一个名叫蒋敏的高三女生。

蒋敏和屠丽丽同班，她是一个下放干部的女儿，功课在全校是数一数二的，人长得也很好，刚入校的时候，曾经叫她参加宣传队，但是她坚决不肯。

这一次殷老师去做动员工作，本来是准备做不通的，不料才说了一句，蒋敏就同意了。殷老师喜出望外。

听说由蒋敏替代陆红跳洗衣舞，屠丽丽在背后对陆红她们说："我知道殷包头会选她的，三年前他就要选她了。"

当了面，屠丽丽则对殷老师说："殷老师，我知道你会选蒋敏的。"

大家都朝殷老师和蒋敏一看，蒋敏好像有点不高兴，殷老师却随和地笑了笑。

不管屠丽丽对蒋敏有什么看法，蒋敏终究还是站到了陆红的位置上。

陆红下来，偷偷地哭了一回，也就过去了。她开始还有点怨殷老师多事，早知她不行，就不应该让她出两次丑。可是后来想想殷老师也是一片好心，也就不怨谁了。

蒋敏没有辜负殷老师的希望，她的舞跳得很好，虽然比别人迟学，但很快就跳上去了。

陆红空下来的时候，看他们排练。洗衣舞很快就排成了，以后的时间，只是巩固、熟练了。陆红看蒋敏跳得好，她心里也有一点酸酸的味道，但更多的是高兴。也许早已经可以看出，陆红是一个心地善良、心胸开阔的女孩子。

一天晚上，陆红正在宿舍里看书，学校传达室看门的老师傅跑来喊她听电话，陆红跟老师傅去，一路走，老师傅一边说："本来学生的电话我是不喊的，我听出来打电话的人在哭呢，我想大概是有急事。"

陆红问："是谁？"

老师傅说："我也没有来得及问，是个女的，声音很尖的。"

陆红说："是我姐姐。"

陆红到传达室抓起听筒，问了一声："是姐姐吗？"

果然是陆青，陆青果真在哭，也说不清什么事，只说现在在杨湾医院里，让陆红马上去。

陆红赶到医院，才知道是周福平受了伤，被石头压断了下肢，瘫痪在床，不能动弹。

陆红跟姐姐进了病房，一眼看见躺在床上的周福平，面色蜡黄，眼睛凹陷，颧骨突出，在昏暗的灯光下，十分吓人，完全不是从前那个英俊帅气的周福平了。陆红心里一惊，连忙走上前去。

周福平看见陆红，笑了一下，说："你来了，坐坐。"

陆红听周福平的口气十分平静，好像什么也没有发生，她看看姐姐，姐姐红肿的眼睛里有一些绝望的神色。陆红突然有点害怕。

陆红和周福平说了几句话，陆青就把她叫到走廊上。

陆红先问她："怎么他家里一个人也没有来？"

陆青掉下眼泪来，说："还没敢告诉他们，工程队先打电报给我的，他们把他送到这里的医院。"

陆红说："爸爸妈妈知道吗？"

陆青点点头，说："他们看到电报了。"

陆红说："总要告诉他们家里的呀。"

陆青说："我叫你来，就是想请你帮个忙，照顾他一两天，我回去一趟，跟他们家里说。"

陆红说："你什么时候走，我去请假。"

陆青说："我想明天一早就走。"

陆红说："那我明天一早就过来。"

陆青又交代了一些事情，怎么服侍周福平吃啦，要帮他翻翻身啦，说到大小便，陆青有点为难，停了一会儿，她说："他是属于医院特别护理的，你可以叫护士，不过护士态度总是不大好。"

陆红："我知道了。"

然后陆红又回到病房看周福平，她很想劝劝他，陆红说："你不要多想，会好起来的。"

周福平说："我没有多想。"他又笑了一下。

陆红回到宿舍，就跟大家说了，同学们都很同情，自告奋勇要帮助陆红，陆红很感动。

第二天一早陆红跟班主任请了假，就到医院去了。她没有和姐姐碰上面，陆青很早就走了。陆红去的时候，周福平好像是睡着的，闭着眼睛。可是到陆红走近他的床边，他睁开了眼睛。

陆红说："你醒啦，订的早饭送来了，你吃吧。"

周福平点点头，陆红帮他把枕头放好，想拖他起来，可是拖不动。周福平腿虽不能动，但手还是有些劲的，自己用劲撑。陆红一边拖，终于斜靠在床上，两个人都冒了一身汗。

上午护士来发药，看看陆红，"咦"了一声，说："怎么叫这样一个小姑娘服侍一个大男人。"

陆红一下子红了脸。

周福平也有点尴尬。

护士又看看陆红，没有再说什么，发过药就出去了，走到外面，她又回进来，板着脸对陆红说："他要方便，你来叫我。"

陆红连忙点点头。

半天就这么熬过去了。下午四点多，来了好几个同学，还带了吃的，饼干什么，虽不是什么好东西，陆红却很感动。

到第二天下午的这时候，来的人就多了，宣传队也有人来，其中有屠丽丽。好像现在瘫在床上的是陆红她自己，而不是周福平，一个跟她们毫无关系，甚至跟陆红也不能说有什么关系的人。

屠丽丽一来，病房就很热闹，她的声音尖，一说话，像唱歌一样，一个走廊里都能听见。

病房里的嘈杂声，把护士引来了，她伸头一看，病房里这么多女孩子，围着周福平，先是有点莫名其妙，后来就很生气地说："你们做什么，这里是医院，不是茶馆店啊。"

她的话音刚落，屠丽丽叫起来："张芳，是你呀，你值班？"

护士这才看到了人堆里的屠丽丽，她笑起来，说："你也来了，怪不得我说今天这里像开茶馆了。"

屠丽丽哈哈大笑。

护士问她："你也来看病人，这是你的什么人呀，这么多人来看他。"

屠丽丽说："是我们同学的亲戚。"

她们聊了一会，护士因为有事忙，先走了，陆红问屠丽丽："你们认识？"

屠丽丽说："老熟人了，等会我走的时候关照她一声，叫她特殊照顾，一句话。"

大家都开心地笑，周福平也跟着笑，同病房的病人开玩笑说："你这个乡下小伙子，倒有福气，这么多城里小姑娘来陪你。"

又说得大家笑。

陆红这时候却有点不定神，照理这天下午姐姐该来了，周福平家里的人也该来了，青云过来的班船，是下午三点左右到杨湾，从轮船码头到医院，怎么也用不了半小时，至多四点钟，该有人来了。可是一直没有人来，到同学都走了以后，陆红不断地从窗口往外看。

天黑下来，周福平说："你回学校去吧，明天不用来了。"

陆红说："姐姐怎么还不来，她说两天就来的。"

周福平看着窗外，停了一会，说："她大概不会来了。"

陆红立即说："不会的，姐姐肯定会来的。"

周福平说："是我叫她不要来的，她顶替我进工程队，我叫她早点去上班的。"

陆红不能相信。

周福平说："是真的，我是因公受伤，按工程队规定，可以照顾家里一个人进队的，不过你放心，你姐姐进工程队，不会叫她做重活的，她做统计，都安排好了。"

周福平正说着，走廊里响起了脚步声和说话声，陆红回头一看，是她的爸爸妈妈和值夜班的外科主任一起进来了。

爸爸妈妈没顾上跟陆红说什么，他们一径走到周福平床前，外科主任掀开周福平盖着的被子，对陆红的爸爸妈妈说："老陆，他这是下肢高位粉碎性骨折，片子刚才你都看了，情况你都知道了吧。"

外科主任又跟爸爸妈妈说了许多医学上的话，陆红听不懂，陆红看爸爸妈妈的脸色很严峻，也没敢多问。

后来妈妈把陆红叫到外面，说："不幸啊，小周的腿，恐怕一辈子也站不起来了，高位粉碎性骨折，你懂吗？"

陆红摇摇头。

妈妈说："唉，真是不幸，这样的祸事，怎么偏偏轮到他呢。"

陆红说："他家里人怎么不来？"

妈妈叹了口气，说："他家里人对他有意见，本来应该让他弟弟顶替进工程队的，小周却把机会让给陆青了，他们家的人恨我们。"

陆红说："姐姐不应该去，姐姐不是他们家的人。"

妈妈说："不去怎么办呢，难得的一次机会呀，你姐姐和你不一样，你还小，还在读书，有一天我们回杨湾，你还能跟回去，你姐姐跟不回去了。"

陆红说："反正姐姐不应该去。"

妈妈说："你不懂事。"

过了几天，周福平就出院回家去了，队里派了船来接他，周福平的弟弟也来了。陆红到码头上送他们，别人都架不动周福平，周福平的弟弟一躬身把哥哥背起来，上了船。

陆红看着船开走，她觉得周福平家的人真好，于是在她心底深处，对姐姐陆青有了一点鄙视的情绪。

半个月以后，陆红接到姐姐从工程队写来的信，信上说她工作很忙，不能常回家，她希望陆红放假回家时，常常去看看周福平。

姐姐最后问，你的洗衣舞跳得怎么样了？

陆红看了姐姐的信，很伤心，也说不清到底是为谁伤心。

陆红给姐姐回信，说她会去看望周福平的，另外她告诉姐姐，她已经退出洗衣舞，她现在很轻松，没有负担了。洗衣舞现在排得很不错，殷老师说，肯定能轰动县城。

就在陆红给陆青的信发出以后，洗衣舞却出现了一些矛盾。

屠丽丽伴唱洗衣舞，她的歌是无可指责的，但是蒋敏却提出一些意见，她认为屠丽丽在几个关键地方处理得还不够理想，有的地方应该是委婉动人，唱得过于激情昂扬，就破坏了整体的美感。

蒋敏说的，也很有道理，可是屠丽丽听不进去，蒋敏提意见的时候，殷老师不在场。屠丽丽没有听完，就冷笑一声，说："是呀，我是唱得不好，我知道你什么都好，舞也跳得好，歌也唱得好，功课也好，面孔也好，人缘也好，《洗衣歌》还是你来唱吧。"

蒋敏说："我是好心，想把节目排得更好一点，殷老师对我们期望很大呢。"

屠丽丽说："反正我不唱了，你叫殷包头来求我我也不唱。"

没有屠丽丽伴唱，洗衣舞就像一个人少了一条腿，摆不平的。屠丽丽在这个节目中是举足轻重的人物，与其说是屠丽丽在为洗衣舞伴歌，那么反过来说洗衣舞中的十一个舞蹈演员其实是在为屠丽丽的洗衣歌伴舞，这样的说法也不为过。总而言之不管怎么说屠丽丽至少撑住了半边洗衣舞，这是事实，这也是大家共同的看法。

现在屠丽丽要抽去这半边，当然是不行的。

殷老师后来是怎么样做屠丽丽的思想工作的，陆红她们并不知道。屠丽丽的思想一直没有被做通，殷老师就让另一个队员试一试，试下来，当然不行。没有屠丽丽的伴唱，跳舞的都提不起精神来，手脚也舒展不开来，动作也不得整齐，十一个人在台上像一锅粥。

大家一时不知怎么办好，都盯住殷老师，殷老师也有点沉不住气，说了一句泄气的话，他说："实在不行，就算了，不参加会演了，与其去出丑，不如不去。"

殷老师的话伤了洗衣舞全体演员的心，也同样伤了陆红的心，一连两天陆红都有点神情恍惚，好像丢失了什么宝贵的东西。

星期天一大早，陆红就被赵水娥喊醒了，赵水娥要陆红和她一起上街逛逛。陆红不明白赵水娥为什么要大早起来上街，她还想再睡上一会儿，但被赵水娥催着，只好起来，两人梳洗过，就走出去。

陆红一边走，一边念念不忘地把宣传队的事情讲给赵水娥听，她想听赵水娥说点什么，赵水娥常常能说得陆红很开心的。

可是赵水娥好像没有心思听陆红的话，她半天才"嗯"了一声，并且一边走一边东张西望，陆红觉得她有点心虚。

快走到校门的时候，赵水娥突然"啊"了一声，陆红见她的两眼定定地看着校门口。

校门口站着一个乡下男人，看上去有二三十岁，又黑又粗，正在同传达室的老师傅说什么话。

赵水娥愣了一下，转身就走，也不管陆红怎么样。

陆红说："哎。"

赵水娥刚走出几步，校门口那个乡下男人回头见了她，高声喊起来："水娥，我在这里！"

陆红看到赵水娥的脸一下子红了，她停下来，犹豫了一会儿，慢慢地朝校门口走去。陆红莫名其妙地跟在后面。

乡下男人见赵水娥过来，高兴地说："唉，正巧见着你，这位老伯伯，不放我进去呢，我昨天下午就来过了，没有找到你。"

赵水娥说："你来做什么？"

乡下男人说："来看看你，噢，还带了炒米粉，放了芝麻的，我自己磨的，你看，这个，还有这个，你喜欢吃的。"

赵水娥板了脸，说："我不吃。"

乡下男人讪讪地一笑。

陆红觉得这个人很憨厚，对赵水娥很关心，陆红记得赵水娥说过她只有一个哥哥，是驼子，这个人肯定不是她的哥哥，那么是谁呢。

赵水娥看了乡下男人一眼，问："你昨天来的，夜里住在哪里的？"

乡下男人说："没有找到你，就到轮船码头，睡在长凳上的。"

赵水娥没有再说话，陆红当然看得出赵水娥不喜欢和他说话。

但是他却看不出来，仍然喋喋不休地说话，一会儿说家里人都好，一会儿说希望赵水娥早一点回去。

赵水娥打断他的话，说："你今天回去。"

乡下男人说："要回去的，下午的班船，中午我请你上馆子。"

赵水娥说："我不去。"

乡下男人连忙掏口袋，说："我有钱，真的，你看，有钱的，还有你这位同学，我们一起去吃馆子。"

陆红差一点要笑。

赵水娥却一直绷着脸，说："不行，我们今天有事。"

乡下男人说："今天是礼拜天，礼拜天不是放假么？"

赵水娥朝陆红使个眼色，说："我们兴趣小组，今天有活动，你不信，你问陆红。"

乡下男人连忙说："我相信，我相信，你们有事，我就先走了。"

他把一只包交给赵水娥，有点不情愿地走出校门去。

陆红问赵水娥："这是谁？"

赵水娥说："你还看不出来？"

陆红说："什么？"

赵水娥说："就是那个么。"

陆红明白了，突然有点脸红，说："你已经配了亲？"

赵水娥说："家里做主的，他帮我们家做了不少事呢。"

陆红说："你对他怎么这么凶？"

赵水娥笑了一下，说："我不凶，他就凶，他叫我不要念高中了，回去跟他结婚呢。"

陆红忍不住笑起来，赵水娥也笑了。

陆红说："原来你大早起来，就是要躲他呀，你真狠心。"

赵水娥说："好了好了，已经走了，不提他了，哎，我跟你说，你们宣传队洗衣舞的事，我告诉你，我保证屠丽丽还是要唱的，你信不信？"

陆红说："你怎么知道？"

赵水娥说："我猜的呀，你去跟她说说，她就肯唱了。"

陆红说："我算什么呀。殷老师怎么说也没有用，我说了她怎么会听呀，不要被她骂几句呢，屠丽丽我看见她有点怕的。"

赵水娥说："你听我的保证不错，我会算命的，我奶奶临死之前教我的。"

陆红说："你会算命，怎么没有躲过你老公呢，你个巫婆，骗人。"

两个女孩子一起在校园里大声笑，一笑，什么幽怨，什么烦恼，都没有了。

第二天下午，陆红下课后到宣传队去，迎面看见屠丽丽，屠丽丽对她笑笑，陆红想起赵水娥的话，心里一鼓劲，回身跟上屠丽丽。

屠丽丽看见陆红，问道："你要说什么？"

陆红说："我求求你，你唱吧，洗衣舞不能少了你。"

屠丽丽看看陆红，陆红发现她的眼睛有点潮湿。

陆红说："求求你了，你走了，宣传队就没有劲了，真的……"她还想往下说，看见屠丽丽面色很严肃，就不敢再说了。

不料屠丽丽却转过身来，朝宣传队方向走去。

陆红连忙跟上去。

屠丽丽跨过门，没头没脑地说："我是看在陆红的面上。"

陆红正踏进门，屠丽丽这么一说，大家朝她看，她有点不知所措，脸通红。

屠丽丽说："我就是喜欢陆红这样的人，我就是讨厌那种自以为是的人。"

这当然是说的蒋敏，但是蒋敏没有接嘴，蒋敏也知道，宣传队是少不得屠丽丽的，虽然大家对屠丽丽一些言行有些看法，但屠丽丽在宣传队的核心作用是不可否认的。一场风波就这么平息下去了。

陆红非常兴奋，她始终不明白以后也一直没有明白自己哪有那么大的面子。

风波平息了，洗衣舞又有希望了，这时候离元旦的会演只有十天时间了。

这十天时间里，还会有什么事情吗？

这很难说。

五

陆红怎么也想不到，她与洗衣舞的缘分，还会有第三个回合。

如果说第二个回合是以蒋敏取代陆红而告终，那么第三个回合偏又以陆红取代蒋敏而开始。

因为是慰问解放军的演出，这演出就是一项严肃的政治任务了，所以参加演出的演员的情况要和会演的节目一起上报。上报是半个月以前的事，县里的组织者看了，没有异议，事情也就定了大局。

可是在演出队出发前一个星期，县里突然打来一个电话，说蒋敏这个演员参加演出不大合适，要求另换一个人。

殷老师急坏了，当天就赶到县里，县里说有人写了检举信，说蒋敏的父亲是犯了错误才下放的，错误的性质很严重，他在文章中攻击诋毁人民解放军。他们核查下来，情况属实，所以认为蒋敏参加慰问解放军的演出，不合适。殷老师据理力争。县里的人说本来也不是什么大事，本来父亲的事是不应该牵连到女儿的，跳跳舞慰问解放军，又不是叫她参加解放军，本来不应该看得那么严重，但是既然有人盯住这个人，他们觉得还是小心为妙，万一上纲上线，大家不好交代。

殷老师从县里回来，脸色铁青，他走到屠丽丽的面前，说："是不是你写的信？"

屠丽丽愣了半天，说："你是这样看我的？"

殷老师也愣了一会儿，又问一遍："不是你写的？"

屠丽丽说："假如我写了什么信，我烂手。"烂手她还觉得不够，又说，"烂心烂肺。"

殷老师看看她，叹了一口气。

就这样又换上了陆红，因为时间太仓促，重新找人从头练起，恐怕是来不及了。陆红前面练过，情况熟悉。

陆红当然不愿意再走进洗衣舞，但是她经不起殷老师三句话一说，于是又给自己背上了沉重的包袱。

一共只有七天时间了，陆红很慌，每天晚上由赵水娥陪着练到半夜。

陆红跳，赵水娥给她伴唱，跳得不对的地方，赵水娥说："停。"

陆红停下来，赵水娥就指点她。

后来有几次干脆赵水娥拉着陆红跳起来。

停下来的时候，陆红喘着气对赵水娥说："你比我跳得好。"

到第三个晚上，陆红迷迷糊糊，和赵水娥一起回宿舍，别的同学都睡了。陆红不敢出声，轻手轻脚爬到上铺，谁知一脚踩空，一下子摔了下来。

大家被吵醒了，只听见陆红在地上哼哼。学生宿舍的电闸夜里是要拉掉的，漆黑一片，什么也看不见。赵水娥蹲下去，往陆红脸上一抹，抹到一手黏糊糊的东西，吓了一跳，连忙叫找手电筒，找出手电筒来，一看，陆红额头上摔了一个洞，满脸是血，大家吓得不知怎么办，还是赵水娥镇定一些，她力气大，背起陆红就往学校医务室去。

值班医生给陆红的伤口敷上止血药，立即用板车把陆红推到杨湾医院，伤口上缝了六针。

陆红摔伤了，洗衣舞又一次陷入困境，虽然是十一个演员的集体舞，但各人有各人的动作、造型，少了一个人，整个编排都要打乱。

一大早殷老师到医院看陆红，陆红觉得很抱歉，她问殷老师怎么办，殷老师看着她头上的白纱布，没有回答怎么办，却说："我这个人，总是好心办坏事。"

陆红突然说："我推荐一个人。"

殷老师问："谁？"

陆红说："赵水娥。"

殷老师对赵水娥没有印象，现在别无他法，准备试一试，但看出来他很泄气，对赵水娥是不抱什么希望的。

可是回去一试，赵水娥立即中选，马上参加排练，听说殷老师非常满意。

到彩排洗衣舞那天，陆红头上包着纱布和大家一起去看。

演藏族女青年的演员出场了。陆红看了半天，竟然找不见赵水娥，经别的同学在一边指指点点，她才看出来。赵水娥，陆红简直不认识她了，化了妆，穿了漂亮的藏袍，赵水娥完全变了一个人，她是那么漂亮,那么挺拔,真是光彩照人。

整个演出过程,赵水娥表现得非常好,虽然她只和大家一起练了三次,但每一个动作,都完全合上节拍,合上集体的步伐。

洗衣舞成功了。

看了演出,陆红到后台去,她看到学校领导也在台后,正在表扬殷老师。陆红心里想,你们可不知道这里边的坎坎坷坷呀。

彩排第二天,演出队就出发到县里去了,宣传队另外也跟了一些队员去,陆红没有去,她的伤口还没有拆线呢。

元旦前夜,演出队回来了,结果是谁也没有料到的:洗衣舞没有参加演出。

原来定的是十个节目,每个节目演二十分钟,从七点半开始,到十点半左右结束,但在演出之前,部队首长和地方领导一一演说,就拖了半个多小时,到演出正式开始,已经八点多了,演出的节目,都是各个学校的看家节目,最好最长的,大多数节目实际上都超过了二十分钟。因为都知道杨湾中学文艺宣传队是很有实力的,所以杨湾中学的洗衣舞放在最后,作压台戏。

由于前面拖了时间,到十一点,还有三个节目没有演出,观看演出的人都呵欠连天了,只好临时决定减去最后两个节目,这样就把杨湾中学的洗衣舞减去了。

面对这样的结局,谁也说不出话来,殷老师要安慰大家,却不知说什么好,想了半天,他说:“我们还算好,我们的屠丽丽还是为我们争了光的。”

屠丽丽没有唱成《洗衣歌》,她被临时安排为最后一个节目,县中的舞蹈伴唱。屠丽丽上台一开口,观众就纷纷议论,知道这是杨湾中学的屠丽丽。屠丽丽唱得很不情愿，很不认真，但是已经为县中的节目大大增添了光彩，为此杨湾中学的演出队和屠丽丽个人都被大会表扬，得了风格奖。

现在殷老师提起这个话题，本来是想安慰大家的，谁知屠丽丽听了，却"哇"的一声哭了起来，其他一些女队员，也都伤心地流了眼泪。

陆红看着殷老师难过的样子，她就想起殷老师说的："我这个人，总是好心办坏事。"

陆红的伤口拆了线，不需要再用纱布包了，有一道疤痕留了下来，很巧，这道细细的疤痕正好嵌在眉毛里，所以基本上看不出来，如果细心一点，可以发现左边眉毛比右边的眉毛稍稍粗一些，但这样一点也不难看，反而有了一种不对称的带点俏皮的美。

陆红仍然是杨湾中学最漂亮的女生，这是事实，这是大家一致的看法。

过了元旦，就是大考，大考过后，就放寒假了。

陆红放寒假回乡下，家里人情绪不怎么高，在前两批上调的名单中，没有爸爸妈妈的名字。陆红听见爸爸妈妈的对话，妈妈说："像我们这样的，医院里现在很缺少，应该轮到，至少两个人应该轮到一个。"

爸爸说："是呀。"

妈妈说："上次那件事，肯定刘主任不开心，唉……"

爸爸说："你不要瞎说，不要多心，刘主任不是那种人，不会那样小心眼，刘主任人品是很好的。"

妈妈说："现在的人心，谁也不知道谁的。"

爸爸说:"那么小周呢,小周一家人的人心,你也不知道吗?"

妈妈不作声了。

陆红觉得家里气氛有点闷,她问奶奶,姐姐有没有回来过,奶奶说没有。

陆红本来和赵水娥约好,在年初四这一天要到赵水娥家去玩的。可是到了年初二,赵水娥那边来了两个小学生,说是替赵水娥传口信的。赵水娥叫陆红无论如何年初三要过去。小学生传了口信就走了。陆红反正在家里也没有什么事,到第二天一早,陆红就往赵水娥家去了。

赵水娥家里很热闹,有很多人,在新年里大家串门,这也是正常的。陆红到了,就有人告诉她赵水娥在里边屋里。陆红进了里边的屋,看见赵水娥穿着一件大红的棉袄,头上戴了一朵红花。两眼也是红红的。

陆红说:"赵水娥你做什么?"

赵永娥看着陆红,勉强地笑了一下,说:"今天我结婚。"

陆红根本不相信,她笑起来,说:"你又骗人。"

赵水娥却不笑,说:"真的,我不骗你。"

陆红吓了一跳,说:"你还在上学,你怎么结婚?"

赵水娥说:"我不上学了。"

陆红说:"不可能的,你还不到年龄呢,你怎么可以结婚?"

赵水娥比陆红大两岁,过了年,刚满十九岁,她苦笑,说:"我们没有领结婚证,先办了,到了年龄再去补领。"

陆红一下抓住赵水娥的手,问:"你为什么?"

赵水娥说:"你看我们家,一个驼子,一个断手,一个老病鬼,不能没有人照顾，所以招了上门女婿。"

陆红想起上次在校门口看到的那个乡下男人，但她还是不明白，她问："为什么这么急，为什么不等到高中毕业？"

赵水娥说："他大概怕我读了书，以后赖婚。"

陆红再没有什么可以问的了，她心里很难过，脸上就表现出来了。赵水娥看看陆红，却笑了笑，说："不要板脸了，我是请你来喝喜酒的呀。"

陆红赌气说："我不要喝你的喜酒！"

赵水娥说："乡下不兴这样说话的，要是给他们听见了，要生气的。"

赵水娥一边说，一边拿了糖果给陆红吃，这时候就听见外面有人喊："来了来了，船来了。"

赵水娥站起来，揉揉眼睛，把新棉袄的下摆拉拉平，走了出去，陆红也跟出去。她们站在河桥头，就看见一只船摇过来，船头上站着赵水娥的丈夫，穿一件藏青的中山装，很老眼的。招女婿和讨媳妇是一样的规矩，所以船上还装着一些"嫁妆"。因为是招女婿，背上岸的规矩就免了。赵水娥的丈夫这么粗壮，一般人也背不动他。他自己上了岸，笑眯眯地指挥大家搬东西。赵水娥的驼子哥哥也是笑口合不拢，拿了炮仗来放。

搬完东西，下面就是喜宴，赵水娥叫陆红跟那些男人们上坐，陆红怎么也不肯，她跟赵水娥说："我今天家里还有事情，过两天再来看你吧。"

赵水娥知道陆红不开心，也不好勉强她，这边要赵水娥张罗的事情很多，她也抽不出身来陪陆红。

　　陆红一个人往回走，心里突然有一种孤独的感觉，当然那时候陆红也许还不明白什么叫孤独，什么叫凄凉。

　　过了新年，不几天就要开学了，陆红没有再去看赵水娥。

　　临上学前一天，陆红又去看周福平，周福平仍然躺在床上，他也许要这么躺一辈子了。

　　陆红很难过，她想问问周福平以后怎么办，但她知道不能这样问。

　　陆红摸出爸爸妈妈给她的零用钱塞给周福平，周福平一定不要。陆红一定要他收下，后来周福平笑笑说："你放心，工程队现在每个月发给我十五块劳保费，饿不死我的。"

　　陆红看着周福平，她突然觉得周福平的什么地方有点像殷老师。

　　陆红很奇怪，怎么会有这样的想法，周福平和殷老师，根本是不一样的呀。

一错再错

　　吴明亮和吕小梅在大学读书时学习认真，功课好，人也老老实实。老师喜欢他们，所以别人谈恋爱老师要反对，甚至要处分，他们谈恋爱，老师看了挺高兴，还带有鼓励性质。毕业的时候，两人一起留了校。老师说，这两个人，都是踏踏实实做学问的人，他们不留校谁留校。那时候的吴明亮和吕小梅，真是同学们最羡慕最眼红的一对呀。可是这种羡慕和眼红，并没有多长时间便烟消云散。为什么呢，商品经济呀，大学老师，名声好听，收入不怎么样，他们又都是学中文的，一个搞民俗学研究和教学，一个是搞古典文学，和现实生活里的钱是沾不上一点边的。本来吴明亮和吕小梅也不是铜钿眼里翻跟斗的人，钱多点钱少点，只要不饿着肚子就行，只要能做学问就凑合吧，但是时代进步了，也由不得他们。在他们谈论婚嫁，并且和双方父母、亲戚、朋友开始商量的时候，所有的人都大吃一惊，什么，你们如此两手空空，就想成家过日子？

吴明亮和吕小梅到此才幡然猛醒，为了爱情，为了家庭，为了未来，他们得改变一下自己的生活轨迹了。

商量的时候，两人都有悲壮感，争着要牺牲自己，吴明亮说，我去吧，我是男人，当然应该我去。吕小梅说，我去，现在竞争太激烈，男人心太重，压力太大。吴明亮说，你不能去，现在外面那么混乱，一个女人家，出去还不知会碰到什么，还是我去。在书斋里待长了的吴明亮和吕小梅，说来好笑，那时候简直把学校之外的社会看成洪水猛兽，他们商量要离开学校走上社会，好像不是去挣钱，而是去送命。最后吕小梅拗不过吴明亮，决定由吴明亮承担重任，吕小梅心里既感动，又多少有些欣喜，她心里其实是放不下自己喜欢的民俗研究的，但是如果决定由她承担挣钱的责任，她也会毫不犹豫地去。但是现在，性格并不刚硬的吴明亮最后强硬地说，当然我去，一锤定了音。

吕小梅感动之余随口开了个玩笑，说，现在外面大家说，男人有钱就变坏。

吴明亮笑着道，女人变坏就有钱。

只是说笑而已。

看似轻松，其实心理压力确实很大。

一对感情笃深的恋人，为改变自己的命运做出了重大的决定。

接下来就是具体的内容了，挣钱，到哪里去挣，怎么挣法，并不是说离开学校就能挣钱，学校之外的大街上并没有满地的金子让你一弯腰就能拿到手。吴明亮前前后后往几个经济部门去应聘，但是没有录取，原因当然是多种多样，但很明显大家对吴明亮这样的书呆子型的人来经商，是不抱希望的。你若是理工科，要好得多，或者金融财会也好，你又偏偏是个文科，文科呢，也有强些的呀，比如你学点社会学之类，对现代的社会也有所了解，也能较快地适应，你偏偏又是文学。再退一步，文学嘛，你若弄个当代的文学钻研钻研，说不定还能钻研出些当代人的精神来，这与当代的商品经济，多多少少也许还有一点点联系，你又偏偏是个古典的。实在对不起了，我承认你学问好，肯用功，但是我们这里用不上你。

无可奈何之下，一个亲戚提议说，不如开出租，现在开出租，哪个不是腰缠万贯。

吕小梅当即道，不行，我们好歹是大学老师。

吴明亮却动心了，说，开车也无妨，本来从大学里出来，就不再是大学老师了，无所谓的，再说了，出来为什么，不就是为挣钱么，只要能挣钱，不违法，可以考虑。

吕小梅仍然不同意，换了个说法，你根本不懂车，怎么开？

一开车的小朋友道，学呀，我包你十天之内可以上路，像吴老师这样的聪明人，学问都能做得那么好，还愁对付不了一辆车？

吕小梅无语了，再想一个办法，说，一辆桑塔纳加上营运证，要多少万，我们没有这么多钱，她本来也是根本不懂什么营运证的，因为吴明亮要找工作，亲戚朋友常来说这个话题，耳濡目染，也听了些新名词。

亲戚朋友都够意思，说，老话说，救急不救穷，你们若是自己不想办法，日子穷，我们是不会帮你们的，现在既然你们觉悟了，知道好坏了，要做事情了，手里缺钱，这好办，这是急事，我们救急不救穷，缺多少，报出来，我们大家凑。

钱很快凑齐了，吴明亮也果然很快学会了开车，在大家的相帮下，吴明亮的红色桑塔纳开起来了，钱呢，就一天一天地从轮子下滚了回来。

其间他们办了婚事，结婚场面很是风光，来喝喜酒的老师和从前的同学都说，看不出呀，吴明亮、吕小梅，你们要文能文，要武能武，想做学问就做出成就来，想挣钱就挣了大钱来。

吴明亮和吕小梅相对一笑。

以后的日子就是这样，吴明亮开车，很辛苦，但挣的钱确实不少。吕小梅呢，安安心心做大学老师。其他都挺好，只是一点，属于两个人的共同话题越来越少。他们结婚比较晚，婚后暂时也没有想到要孩子，一晃就三十多了，因为没有孩子，所有的事情，也就只是发生在两个人中间。两个人能有什么事呢，无非就是那种事吧！他们总是因为爱才结的婚，现在三年过去了，你还爱不爱我，我还爱不爱你，只是这种话，一般说不出口，藏在心里、肚子里。平时呢，只是说些油盐酱醋，你上课怎么，我出车怎么之类，时间长了，连这些也懒得说了。每天出门，回家，吃饭，上床，觉得该尽夫妻义务就尽一下，更多的时候，不是吴明亮累了，就是吕小梅心情不好，或者来例假，也就算了，也无所谓，老夫老妻了。

如果有个孩子，事情也许会朝另一个方向发展。怎么呢，孩子烦人呀，尤其是孩子小的时候，两个人伺候个孩子恐怕就手忙脚乱，一切正常的生活秩序都要打乱，两口子就是有事，恐怕也多半是围绕孩子的了，顾及不了自己。但问题是他们现在没有孩子，吴明亮是想要孩子的，吕小梅也是想要孩子的，为了现在还没有出现的孩子，他们已经考虑过很多很多。有了孩子，得请个保姆吧，请个什么样的保姆呢? 为了有利于孩子的成长, 当然应该请个年轻的, 身体好的, 最好有些知识, 还最好干净甚至漂亮。这样的小保姆, 保姆市场有, 一请就到。只是吕小梅不乐意, 家居一室一厅, 小保姆只能睡在厅里。厅是敞开式的, 人进进出出都要走厅经过, 这样小保姆就等于是睡在大庭广众之下, 那可不行。一个年轻的女孩子, 也许她很泥土气, 也许她没有文化, 但是泥土气和没有文化算得了什么, 关键的问题她是一个年轻的女孩子呀, 每天和你丈夫挤挤擦擦, 你能保得住吴明亮不犯错误? 吕小梅从书上看到过不少关于男主人和小保姆的事情, 一联想到自己, 心里就发瘆, 吃了苍蝇似的不舒服, 所以吕小梅是决心不要小保姆的。当她在内心作了如此的决定之后, 曾经试探过吴明亮, 说, 吴明亮, 我们若是有了孩子, 总要请保姆吧, 她就感觉到吴明亮的眼睛一亮, 吴明亮说, 那是当然, 不请保姆怎么行。吕小梅继续试探, 那么你觉得, 我们若是请保姆, 应该请个老的, 还是小的? 吴明亮的眼睛放出光来急急地说, 老的怎么行, 人家都说, 孩子不能由老人带, 老人带出来的孩子, 长不大, 还娘娘腔, 要请小保姆, 现在保姆市场, 有许多有知识有文化的小保姆, 甚至有高中毕业的。吕小梅说, 保不准还有大学毕业, 你眼睛放光干什么呢, 你激动干什么呢, 八字还没有一撇。吴明亮脸上讪讪的, 说, 我激动什么, 你说话说到哪里去。吕小梅说, 说到你心里嘛, 你见到邻居家那女孩子时, 那个笑, 多么灿烂, 眼睛都笑没了, 我怎么就没见过你那样子对我笑。吴明亮说, 和你说话, 没劲, 你不愿意请小保姆, 就请老保姆, 说那么多废话干什么。吕小梅说, 老保姆我也不请, 家又不宽敞, 再多个人, 多双眼睛, 每天有个外人盯着你的一举一动, 特务似的, 不自在, 难过。吴明亮说，那就不请。

关于保姆的话题没有再继续下去，毕竟离得太远，吴明亮和吕小梅在这一点上达成一致，孩子是要的，不过不着急，反正年纪还不算很大，或者说，等生活的空间再扩大些要孩子不迟。

扩大生活空间，对现在的吴明亮和吕小梅来说，也不算太难，因为现在，不同从前了，吴明亮是有钱人了。

从前在吴明亮还没有离开学校正在商量要离开学校的时候，吕小梅曾经和他开玩笑，说，男人有钱就变坏，虽是玩笑，但也不能保证吕小梅内心深处就没有那样的担忧。而现在的吴明亮，变化确实比较大，从前不抽烟不喝酒，现在也抽上了，喝上了，而且要好牌子。吕小梅在内心深处隐藏着的那个担心，慢慢地钻了出来，一旦钻了出来，收也收不回去，见风长似的，便越长越大。吴明亮晚归了，吕小梅觉得有问题，吴明亮早归了，吕小梅也觉得有问题，吴明亮没日没夜开车挣钱吕小梅觉得不正常，吴明亮说我累了今天要睡一天，吕小梅也觉得不正常，吴明亮往东，她希望吴明亮解释清楚为什么往东，吴明亮往西，她又要吴明亮解释清楚为什么往西。吴明亮说，你到底要我怎么样。吕小梅说，你着急什么，你若心里没鬼，我随便说说，你急什么？吴明亮说，你怎么不讲理？吕小梅心里一冷，往下沉，想，难道真是应了那句话，男人有钱就变坏。吴明亮只得不理睬她，可是，要知道，不理睬，是一种更高层次的不正常呀。

那么吴明亮呢，他也曾经开玩笑，说女人变坏就有钱。表面看起来，吕小梅仍然沿着原来的生活轨道在走路，没有变化，但是对吴明亮来说，吕小梅同样离他远了，并且有越来越远的可能，吕小梅的心里、嘴里，谈的仍然是大学的事情，是学问，是文化，根本是出租车司机无法靠近无法了解的东西。有时候吴明亮也有恋旧的情绪，也想问问如今的学问做得怎么样了，吕小梅也想缓和夫妻关系，耐心地讲解，但是讲着讲着，两个人都发现，讲的人呢，根本无心讲解，听的人呢，根本无心听讲。罢了，吴明亮满肚子委屈，当初他是坚决要自己下海，让吕小梅留在大学的，现在他下了海，挣了钱，但是身份变了，层次低了，吕小梅已经流露出与他不是一条道上人的那种感觉出来，吴明亮忍不住说，你看不起我了，你是大学老师，有身份的人，我呢，破出租车司机一个，下层人民。

吕小梅很生气，简直无中生有，我什么时候这么没有修养，我什么时候变成势利的小市民了，你小人之心度君子之腹。吴明亮也生气，说，是，我是小人，我就是小市民，你是大教授，专家。

日子就这么磕磕碰碰过着，双方的情绪都不好，但是并没有影响双方的工作。吴明亮连续三年，被评为出租车司机中的先进，服务态度好，从不宰客，为人民服务，说话也不粗鲁。在表扬大会上，领导说，你们看看，你们看看，我常常跟你们说，人的素质，是很重要很重要的，是不是，你们看看吴师傅，为什么年年评先进，为什么事情做得这么好，因为人家有素质，人家素养好，有知识，有水平，是不是，所以我说，大家都要提高自己的素质，有了好的素质，那真是行行出状元。师傅们都笑着说，我们都想要好的素质，我们都想做状元，领导你送我们去上大学吧。领导说，并不是非要上过大学才能有好的素质呀，一个人只要有上进心，肯好好学习，就会有好的素质。

吴明亮听这话，在高兴之余，有点说不出的滋味在心里盘旋。

另一头，吕小梅呢，在家庭经济好转的情况下，她的学术研究和教学工作更得到保障，她也更专心致志，短短时间，已经出了两本书，下面仍然还有好几部书稿正在进行中，也算是事业有成。

吴明亮开车时间长了，对每天出门要走的路线应该说早已经烂熟于胸，他的红色桑塔纳车停在离他家不远的一个机关大院，因为和看门的老头熟了，也不收他的停车费，出入自由。每天早晨，吴明亮八点起床，八点半出车，来到机关大院，给老头扔一支烟，自己也点一支抽了。车上了路，生意忙起来，抽烟的机会就越来越少。有时候实在是犯烟瘾犯得难过，眼泪鼻涕都会下来，哈欠连天，简直就像个鸦片鬼，这样吴明亮偶尔也会在车上抽烟，但一般都是要经过乘客同意的，也有的时候，乘客还会主动扔一根烟给他，那他就不客气了，会和乘客一起抽一下，但是如果是女乘客，吴明亮就只能忍住了，女同志一般都是讨厌抽烟的。吴明亮有个同事，平时工作态度也是很好的，那一回不知怎么就犯了冲，瞌睡连天，点了一根烟，结果女乘客毫不客气地叫他掐掉。那位师傅是个吃软不吃硬的人，如果女乘客态度柔和一点，说话好听一点，他也许就会掐掉烟，因为他自己知道理亏的，但偏偏那位女乘客比较厉害，属于得理不让人的，她说出话来一套一套的，又是侵犯什么，又是消费者的权益什么，反正给他套了一大堆帽子。这位师傅就犯了犟劲，偏就不掐，最后乘客告了他，师傅被罚款，还作了检查。从此之后，其他的师傅们都学了乖。后来有记者采访那位女乘客，提到这个问题，女乘客说，我就是这个目的，不仅让那位先生吸取教训，也是让所有的出租车车司机先生都知道应该怎么对待消费者，这话说得很有道理。

吴明亮边抽烟边和老传达随便说几句话，然后他将车开出机关大院，出门，往南拐，然后上大路，生意就来了。对走了多年的路线，吴明亮闭着眼睛也能开，也有的时候，吴明亮将车开出来，在机关大院里就载上了乘客，这样他就有可能行走另一条路线，出了大门，也许要往北，也许要直开，这得由乘客决定，但这样的机会不多，所以吴明亮每天早晨的行车路线基本上已经成为一条既定的路线。

只是，在这一天的早晨，吴明亮不知为什么没有走既定的路线，车子开出机关大院的一刹那，吴明亮突然想，今天换一条路线走走，他将车头调向北边，便走上了与多年来的路线截然相反的另一条路。

将事情推前一天看看，是不是前一天或者前几天或者干脆就是这一阵子生意不好，吴明亮想换个方向试试运气呢？不是，吴明亮的生意一直很好，昨天，前天，前几天，这一阵子，简直要做疯了，一天四五百小意思，七八百也是常有，用他们的行话说，就是做顺了。当然吴明亮很疲劳，这不用怀疑，那么是不是因为过度疲劳，在吴明亮的潜意识中有一种想休息的意思，但理智又告诉他不能休息，这一休息就等于每天白白地扔掉几百元钱，换了谁谁也舍不得。这样，吴明亮就只能在他的潜意识里期盼休息，而这一天，当吴明亮开车出门的时候，他想到没完没了无休无止的重复的疲劳又将开始，他的潜意识突然控制了他的行为，于是他调转车头，换了方向。

也或者，吴明亮这一天另有什么事情要办？去看望很长时间没有看望的老父老母？和情人约会？帮朋友做个什么事？看一看正准备购买的商品房？感冒了到医院配药？

且不论吴明亮在这一个平凡得和往日一般无二的日子里为什么

要调转他的车头，走另外一条路线。事实是吴明亮走了另外一条路线，以后的事情，都是从吴明亮的这个错误的开头开始的。

但这时候吴明亮无疑认为他的错误路线是正确的，因为车刚上了路，就有人招手，是一位年轻的小姐，穿一身质地很好的白色裙套装，夹一只黑色皮包，手里拿一只小巧玲珑的手机。吴明亮心里小有得意，这条路也不错，蛮有运气嘛，赶紧向路边停车。小姐过来，开前边的车门，稍一提长裙，上车，坐定，报地名，车就开动，一举手一投足，无不干脆利索且又不失优雅。吴明亮呢，与小姐的配合默契，算天衣无缝。

吴明亮开了多年出租，什么样的人没有载过，漂亮小姐也是常常有的，吴明亮也见过不少，各种类型皆有，没什么可奇怪。每个小姐自有每个小姐的特色，有潇洒自然大方，也有比较紧张的，有的往前排坐，有的要往后面坐，你替她开了前门她也不上，偏要往后面去。坐后边的，也有坐后边的讲究，有的喜欢挪到中间舒坦地一坐；也有的呢，上了车就往车门边一缩，像受欺侮的小媳妇似的；有的呢，从反光镜里老是打量司机的脸，或者从一上车就低垂着脑袋和眼睛，让司机从头到尾不知道乘客长什么样子的事情也是有的。总之乘客里是无奇不有，小姐乘客也是千姿百态，吴明亮也算见多识广，当然见怪不怪。

吴明亮曾经看过一本书，好像是什么心理学之类，说从每个人坐出租车的习惯，能判断一个人的性格，吴明亮笑起来，他是不相信的。但是吕小梅相信，吕小梅经常从系里资料室带些书回来，吴明亮本来也是看书出身的，现在没有很多时间看书了，家里的书，四处零乱搁着。有时候吴明亮在等吃饭的时候，或者是坐马桶的时候，也随手抓一本来看看，至于心理分析之类，吴明亮也不过当笑话一看而已。

小姐年轻漂亮，看起来不俗，不是那种珠光宝气，手指上套满钻戒的样子。但是像这样的小姐，一般是把手机放在小包里的，等到上了车，手机响起来，小姐就接电话，声音总是很好听，在吴明亮听来，是一种享受。今天的小姐，好像稍有不同，她把手机抓在手里上了车，因为小姐几乎有点光彩照人，使吴明亮都不怎么好意思正眼看她，只拿眼睛的余光扫一扫。好在小姐并不看他，一上车就开始打电话，每按一下，手机便发出一声欢快动听的音乐般的声音。这声音简直和小姐本人一样的美好，可惜打不通，小姐着急地"唉"了一声，再拨，仍然不通，又再拨。小姐手指的动作越来越快，手指是那么的灵巧协调，好像这纤纤小手天生就是用来拨手机号码似的。手机号码的声音呢，在小姐手下连成一串，成了一首快节奏的乐曲。小姐急促的气息传递到吴明亮的感觉中，吴明亮不由侧过脸看了小姐一眼，小姐皱着柳眉，鼻尖上有几颗晶莹的汗珠，这使得小姐更添出一番特别的气质和风度，别有滋味，小姐发现吴明亮注意她，突然地冲吴明亮一笑，即刻又收回笑意，再打电话。

吴明亮开着车，想，这般的小姐，好像应该自己有车才对，正要沿这思路往下想，小姐的手机突然响起来，小姐说，哎呀，急死我了，你到哪里去了。不等电话那边的人说什么，小姐又抢着道，我倒霉，早晨一看，车胎瘪了，只好出来打车，这正在车上呢，急死人了，你那边先应酬起来，我马上就到，等等。总之，知道那边有什么急事等着她，她呢，又因为自己的车出了问题只好打车，耽误了时间，就是这事情。

　　吴明亮在这个秋高气爽的日子心情说不上愉快也说不上不愉快，他载着一个有急事的漂亮小姐在路上走着，他想和小姐说说话，但是小姐有心思，不想和他说话，那也无妨。吴明亮开车多年，什么样的客人没有载过，爱说话的和不爱说话的都有，爱说话的吴明亮就和他说说，不爱说话的，吴明亮就闭嘴。

　　车往前开，前面是一座新建的大桥，桥面宽阔，吴明亮上桥，下桥，事情在下桥的时候发生了。

　　一辆自行车从大桥右侧的一条斜坡路上向大桥冲过来，经验丰富的吴明亮一下子就发现这辆自行车没有刹车，这一发现，使吴明亮吓出一身冷汗，来不及判断，本能告诉他这时候只有急刹车，吴明亮刹了车，几乎就在这同时，没有刹车的自行车，轰的一声撞在吴明亮的车门上，骑车人和自行车一齐轰然倒地。

　　吴明亮跳下车来，大骂道，你找死啊！

　　倒在地上的骑车人挣扎着爬起来，半跪着，不停地眨巴着眼睛，可怜巴巴地看着吴明亮。

　　吴明亮说，我如果不刹车，你已经死了！他绕到车右侧，看看被撞坏的车门，说，你说怎么办吧，这车门修一修至少四五百，你是哪个单位的，你的身份证给我。

　　骑车人又黑又脏，看上去至少比吴明亮年长二十岁，他跪在吴明亮面前，突然弯下身子给吴明亮磕了三个头，说，大哥，你饶了我吧，大哥，你打我吧，我没有单位，也没有身份证，自行车是偷来的，我也不会骑，在乡下从来没有骑过自行车，大哥，你打我吧。

　　我打你？我打你干什么？吴明亮心里暗叫倒霉，知道碰上什么了，脑袋里立即跳出证人两个字，从证人两个字，方才想起车上还有位小姐，以为小姐吓晕过去了，连忙拿眼睛扫到座位上，哪里有什么小姐，车座上空空的，抬头望去，发现小姐一路歪着脑袋听电话，咯噔咯噔已经走出一段路去，吴明亮手指着，大叫起来，哎，哎，那位！

小姐并不回头。

吴明亮声色俱厉，向倒在地上的骑车人说，你别打算溜走，你逃到天边我也能追上你。

骑车人苦巴巴地道，大哥，我不走，大哥，你叫我走我也走不了。

吴明亮奔上前拉住小姐，说，小姐，你不能走，你得给我作证。

小姐像是有些茫然，作证？小姐说，作什么证？

吴明亮说，是他撞的我，你亲眼看见的，你要给我作证。

小姐说，我亲眼看见，我亲眼看见什么，我什么也没有看见，你不见我正急着打电话，我什么也没有看见，只听见"砰"的一声。

吴明亮说，是他撞我的，他的车是偷来的，没有刹车，是他撞我的。

小姐说，谁撞谁，与我有什么关系，我有急事，你拦着我，耽误了时间你负责？

吴明亮说，你不能走，你是唯一的证人。

小姐说，你出事故，不找警察，缠着我干什么，我有急事，我已经迟了，今天真倒霉。

吴明亮说，那你给我留个名片，交警处理的时候，我找你作证。

小姐道，你是谁，我凭什么给你名片。

吴明亮说，你不能不讲理。

小姐说，谁不讲理，是我撞了你的车吗？你拦着我，倒是我不讲理？

吴明亮说不过伶牙俐齿的小姐，急道，无论如何，我不能让你走。

小姐不再说话，从手提包里摸出一个小本子，撕下一张小纸，唰唰写了一个号码，交给吴明亮，道，没时间和你啰唆，算我倒霉，怎么碰到你这样的人，有事，呼我吧。

吴明亮看了一下，怀疑说，这是呼机号码，现在你还用呼机？他指指小姐手里的手机，你不是有手机吗？

小姐看了他一眼，我的手机跟你有什么关系，我跟你说，手机你找不到我的，我关机的。

吴明亮咽了一下，又说，这只有号码，没有你的名字？

小姐说，要名字干什么，这是我的呼机，你呼我，总是我给你回电，用得着名字吗？

吴明亮盯着这纸条看，他怀疑这上面的呼机号码根本就是假的，就在他一犯呆的短暂时间里，小姐已经招了另一辆出租车，一眨眼工夫，人就没影了。

吴明亮紧紧捏着小姐留的不知是真是假的字条，回到车边，骑车人仍然乖乖地躺在原地，过往的行人也有下自行车看看的，也有边走边回头的。吴明亮对他们说，帮帮忙。大家笑起来，没有人说话，也有人看起来倒是想帮忙的，只是不知道怎么个帮法，围着发愣。吴明亮四处看着，发现不远处有两个巡警，眼睛一亮，大叫起来，巡警！巡警！

巡警应声过来，看了看情况，先要了吴明亮的驾驶证，看了看，又向被撞的人要身份证，被撞的人说，我没有身份证，问叫什么名字，名字总算是有的，叫冯贵三。

巡警说，冯贵三，你站起来，跪在地上算什么。

冯贵三哭丧着脸说，我站不起来了。

一个巡警上前捏了捏他的腿，他便大叫起来，额头上汗也渗出来，这个巡警对另一个巡警说，不像是装的，可能出了点问题。

另一个巡警点点头，回头向吴明亮说，你把他送到医院去看看，腿怎么了。

吴明亮说，是他撞了我的车，他的自行车没有刹车，从那条路上冲下来，我若是不刹车……

巡警不听吴明亮说，挥了挥手，说，叫你送他上医院你就送他上医院，啰唆什么。

吴明亮说，怎么叫我送他上医院，是他撞了我的车，我的车门坏了，修一修至少四五百，怎么叫我送他上医院？

巡警说，你不送他上医院，谁送他上医院？难道我们送他上医院？

吴明亮说，这没有道理的，是他撞了我的车，这事情你们不处理了？

巡警说，谁说不处理，你先送他上医院，然后将车门修了，收好发票，留下你的电话，回头我们会找你处理的。

吴明亮无法，留下自己的呼机号码，巡警也叫冯贵三留下了住址，吴明亮扶着冯贵三上了车，突然想起事情，下车叫住正要离去的巡警，说，喂，医药费的钱呢？

巡警两人对视一眼，其中一个说，你问谁呢，难道叫我们出医药费？

吴明亮说，他身上一分钱也没有。

这一个巡警说，那就由你先垫着吧，说着仍然和另一个巡警一起笑，向吴明亮挥挥手，两人欲离开，吴明亮突然又想起什么，再次叫了起来，巡警说，还有什么事？

吴明亮将小姐留的字条给巡警看看，说，这是乘客的呼机号，她可以作证的，给你们。

巡警看了看，说，你自己留着吧。

吴明亮说，你们也留一个，到时候处理起来方便些。

巡警掏出小本子，将小姐的呼机号码抄上，走了。

吴明亮便载着这个倒霉的冯贵三往医院去，到了医院，将他扶下车时，碰见同行老豆。老豆载客过来，下了客，正要离去，见吴明亮搀着个伤员，笑起来，说，吴明亮，今天什么日子，开门红呀。

吴明亮说，倒霉，躲也躲不过，居然撞到我车上，你看看我的车门。

老豆仍然笑，说，他撞了你的车，你送他到医院，什么时候变雷锋了？

吴明亮说，巡警叫送来的。

老豆说，巡警是他小舅子？笑着开车走了，到医院门口载上一个客，高兴而去。

吴明亮架着冯贵三，让他坐在长椅上，掏出钱来排队挂号，又怕他逃跑，不断回头注意，惹得身后排队的病人以为他是个小偷或者什么，站得离他远远的，小心护着自己的包。挂了号，才知道伤科在二楼，又架上二楼；病人很多，坐也坐不下，站着等了一会，知道进展很慢，吴明亮过去和护士商量，说，能不能让我们先看一看。

护士横了他一眼，说，你是干什么的，凭什么让你们先看一看。

吴明亮说，我是开出租的。

护士又横他们一眼，撇了撇嘴，开出租的时间就比我们的时间值钱呀。

吴明亮说，我不是这个意思，我不是这个意思。

护士再看伤员一眼，对吴明亮说，你们这种人，铜箍心，只晓得赚钱、赚钱，钱越多，心越黑，怎么开车的，强盗车。

有病人也应和着护士，说，现在的出租车，是开得很野，逼我们自行车，逼得无路走。

护士见大家拥护，心里高兴，脸上也有了笑意，向吴明亮说，怎么，撞了人了，知道着急了。

吴明亮说，不是我撞他的，是他撞我的。

大家哈哈笑起来。

护士说，他撞你，他拿什么撞你，自行车？自行车撞得过汽车？

吴明亮说，我下桥的时候，他从旁边一条路直冲过来，他没有刹车，他是外地人，自行车是偷来的，他不会骑，他撞坏了我的车门，修一修至少四五百。

护士说，噢，他撞了你，撞坏了你的车，你还送他到医院来看？

吴明亮说，是巡警叫我送来的。

护士说，不是你的责任，巡警怎么会叫你送来。

吴明亮说，我不送来谁送来？巡警又不肯送来。

护士说，不是你的责任你怎么肯送来？

吴明亮张了张嘴说不出话来。

护士笑了一下，说，原来你是做好人好事，他撞坏了你的车，你还送他上医院，替他付医药费，你叫什么名字，要不要我们写表扬信？登报？这个护士是满嘴的讽刺挖苦。

大家都跟着笑，吴明亮浑身是嘴也解释不清，只得向冯贵三求助，你说，你自己说。

冯贵三也听不太懂大家用本地话说的什么，只以为吴明亮向他要钱，哭丧着脸说，大哥，你打我吧，大家又是一阵哄笑。

等了半天，终于等到，扶着过去，医生连个正眼也没给，一捏伤腿，说，拍片，又架着下楼，先付了钱，再到拍片室，等拍片，拍了片，又等着洗出来。吴明亮一手扶着冯贵三，一手举着片子，再上楼，医生朝片子看了一眼，说，骨折，冯贵三这回倒是听懂了，咕咚一下就瘫在地上。

上了石膏，用纱布绑好了，再开些伤药，又到楼下，划价，付钱，配药，总共用了一百多元钱，吴明亮将发票和药交给冯贵三，说，你说怎么办吧，一百五十几块钱。

冯贵三捧着药，捏着发票，说，大哥，你打我吧。

吴明亮说，我打你干什么？我打了你你就给我钱？说话间心里突然就一阵茫然，好像不知道自己下面应该再干什么，他茫然地看着冯贵三，说，你不能走。

冯贵三说，我不走，我要走也走不动啊。

吴明亮说，我要去修车门，你怎么办？

冯贵三说，我听你的，大哥。

吴明亮说，你坐我的车，等我修车门，拿到发票再说，扶着冯贵三上了他的车，开到修车铺。

车铺老板检查着车门，说，老兄今天运气不好，说着朝坐在车上的冯贵三看看，问，是个外地人？

吴明亮说，是外地人。

车铺老板摇了摇头，说，外地人很难弄，很赖皮的，恐怕要敲你一笔。

吴明亮也摇了摇头，说，他敲不到我的，不是我撞他，是他来撞我的，骑一辆偷来的自行车，没有刹车，撞了我的车门，若不是我刹得快，早死了他。

车铺老板说，你叫他赔钱了？叫交警处理了？

吴明亮说，够倒霉的，这家伙，没有钱，没有身份证，叫我打他，我能打他吗？

车铺老板说，那你还载着他干什么？养老送终？

吴明亮说，我也不能放他走，他说他的工棚在哪里，我能相信吗？

车铺老板说，你打算一辈子载着他？

吴明亮心里又是一阵糊涂，说，我，我也不知道。

车铺老板笑起来，说，我又不是交警，我家也没有人做交警，我也不会去报告交警，你和我还打马虎眼，说假话。

吴明亮修了车，收起发票，回到车上，向冯贵三说，现在怎么办，巡警也不打电话来，也不知怎么处理。

冯贵三说，大哥，来世我给你做牛做马做奴隶。

吴明亮说，你倒知道做奴隶。

冯贵三说，我小时候读过书，读到高小毕业，村上就算我学问高。

吴明亮说，是，你学问高，学问高得到我们这里来捣乱。

冯贵三说，我没有捣乱，我规规矩矩做工的。

吴明亮说，没有捣乱？你骑个没有刹车的自行车，这不是捣乱是什么？你把我害苦了，贴了医药费，修车费，现在拿你怎么办？看冯贵三脸上又是叫他打他的意思，连忙摆手，说，别说了别说了，我没时间和你啰唆，已经被你害掉一上午时间，我要去做生意了，你住在哪里，我把你送回去，等巡警叫的时候，再去找你。

冯贵三说了自己的住处，由吴明亮将他送去，又扶着下车，扶到乱七八糟的工棚。里边黑乎乎的，臭气熏天，也看不清什么，也没有人在，大概都出去干活了。让冯贵三躺下，转身要走，想了想又停下了，说，你不好走路，要不要给你倒点开水放着。冯贵三说，我们这里没有开水。

吴明亮走出来，深深地透了口气，向别在腰间的呼机看看，发现上面有个来电号码，不知为什么刚才没听见。连忙认真地再看看，是个不熟悉的电话号码，不是亲戚朋友熟人的，一想，估计就是巡警打的。连忙开了车，找个街边小店的公用电话打过去。那边问找谁，吴明亮不知道巡警叫什么名字，只说找巡警。那边的人态度不太客气，说，你搞什么搞，什么找巡警，你找错地方了。吴明亮又将呼机上的电话号码看了看，和对方核对一遍，准确无误，又说，我没有找错，就是这个电话号码，是巡警找我。对方道，巡警找你，你到公安局去自首就是了，怎么搞到我们这里。吴明亮说，是你们先呼我的。那边说，我们呼你干什么，预约死人啊？吴明亮说，你们是哪里？对方恶声恶气地说，火葬场，烧死人的，挂断电话。

吴明亮也不知道对方真是火葬场呢还是恶作剧瞎说的，但知道肯定不是巡警的电话，挂下电话。

小店老板收钱的时候，说，是不是打错了电话？

吴明亮说，是，是他们呼了我，我当时没有听到，现在根据他们的号码打过去，却又不是。

店老板说，现在是什么稀奇古怪的事情都有，一天我打个寻呼找朋友，一个钟头内回电四十多个，见了鬼，捣得我半天没做成生意。

吴明亮说，什么事都有，他便忍不住将车门被撞坏修了多少钱的事情向小店老板说了出来。

小店老板听到一半便笑起来，说，老兄，像你们开出租的就最怕撞人的事情，撞了人，人家倒霉，你也倒霉。

吴明亮说，不是我撞别人，是人家撞到我的车上，把我的车撞坏了。

店老板仍然笑，满脸是不相信的样子，说，人家撞了你，你怎么不把他抓住，让他跑了，你怎么不找警察，不叫人家赔你钱？

吴明亮说，我叫了巡警，巡警叫我陪那个人去看病，结果腿骨折了，叫我出了一百多块钱呢。

店老板说，若是人家撞的你，你有这么好说话？

吴明亮说，我没有好说话，我要找他的。想了想，复又抓起电话，说，巡警不来找我，我找他们，他们答应处理的，我不找他们我找谁，抓着电话又犹豫。

店老板说，你怎么不打？

吴明亮说，我不知道他们叫什么。

店老板说，这倒不难，你打电话到他们大队去问，在哪条街上值勤的，肯定就是他们。

这话提醒了吴明亮，他接过店老板的电话本，查了查，查到巡警大队的电话，打过去问那条街上是什么人值勤。那边问什么事，吴明亮将事情说了，那边说，你稍等我查一查，查了半天也没有见答复，电话线倒断了。吴明亮再拨电话，就一直占线，忙音，拨了半天，才插进去，那边又说请稍等查一查。

小店老板说，他们滑头了，你再打。

吴明亮就再打，接电话的人说对不起值勤的巡警很多，得一个个查起来，急不得，又说，巡警一天要处理很多很多事情，即使找到他们本人，也不见得就能记得清事情的经过，凭你的一面之词也很难把事情说清楚。

吴明亮说，怎么是一面之词，撞我的人就是证明，另外我还有个证人，是乘客。

那边说，好啊，既然这样，我们再查，你再说一遍，是在哪条街，哪座桥？

吴明亮再说了，电话又断了，再打，又换了个人接电话，问什么事，吴明亮再将事情说一遍。那边听了，说，噢，是交通事故，交通事故你找错地方了，我们是巡警，交通事故你找交警。吴明亮说，是你们巡警叫我等候处理的，电话那说，既然叫你等候处理，你就耐心等候，会来找你的。

时间已经到了中午，肚子饿了。本来吴明亮中午都是在外面随便吃一点什么就打发了的，大家都知道出租司机是两大苦：胃苦和膀胱苦，饿的时候吃不到，憋的时候撒不了，吴明亮早就深有体会了。加之吕小梅对家务事、对烧饭做菜并没有多大的兴趣，她的兴趣在学问上，就算在家烧了饭，这水平也比外面的快餐好不了多少，有一回甚至还做了一个没有刮鳞的红烧鱼上桌，吴明亮惊喜地以为吃鲥鱼呢。所以平时吴明亮一般是不回家吃饭的，但是今天他心里窝囊，虽然肚子是很饿了，但是看看这个店，也不想吃，看看那个店，也没有吃的欲望，又知道吕小梅今天没有课，应该在家做饭的，便把车子开回家去。

吕小梅正在客厅打电话，见吴明亮回来，脸一下子涨得通红，对着电话说，回来了，就这样吧。挂了电话，脸上也已经恢复了平淡，冷冷地说，你今天很忙呀。

吴明亮张了张嘴，本来想说事情经过，被吕小梅一呛，一时倒不知从何说起了。

吕小梅嘴角挂出极淡的一丝笑，说，说不出来了？

吴明亮说，有什么说不出来的，本来想说说车祸的事情，现在一想，跟吕小梅恐怕说不清，不说也罢，说了反而要纠缠。一上午他跟这么多人说了这事，有谁相信过他，再跟吕小梅说，吕小梅未必就能够相信他。吴明亮干脆闭嘴，只当没有这事，得想办法把吕小梅的一根神经扯开去，于是说刚才谁的电话？

吕小梅说，苗凤。

吴明亮有点奇怪，苗凤？她干什么？

吕小梅说，不是她干什么，是我找她，叫她找你妈。

吴明亮说，你找我妈干吗？

吕小梅突然掉下两颗泪珠，干净利索，一点也不拖泥带水，两颗泪珠一下来，眼睛里已经干干的，再没有一点水分，倒是闪出两棵火苗来，说，以为你死了呢，你不是出了车祸吗，我打你呼机你都不回，你不是死了吗？

吴明亮脱口道，你知道我出了事情？

怎么，吕小梅说，你紧张什么，你怕我知道，你怕什么？

吴明亮避开吕小梅的纠缠，道，你怎么知道了？

吕小梅说，若要人不知，除非己莫为。

吴明亮哭笑不得，道，出了车祸，已经够倒霉，够着急，你……

吕小梅道，怎么，你着急，我不着急，苗凤碰到老豆，老豆告诉苗凤看见你出了车祸，苗凤跑我家来告诉我，我怎么办，找你呀，苗凤也没有听清楚到底是你伤了还是别人伤了，也不知道伤得怎么样，我打你呼机，你为什么不回，我不着急吗？我不着急我一上午跑几家医院干什么？哪家医院也找不见你，你根本没在医院吧，吕小梅说着，咬了咬牙，道，我以为你死了呢。

吴明亮叹息一声，说，别提了，今天倒霉。

吕小梅这才注意到吴明亮没有伤着哪里，问，是你撞坏了人家？

吴明亮说，我没有撞人，是他来撞我的。

吕小梅说，他撞你？撞坏什么了？

吴明亮说，车门撞坏了，修了。

吕小梅说，他出钱了？

吴明亮说，哪里他出钱，我陪他到医院看病，倒贴了一百多块钱。

吕小梅说，为什么？

吴明亮愣了一愣，一时竟不知道吕小梅问的什么为什么，停顿了一会，说，什么为什么，看病总是要付钱的，现在的医院，不付钱哪能给你看病，别说看病，救命也不肯救。

吕小梅说，为什么要你替他付医药费？

吴明亮说，他身上一分钱也没有，他是外地人，连身份证也没有，自行车是偷来的，没有刹车，从桥的一边斜里冲下来，我若不是刹车刹得快，就轧死他了。

吕小梅的嘴角突然一嘻，说，吴明亮，你说大书。

吴明亮说，我怎么说大书，我说的是事实。

吕小梅道，你撞了人就撞了人，撞也已经撞了，谁又能把你怎么样，倒霉也已经倒了，还能怎么样，你有必要挖空心思编故事吗？

吴明亮说，我没有编故事，我没有撞他，确实是他撞我的，他还叫我打他，他说，大哥，你打我吧，看他年纪要比我大过二十岁的样子，叫我大哥，还叫我打他，我怎么打他呢，我打了他，他倒要赖我了，这一点我清醒的，我没有打他，我打了他，他也没有钱给我。

吕小梅将吴明亮的话想了又想，总是觉得不对味，总是觉得哪里有问题，但又辨不出到底错在哪里，在心里琢磨一番，说，你那是编出来骗骗警察的，为什么连老婆也要骗呢。说话间，脸色渐渐的，越来越不好看，最后终于把一开始就憋在心里的话说了出来，吴明亮，是不是有别的什么事情，瞒着我，编个事情来骗骗我，想蒙混过关？

吴明亮说，哪有的事。

吕小梅说，我问你，你是在哪里撞的人？

吴明亮说，在朝阳大桥上，下桥的时候，他从右边那条路冲过来。

吕小梅的那丝笑意复又出现，说，朝阳大桥？你怎么走得到朝阳大桥呢，你开了这么几年出租车，哪天是走北边出门的呢，你偏偏今天走北边上朝阳大桥？干什么？你要到哪里去？去看谁？

这是整个事件中吴明亮最最说不清的一句话，为什么要往北拐弯，为什么不走多年来的既定路线，而去走一条错误路线，这只是在极短时间内的一个错误的决定，吴明亮无法解释，他只能说，我不知道为什么。

吕小梅的情绪，顺理成章地从一个角度进入了另一个角度，并且为了这个问题已经有点紧张起来，好像已经接近了什么，开始有蛛丝马迹出现了。

但是，吕小梅并不表现出很激动的状态。吕小梅看过许多小说，许许多多错综复杂扑朔迷离令人百感交集的夫妻故事在她心里像演电影似的演来演去，演过无数次，吕小梅不是浪漫的女中学生，她是一个成熟有知识有头脑的女人，她知道读小说的人若是拿自己或者拿自己的丈夫和小说中的人物作对比，那是太傻也太蠢。当吕小梅撇开小说感受生活的时候，她越来越清醒也越来越痛苦地认识到，他们夫妻间的故事，也已经不可避免地开始了。只是，在这之前，吕小梅尚未有头绪，尚不清楚事情将从哪里开始，隐隐约约地，她知道有个线索藏在那里，她无法找到这个线头将它拉扯出来。

很长一段时间以来，吕小梅梦断魂劳，揪住突然冒出来的线头，正是她梦寐以求的事情。

吴明亮曾经将这个线头隐藏得很深很深，很远很远，深得吕小梅看不见，远得吕小梅够不着，但是现在不一样了，这个线头已经在吕小梅的手中出现了。智者千虑，必有一失，吕小梅想，你不是很隐蔽吗，你不是很狡猾吗。

激动和紧张使吕小梅的心颤抖起来，但是她表面仍然是平静的，我不能像个无知无聊的泼妇，我是个有知识的人，我读过许多文学作品，这些好书陶冶了我的性格，我得表现出我的素质和修养，我是要打一场艰苦卓绝的战斗了，我要讲究战略战术，兵书上说，知己知彼，才能百战百胜。

吕小梅终于觉得自己考虑得差不多成熟了，她说，吴明亮，你解释不出来了，是不是，你说不知道为什么，这世界上，没有无缘无故的事情，任何事情总有它的原因。吕小梅突然间变得像个哲学家。

吴明亮说，我肚子饿了。

吕小梅并不胡闹，她是有理有节的，平平静静地说，肚子饿了，我可以做饭给你吃，但是事情你要说清楚。

吴明亮说，事情我已经说清楚了，撞我车子的人我已经送他回他的工棚去了，他的腿骨折了，医生说要养一个月才能好。

吕小梅说，你其实还是别说话的好，你越说呢，漏洞越多，越说呢，越是叫人不能相信你。

吴明亮委屈地说，你是我老婆，连你都不相信我，还有谁相信我？

吕小梅说，对了，我是你老婆，你在我面前你都不肯说实话，还指望你对谁有实话？

吴明亮眼睛低垂了，看着自己的脚，说，好了，我认输，我没有话说了。

吕小梅说，话还是应该有的说，比如吧，平时我呼你，你不都是立即就回电的？今天怎么呼了几次也不回电话呢？你又没有关机，又没有因为欠费停机，那是呼机没电了？寻呼台关门了？铃声坏了？忙于处理事情没有听见？明明接到了不想回？不方便回？干什么呢，连回个电话也不方便，事情挺大的嘛。

吴明亮说，随你说，反正我没有接到，你若不信，我给你看我的呼机，一看就知道上午谁给我打电话了，说着便想起那个打错了的号码，又说，一上午，只有一次呼叫，电话还是个错的。

吕小梅没有丝毫卡顿，十分顺溜地接下去问，错的，什么错的，错什么，是号码错了，还是人家呼错了？

吴明亮拿出呼机，将那个陌生的来电号码查出来，交给吕小梅，你看吧。

吕小梅看了看号码，确实是陌生的，问道，是谁？

吴明亮说，搞不清楚，莫名其妙，我还以为是巡警处理事故呢，打过去，根本不是。

吕小梅说，不是巡警，是谁？

吴明亮说，问那么多，你累不累。

吕小梅的疑虑开始在脸上爬，爬出些许警惕的意味来，说，为什么叫我不要问，到底是谁呼你，你心虚什么？

吴明亮说，我哪里心虚。

吕小梅说，你不心虚为什么不敢告诉我？看了看吴明亮的脸，说，我知道，你以为你把我掌握得死死的，你以为我要面子，不敢打这种可疑的电话，我今天偏不要面子，偏不做大学老师，偏学学没有文化的家庭妇女……不等吴明亮再说什么，吕小梅就到客厅照那号码打电话，一会儿，挂了电话来看吴明亮，脸上就多了一层证据在手的冷笑，道，吴明亮，我明白了。

吴明亮说，明白什么？

吕小梅说，你到底怎么回事，什么撞了人，什么巡警，什么东西，一切我都明白了。

吴明亮说，明白就好。

吕小梅说，你以为我很胆小，不敢打这个电话，是不是，我告诉你，现在的我，不再是从前的我，狗急了还跳个墙，兔子急了还咬人一口，我打了电话，是什么地方，用得着我说出来吗？

吴明亮说，火葬场。

吕小梅脸色不好看，说，你咒我，你是不是巴我早点死了进火葬场，好让你称心如意？

吴明亮说，我上午打过去，对方恶声恶气说他们是火葬场。

吕小梅笑了笑，说，你心里明白，是哪里。

吴明亮说，哪里？

吕小梅说，城湾新村。

吴明亮说，城湾新村？城湾新村是什么？

吕小梅说，城湾新村的公用电话，城湾新村是什么，是人住的地方呀，你不知道谁住在城湾新村？

吴明亮说，谁住在城湾新村？

吕小梅的脸色开始转白，嘴角的一丝冷笑也挂不住，说，曹丽娟，你老同学的小妹妹，中学里就眉来眼去。

吴明亮忍不住"哈"了一声，曹丽娟？什么事情嘛？

吕小梅说，什么事情，我来告诉你，早晨你接到曹丽娟的电话，叫你去，所以你就改变了原来的行车路线，上了朝阳桥，本来呢，是高高兴兴和情人约会去的，哪里想到撞了人，出了事故，就开始编故事。

吴明亮"哈"一声显然不够他笑的，连续"哈"了三声，才说，什么呀，人家曹丽娟，半年前到美国去了，陪读，这会儿在美利坚合众国等绿卡呢，纽约？洛杉矶？哈佛？我不知道在哪里，反正我看她不会这么大老远赶回来看我，干吗呢，有什么好看的，一个破出租车司机。

吕小梅突然哑了，尴尬地笑了一下，但并没有笑出相信的意思来。

吴明亮既把事情说穿，却有了些余兴未尽的意思，乘兴又再加一句道，曹丽娟，都老太婆一个了，为了给男人出国，苦大了，男人临走时，只给她留下一千块钱，还有个吃奶的孩子。

吕小梅给自己个台阶下来，怎么，嫌老呢，要年轻的是吧，现在的男人，讲什么素质，讲什么学问，只要年轻漂亮，是个鸡也无所谓。这话，就说得粗了，吕小梅一出口，自己也感觉到，在老师之间，也常谈论社会现象，但是都不用很粗鲁的语言，讲到伤风败俗的事情，都跳开关键的词语，或者用代称，一般不会直接说出来，说出来，也脏了自己的嘴，但是每个人心里，难保是没有这种字眼的，现在吕小梅一急，就说了出来，感觉很不好意思。

吴明亮呢，从吕小梅的话里，倒没有感觉吕小梅有什么粗鲁，他现在接触的人物，脏话粗话家常便饭，无所谓，哪个文绉绉，反倒显得怪怪的，像吴明亮这样，甚至大学老师出身的，现在也早已经和他们打成了一片。吕小梅的话倒是使吴明亮想起了那个坐在车上打手机的小姐，挺年轻漂亮，又颇有气质，是干什么的呢？这么忙乎，估计是经商的，女强人吧，不过也难说，现在干那种事情的人，据说一个比一个有气质，站出来一个比一个像女大学生，穿着一身素白，纯洁，也不浓妆，平淡素静，文文雅雅。只不过那样的小姐一般夜里忙乎，早晨是要休息的，当然事情也不绝对，若是早晨有好生意，想她们也不会拒绝吧，说白天生意我不做。

吴明亮摇了摇头，他不相信今天坐他车的那位小姐是鸡，他不愿意相信，想着的时候，脸上露出些甜蜜的笑意来，只是笑意刚一出来，就发现吕小梅正注意他，连忙收回，说，肚子真的饿了。

接下去一切正常，吴明亮记得给母亲打个电话报个平安，免得老人家担心。打过电话，见吕小梅已经进厨房，吴明亮也就跟进来，与平时一般，吕小梅掌勺，吴明亮做下手，一个拣洗，一个炒煮，配合默契，只是突然就没话了，一句也没有。刚才说了那么一大堆话，口干舌燥了，现在发现原来都是废话，两人都闭了嘴，心里都讪讪的，竟有些空落落的感觉，好像丢失了什么似的，不踏实，又像是猜谜，猜到后来，出谜的人说，不用猜了，根本不是个谜，但猜的人呢，偏偏觉得是个谜，仍然还有想猜下去的意思。

吴明亮觉得窝囊，本来就窝了一肚子的火，又被吕小梅像审犯人似的这么审来审去，十分地没面子，也没趣，思来想去，就怪到呼机上。如果呼机不是这样捉弄人，该呼的不呼，不该呼的乱呼，事情也不至于这样，吕小梅也不至于如此大动干戈地怀疑起来。吴明亮边吃，边下了一个决心，下午出门，头一件事就是去买一个手机，把可能出现的互相的不信任尽可能地消除掉。

吕小梅当然看得出吴明亮在想事情，她虽然了解吴明亮，但毕竟没有火眼金睛。他在想什么事情，她是猜不出来的，她便盯着吴明亮看了看。她的眼神，使得吴明亮不由自主地要将心里想的什么说出来。吕小梅听了，先是沉默片刻，后来又补了一句，有了手机，你联系别人也方便多啦。吴明亮一听，说道，那就不买了，我们开车的，能有什么事情？本来也不需要手机。吕小梅其实是想让吴明亮买手机的，她曾经提过几次，但是吴明亮认为不必要，就一直没买，别的的哥的姐，个个都已经鸟枪换炮了。现在好不容易吴明亮想通了要买手机，又被吕小梅一句话打击了积极性，吕小梅又碰了一鼻子灰，心中很懊丧。她也不明白吴明亮如今怎么变得这么小肚鸡肠，只要她一句话说得不中听，就给她脸色看，让她下不来台，吴明亮从前可不是这样子，他可是个大度的男人，是个有气派的男人，不会这么斤斤计较。吕小梅也在思来想去，总之是觉得吴明亮变了，想到这里，吕小梅心里一阵难过，一阵气愤，说，是呀，你不用手机也很方便，反正一天到晚在外面，跟谁联系，跟谁见面，要多自由有多自由，要想怎样就怎样。

这时候吴明亮已经扒完了最后一口饭，他也懒得再接吕小梅的新招，只说了一句，我们做苦力的，没有时间嚼舌头，就出车去了。他是靠这个挣钱过日子的，天大的事，只要过去，车照样得开，歇不得，歇就是歇掉了钱，何况也没有什么天大的事。早晨的事情，吕小梅是虚惊一场，吴明亮则自认倒霉。也不算太大的霉，损失了几百块钱，既然警察不来找他，他也懒得再找警察。找到警察，又能怎么，那么个开口就称大哥你打我的外地人冯贵三，叫他拿出钱来，怕是难了，也罢。

吴明亮走后，吕小梅稍一收拾，下午她有课，也差不多该出门了。临出门时，弯腰换鞋，眼睛随意朝地上一溜，看到地上有张小纸条，吕小梅随手捡起来，团了，往门边的垃圾桶里一扔。只是在她扔出纸团的很短很短的一瞬间，不知满头脑许许多多的线路中哪根线路出了点问题，突然想，这是个什么纸条呢，拿起来看看再扔吧。便由这么个想法指导，又从垃圾桶里将纸条捡起来，展开来一看，是个号码，再一细看数字，前面是129，后面还有七位，知道是个呼机号码。

吕小梅到办公室后，时间还早，她拿出讲稿，想再预备一下，却怎么也看不进去，眼睛不由自主地老是往电话上看。最后吕小梅终于扛不住了，从口袋里摸出那张纸，照着上面的呼机号打了过去。拨号的时候，心慌得不行，幸好是直拨的，不用人工呼叫，要不然，恐怕她一听到寻呼台小姐的声音就会扔掉电话的。拨出去后，吕小梅胆战心惊地等待着，没想到非常的快，电话已经来了，吕小梅抓起电话，就听到对方一个温柔的女声：谁呼我？

吕小梅心里一抖，叭地挂断了电话，上课的预备铃也响起来了。

整个上课的过程，吕小梅都想着这个温柔的女声，说，谁呼我？有几次让学生翻书，都说错了页码，学生说，吕老师，错了。一直熬到下课铃响，吕小梅才仓皇地逃离了学生疑惑的注视。

回到办公室，吕小梅镇定下来，便觉得满脑子里充满了疑点。字条以及字条上的呼机号码，肯定是哪个女的给吴明亮的，这一点吕小梅确信无疑。一、那个年轻女人是谁？二、她为什么要把自己的呼机给吴明亮？三、吴明亮有一个电话号码本子，专门记载和他有联系的人的电话号码，为什么他不把这个呼机号码记在本子上？怕她发现？四、……五、……这些问题一直缠绕着吕小梅。

接着有两个意见在左右吕小梅：一、我应该在意这些问题吗？我不应该在意，不应该当一回事情，我不应该在其他事情上浪费精力和时间，我甚至连想都不应该想这些无稽之谈。二、明明是出了问题，明明是有疑问，我为什么要回避？我需要冷静下来，一一解决这些疑问，我不把这些疑问解决了，我干什么都不能安心，这些疑问，不是我凭空想象出来的，也不是我捏造出来的，这是摆在我眼前的事实，我既然看见了它们，我不能装作看不见，我做不到。

显然第二种想法占了上风，吕小梅想了又想，见办公室无其他人，她终于第二次拨了呼机号码。

回电仍然来得很快，仍然是"喂"，仍然是柔美年轻的女声说，谁呼我？

吕小梅现在已经有了些心理准备，虽然心里仍然慌乱，但至少能够说话了，她说，你是谁？

对方笑起来，说，呀哈哈，您肯定是王小姐的亲密好朋友，我只说三个字，您就能听出我不是王小姐。

吕小梅又懵了。

对方仍然笑着，又说，我是周小姐呀，您对我没有印象？

吕小梅愣着，头脑一团糟，又紧张，但是她得回话呀，不回话算什么呢。

周小姐既热情，又通情达理，见吕小梅不说话，连忙又道，没事没事，我做王小姐的助理，也才不多几天，不认识我，也是正常的，只不过，既然您是王小姐的朋友，也就等于是我的朋友，一样。

在周小姐平和热情的语调中，吕小梅慢慢理了理自己的思路，觉得一下子清醒多了，一、呼机号码的主人姓王；二、是位小姐；三、很可能是经商的，因为她还有个助理周小姐。吕小梅紧紧抓住话头，问，王小姐呢？

周小姐说，王小姐有急事出去了，她实在是忙，她的呼机我现在代她管着，您知道的，今天这情况，这边事情太多，简直有点乱套了，这样吧，您现在在哪里，您有没有车？

吕小梅脱口道，车？你说出租车？立即联想到吴明亮了。

周小姐说，那哪成，哪能让您打车，您等等，别挂电话呀，我看看现在有没有车，说着，声音远去了，但吕小梅从电话里仍然能够听出个大概来，周小姐在那边问车子什么，一会儿声音又来了，说，有车，有车，我马上派车来接您，您告诉我现在您在哪里。

吕小梅说，我，我，我……终于我不下去了。

周小姐十分善解人意，说，我知道，我知道，您是要找王小姐，其实一样的呀，找到我您就等于找到了王小姐，当然当然，现在外面骗子多，不可随便相信人，您这是对的，只不过，只要您一过来，您看到这边的情形，您就知道了……

吕小梅不知道周小姐搅的什么，但是她又不能让刚刚露出来的短线头逃走，她得紧紧抓住这个短线头，必须和周小姐继续把话对下去，不能让它断了，可是这话，又实在很难对得下去。吕小梅急得冒汗了，突然就急中生智，想出好主意来了，变被动为主动嘛，她反问道，你知道我是谁，干什么的？

　　周小姐爽朗一笑，说，呀呀，这还用得着猜吗，找王小姐的人，哪个不是车载斗量，走出来个个是人物呀，再说了，我们这次的招商会，也是开得有档次的，这您肯定知道，一般的人物，手里有个三钱两钱的，我们还不怎么稀罕呢……话说到一半，听得有人打断了周小姐，叽叽呱呱急急地说着什么事，周小姐呢，也和那边的人说话，手里仍然是抓着话筒的，抽空回头对吕小梅说，请稍等一等，一会儿就好。吕小梅等了一会，周小姐和那边的人说完了话，回头对吕小梅说，对不起，对不起，搞个活动一大摊子事，人手倒是不少，看起来个个能人，碰到事情了，就没辙，都要我和王小姐处理，现时王小姐又没在，好了，把我忙死了，对不起，耽搁您了，我们再回头说您的事情……

　　吕小梅再也听不下去她的啰唆，打断了周小姐，问道，王小姐什么时候在？

　　周小姐说，您先过来，她一会儿就会到会场的，这么大的活动，她张罗的，她能跑到哪里去，您放心，说不定您这边一到，她人也已经到了，对了，您告诉我您的地址，我派车来。

　　吕小梅被逼到南墙上了，结结巴巴说，不，不，不用……

　　周小姐听吕小梅说不用车，明显松了一大口气，更热情地道，也好也好，知道像您这样的人物，是要自由自在的，给您派车，说不定反而不方便您的活动，那您自己过来，我们这边有人接待，这一次，全是高规格的接待，皇冠大酒店，您知道的，五星，有游泳池，有……

　　吕小梅也许应该放下电话与那个什么周小姐"拜拜"了，从此天各一方，根本不可能再知道对方的存在或不存在，但是吕小梅偏偏放不下手里的电话，一直躲在幕后的王小姐，到底是真的不在场，还是有意躲避她，她们真是在开什么招商会，还是搞别的什么名堂，这么绕来绕去，绕到何时算止呢，吕小梅突然道，周小姐，你知道一个叫吴明亮的人吗？

周小姐想了想，又是笑，说，吴明亮？吴明亮？名字挺熟的呀，在嘴里将吴明亮的名字又念了几遍，道，咦，咦，咦，这个吴明亮，好熟呀，就在嘴边，就在嘴边，一滑就出来，咦，是谁呢，又想了一会，说，反正我的朋友里没有，是王小姐的朋友吧，他是不是也来参会？

吕小梅没好气地道，不知道，你问你们王小姐。

周小姐一点也不觉得被呛，说，好的，一会王小姐到了，我问一问她，是叫吴、吴明亮？口天吴吧？明亮，明明亮亮的明亮？

吕小梅哭笑不得，正要挂电话，决心不再理睬这个周小姐了，周小姐突然又说，您马上就过来呀，这边人已经到得差不多了，就等你们几个了，当然，我们都知道重要人物总是最后出场的，我们都伺候着呢，实在因为这边事多，要不，我就过来接您了，皇冠大酒店，您知道怎么走吧，说着自己笑话自己，看我这个人，像您这般的人物，哪能不知道皇冠，笑话了。

吕小梅放下电话，盯着电话机看了半天，愣着，一时竟不知自己身在何处，到底在干什么，细细品味，竟有一种刚从太空回来的感觉，努力平静一下纷乱的不知所以然的情绪。

情绪正在纷乱之中，电话铃再次响起来，吕小梅一接，听到周小姐急切的声音，说，王小姐今天整晚上都在皇冠等您，您马上过来，一切的问题，都可以当面谈清楚。

吕小梅吓了一大跳，不由道，当面谈清楚？

周小姐说，不当面谈，怎么谈得清楚，王小姐说，一切的一切，当面解决！电话已经搁断，吕小梅再"喂"，只有嘟嘟的忙音了。

放下电话，吕小梅慌了，额头上渗出些冷汗来，脸色有些苍白，王小姐知道她是谁了！？她们已经知道了我的真实身份？要和我摊牌了？当面谈清楚，当面解决？解决什么？动员我退出？要求我离婚？也许他们什么都商量好了，等着我去钻套子，或者，用金钱解决，他们有的是钱，或者，用其他方法？

吕小梅心里有一股强烈的东西在冲动，她霍地站起来，抓起手提包，冲了出来。

吴明亮这里，也乱成一团糟了。傍晚的时候，他正好空车路过家门，回来歇一歇的，见吕小梅还没有回家，心里有些奇怪，下午两节课，也应该到家了。正想着，家里电话响了，一接，却不是吕小梅，是个陌生的外地口音的男人声音，说，大哥呀，事情不好了，内出血了……

吴明亮以为打错了，要挂电话，那边人却说，你是出租车司机大哥，你今天早晨撞了一个外地民工是不是？

吴明亮说，我没有撞他，是他撞我的。

男人说，现在来不及说谁撞谁了，冯贵三大出血，送到医院，医生说内脏破了，要开刀，没有钱不动手术。

吴明亮说，这事情赖不到我，我没有撞他，是他撞的我，我已经给他垫了一百多块钱医药费，我修个车门，也五百多，没有找你们算便宜你们了。

男人说，我是冯贵三工程队负责人，现在冯贵三已经进医院了，钱是我们几个人凑了先垫的。

吴明亮说，既然已经住进医院，不就行了么。说着就要挂电话。

负责人说，大哥，大哥，你听我说，我们垫的钱，不够呀，动手术还需要一大笔，你无论如何得……听得出吴明亮想挂断电话，负责人连忙道，大哥，我现在就在你们家楼下的小店，你不下来，我就不走，我要走也没有地方去，我不能走到医院去看着我的工人死呀。

吴明亮说，你怎么蛮不讲理？

负责人说，我反正是不走，你就看着你家的窗户，我也不来敲你的门，我就看着你的窗户。

吴明亮长叹一声，从抽屉里找出三百块钱，拿下楼来，果然有个人等在那里，吴明亮把钱交给他，说，够了吧。

民工负责人看了一下钱，苦着脸说，不够，医生说得上千元。

吴明亮说，这不可能，这不可能，百八块钱，我也就算了，这么多钱，我不能出，指指负责人手上的钱，这钱，我也得和你说明白，这是我借给你的，等事情处理了，你们要还我的。

负责人说，先救人要紧，再说了，再说了，急急离去。

吴明亮看着他的背影，心想，不能这么下去，我得找到警察，找到证人，那个小姐不是留给我一个呼机号码吗？再一想，糟了，把她的呼机号码丢了，丢在哪里，怎么也想不起来了，想立即赶回去寻找。

吴明亮回家到处找也找不见那张小字条，再往吕小梅办公室打电话，想问一问有没有看见小字条，又没有人接。只得往巡警大队去，找昨天在朝阳大桥巡值的民警，一直追到下午，才找到两位巡警中的一位。这一位好像已经记不起来，想了半天，拍拍后脑勺，说，想起来了，你有个小姐的呼机号码我好像留下的，你说是证人，我留了个心眼，记下了。我找找看，在小本子上找了半天，终于找到一个没有人名字的呼机号码，说，大概就是它了，你去试试。交给吴明亮，吴明亮说，只有个号码，名字呢，巡警说，名字，是该我问你，你怎么问我，我怎么知道她的名字，我连她影子也没见着，到底有没有这个人，我还不清楚。

吴明亮急忙打了呼机，回电是周小姐，周小姐也没有问是谁，只说王小姐正在皇冠忙着，任何事情，见了面再说。

吴明亮追到皇冠大酒店，皇冠酒店里热闹非凡，吴明亮到处打听王小姐打听不到，只得再打王小姐的呼机。仍然是周小姐回的电，问什么事，吴明亮简要一说情况，周小姐说，司机，出租司机？吴明亮连忙说，是的是的，今天早晨的车祸，本来也不来麻烦王小姐的，但是突然生出意外来，外地民工住院了，要开刀，我得把事情说清楚，所以找王小姐作证。周小姐说，哎呀，王小姐现在不在这里。吴明亮说，你刚才说她一整天都在皇冠，我才追来的。周小姐说，刚才是刚才，现在是现在，我们做生意的人，说风就是风，说雨就是雨的，你看我现在还和你说话，不定一会儿就上飞机。

吴明亮不相信，又四处找了一圈，哪里找得王小姐，只得灰溜溜出来。

再说吕小梅这边，神差鬼使地来到皇冠大酒店，果然门前大幅会标张贴着，彩旗飘飘，热烈欢迎参加招商会的各地朋友。吕小梅尚未走近大门，已经有迎宾的人迎上来，说，小姐您好，您的行李呢？

吕小梅吓一跳，说，我？行李？

迎宾道，噢，本地的。手一伸，说，请这边走。引到大堂，有个报到处，迎宾说，请这边报到。

吕小梅有些慌张，四处看看，男的女的四散着站了好些人，但她看不出哪个是周小姐，更不知道哪个是王小姐，便到报到处说，我找王小姐。

报到处满脸堆笑，热情洋溢，说，没事没事，先签个到，抓起一支笔往吕小梅手里塞，吕小梅不好拒绝，又不好签名，又说，王小姐不在？那么我找周小姐。

报到处说，没事没事，她们一会都会来的，你先报到，把礼品拿着，又塞了一个大大的装得满满的印着"招商"字样的包给吕小梅。

吕小梅躲让着，说，我不，我不……

报到处说，小意思，小意思，一点点东西，知道对你们来说，看不上眼，提着也不方便，一会交给您的司机吧，对了，您的司机呢，他也有一份。

吕小梅说，我没有司机。

报到处说，噢，噢，小姐自己开车，硬把包塞到吕小梅手里。

吕小梅提着，挺沉的，不知里边什么东西，看报到处等着她签名，只得写下自己的名字。报到处也没有看，只是发现工作单位一栏没填，又指着说，这一栏也请填上，还有联系电话。

吕小梅难了，看了看前面的人怎么填，只见都填得挺简单，也很含糊，有的只写"商业"两个字，有的写"交通局"，甚至有一个写是"果品"两字，吕小梅差一点笑起来，便也顺着写了"教育"两字。

这回报到处看了一眼，看到"教育"两字，本来笑着的脸上，突然增加了一层严肃，那是一种肃然起敬的表情，甚至有谦恭的意思，也有点紧张。他好像一时有点不知如何是好的感觉，犹豫了一下，转着头向大堂里四处张望，对着远处某一个人大声喊起来，钱助，来啦！

有一个男人应声奔过来，向吕小梅看了一眼，也是很恭敬，和吕小梅握手，手抓得紧紧的。吕小梅几乎没有和人这么热切地握过手，手被捏得生痛，也只得熬着，脸上还要笑着，只是不知该说什么话。

好在钱助也不要她说话，先自我介绍，我姓钱，是助理，大家叫我钱助，您也叫我钱助就行。

接下来就应该是吕小梅自我介绍了，但是钱助摆了摆手，说，不用介绍不用介绍，我知道您，周小姐临时有事，交代给我的。见吕小梅满脸疑惑，连忙又说，一样的，一样的，周小姐接待和我接待，一样的，您是王小姐的重要客人，王小姐再三吩咐要我们好好接待您。

吕小梅心里"咯噔"一下，紧张起来，说，王小姐知道我要来？

钱助说，怎么会不知道，当然知道。

吕小梅云里雾里，心下不由有些害怕了，脸色一会儿红一会儿白。

钱助看出来吕小梅有些神魂不定，说，您放心，王小姐亲自交代让我等您的，没错。看吕小梅仍然不知所措，想了想，又道，噢，我知道了，您是想说周小姐？周小姐也是王小姐的助理，和我一样，不管是我，还是周小姐，我们在这里，等于王小姐本人在这里，没事。

吕小梅说，王小姐，她……

钱助说，吕老板，王小姐关照过，您是我们今天最重要的客人之一。

吕小梅说，我不是老板。

钱助说，客气客气。

吕小梅说，没有客气，确实不是。

钱助笑了，点着头，一脸明白的意思，说，我理解，我理解，有层次的人，不喜欢听人称老板，称老板俗气，我们不称老板，称……称老师，吕老师！

吕小梅还想分辩，报到处已经将房间钥匙取好，钱助接过来，交给吕小梅，说，吕老师，这是您的房间。

吕小梅手往后一缩。

钱助说，没事，不在这儿住夜的客人，我们也都给安排了房间，你若要会会客啦，谈些什么事情啦，饭后要休息啦，方便些。

钥匙就到了吕小梅手里。

钱助不由分说引着吕小梅上了电梯，送到房间门口，说，吕老师，您先休息，今天一天是报到，没有事情，这会儿呢，客人都集中在这时候来了，我得在下面接待，暂时没时间陪您，您自便。

吕小梅说，哎，王小姐……

钱助说，我去找一找看，找到了马上告诉她，您在房间等着就是，她会来看您的。匆匆走了几步，又回头来，说，另外，每个客人的房间号码，报到处的登记簿上都有，您要找什么熟人聊天，或者有什么事情要谈，打电话到报到处一问就行。

吕小梅不能让钱助就这么走，急道，那么，吴，吴明亮呢？吴明亮有没有来？

钱助稍一想，说，吴明亮？是王小姐那边的客人吧，没有跟我说，不跟我交代的，就是王小姐自己接待了，没问题，今天有消夜，一会儿消夜时，说不定都能见到。

吕小梅的心一下子吊到嗓子眼了，就差没跳出喉咙，她咽了一口唾沫，把快要跳出来的心咽下去，说，吴明亮也在？

钱助说，反正会跟王小姐一起的吧，说着真着急了，看了看表，道，对不起，吕老师，不能再说了，得走了，匆匆下了电梯。吕小梅眼看着电梯的门关上，感觉到电梯降了下去。

吕小梅进房间来，只知道自己的一颗心乱成不知怎么样，五星宾馆房间满眼的豪华气派根本就看不见，也感觉不到，茫茫然站了一会，也不知道坐下歇歇，也不知道自己要干什么，正愣着，电话铃响了，那边说，是吕老师吗？

吕小梅以为是钱助，说，是钱助吗？

那边说，我不是钱助，我也和你一样，过来开会的，报到时就看到签到簿上有你的名字，刚才在电梯碰到钱助，也说起你了，知道你已经住下，给你打个电话，看你方便不方便。

吕小梅说，什么，什么方便？

对方道，你那儿有人吧？

吕小梅说，人，什么人？

对方似乎将信将疑，说，没有人？不会吧？

吕小梅说，我刚刚进房间，哪里来的人？

对方兴奋不已，道，那太好了，那太好了，那我就捷足先登了。

吕小梅说，你见到王小姐了吗？

对方说，还没有，她肯定忙得一塌糊涂，难找的，其实见不见王小姐事小，我要见的是吕老师你这样的人物。

电话放下后，不一会，果然门铃响了，吕小梅过去开门，一看，却是个女的，吕小梅很觉意外，回想刚才电话明明是个男声，而且是很厚重的男声，眼前却出现一个浓妆艳抹的年轻小姐，站在门口向她笑，吕小梅说，你找谁？

小姐笑着要往里走，吕小梅没有挪动身子。小姐说，呀，不能让我进去？是不是屋里已经有人，我迟到了？

吕小梅说，说什么呢，什么屋里有人，哪里有人？

小姐说，没有人就好，说着从吕小梅身边硬挤进房间，吕小梅跟着进来，说，你找谁？你是不是找错人了？

小姐说，怎么会找错人呢，我找的就是你呀。

一直没有闹明白的吕小梅，这会儿心里突地就慌乱成一团，语无伦次了，说，你找我？你，你知道我是谁？

小姐笑了笑，说，你是谁？哟，你把我当傻子，当呆子呀，吕老师？

吕小梅吊在嗓子口的心，一下子掉落下去，一直往下，往下，不知要掉到什么地方，吕小梅想扛也扛不住它，想顶也顶不住它，情敌相见，天要塌下来了，结结巴巴道，你，你是王……

轮到小姐觉得不可理解了，愣着看了看吕小梅，说，王，王什么，我不姓王，还要往下说，有人轻轻地敲了敲敞开着的门，吕小梅朝门口一看，一个大个子男人，一脸兴奋，先将身子放在门外，探进一个头来，却一眼看到有人在里边，脸上的兴奋减弱了许多，说，果然有人啊，跨进来，朝小姐看了一眼，说，某小姐神速呀。

某小姐也向大个子看一眼，说，你也不落后呀。

大个子回身握着吕小梅的手，说，我是某某某，那口气，好像天下的人都应该知道某某某，至少是今天来开会的人，都知道某某某。

吕小梅并不知道某某某，也不知道某小姐，她脸上有些恍惚。某某某说，当然当然，应该应该，我们知道吕老师，吕老师不知道我们，正常正常，伸手向吕小梅张开，吕老师，向你讨张名片，以后联系方便，可能有多多麻烦你的事情。

吕小梅说，我没有名片。

某某某一愣，有些尴尬地缩回手去，但随即就笑了，说，是的是的，越是大人物，越是不需要名片，正常正常，反正我知道，找到王小姐，也就能找你吕老师了。

吕小梅说，你熟悉王小姐？

某某某和某小姐对视一眼，说，当然当然，王小姐，谁不熟悉，大名鼎鼎，女强人。

吕小梅心跳又加速了，急于要沿着这个话题往下，却又找不到合适的方式方法，慌不择词问道，怎么样？

某某某不明白吕小梅的"怎么样"是问的什么，倒是某小姐有些明白的样子，眼睛里传递出十分会意的意思来，说，吕老师是关心王小姐的那个事情吧，我们也不太清楚，也是听说的，其实王小姐这人，人非常好，也能干，挣钱干事业没的说，对不对？向某某某看看。

某某某说，那是那是，是个事业型的女人。

某小姐叹息一声，说，我们也不太清楚，只是听说，感情上很痛苦，有些麻烦事。

吕小梅说，婚外恋？

某小姐说，还没结婚呢。

吕小梅说，爱上有妇之夫？

某小姐又向某某某看了一眼，不说话了，好像是一肚子的明白，但是不便说的样子。

某某某道，反正我们只是和她生意上往来，她的私人事情，轮不到我们管，也轮不到我们议论，说话间，眼睛看到门口有人，连忙站了起来，恭敬道，钱助来了。

钱助看了看某某某和某小姐，似笑非笑地嘻了一下嘴，对吕小梅说，吕老师，走吧。看吕小梅疑惑，又说，一路走我一路跟你解释。引吕小梅来到电梯口等电梯，那两个人，自然也跟了出来，但是没有跟着往电梯这边来，只说，我们再看看别人，就走开了。

钱助说，他们动作倒快，和吕小梅一起走进电梯，说，这样的，吕老师，我打听到了，王小姐正在歌厅，我不方便找她出来，你若急着要见她，你可以直接到歌厅去找，我不能当他们面说，他们缠起人来，没有数。

到了楼下，钱助给指了指歌厅的方向，自己急急走开忙去了，吕小梅往歌厅去，直觉得双腿打软，有迈不动的感觉。

到歌厅门口，有人收票，吕小梅愣了一下，刚要说话，收票人说，噢，是开招商会的吧，招商会的代表，一律免票，请进。

吕小梅进来，里边很暗，看不清人的脸，吕小梅恨不得一眼就看到吴明亮和王小姐，一下子就把他们双双抓住，同时又非常非常害怕看到那张熟悉的脸，又希望找不到他们，看不见他们。在这种矛盾心态下，她转了一圈，没有发现目标，想，如果吴明亮不在呢，如果仅是王小姐在，我不是不认得她吗，也许她就在我的面前，但我不知道是她，等于没有找。想着，便往酒吧过来，请酒吧小姐找一找王小姐，酒吧小姐说，王小姐，王什么，万一有好几个王小姐，不是乱了么？

吕小梅说不出王什么，张着嘴犯呆。

酒吧小姐看了看她，说，我们这里，规定不许找人的，大家都来找，歌厅还怎么开，但是看得出，你也不是这里常混的人，不知道规矩，我替你喊一喊吧，等音乐短暂停顿时，酒吧小姐喊道，王小姐，有人找。

音乐声又起。

吕小梅等了一会，不见有王小姐过来，酒吧小姐说，要不，人家不想见你，要不，就是没有王小姐。

吕小梅说，是她约我来的，不会不想见我。

酒吧小姐说，说在这里等？

吕小梅说，说在歌厅。

酒吧小姐说，噢，那有可能在里边包厢，包厢也算歌厅一部分，你到包厢找找。

吕小梅便往包厢来，包厢分开在长条走廊两边，走廊口子上，有管理员挡住吕小梅，问干什么。

吕小梅说，我找王小姐。

管理员说，这里不许进去找人。

吕小梅说，我有急事，你放我进去，一会儿就出来。

管理员说，有急事也不行，我放你进去，我明天就被炒，我不能放你进去。

吕小梅无法了，看到走廊口子有几张椅子放着，有两位漂亮小姐坐着，她也过去坐下，想，不让我进去，我就在这里等着，你吴明亮，你王小姐，总要出来吧。

那两位小姐上上下下地打量了一番吕小梅，看得出她们打量过吕小梅之后，显得有些莫名其妙，好像想说什么，却对视一眼，没有说出来。

吕小梅想和她们搭个话，问她们是不是也来找人的，但两位小姐都警惕地回避吕小梅的注视，闭紧了嘴。

不一会有四五个男人往包厢来，向管理员说要个KTV，管理员引着进去，经过吕小梅她们身边时，其中有人向吕小梅看看，一脸奇怪，吕小梅也不知道他奇怪的什么，不去在意。

一行人进去，包厢门关上了，外面复又安静，隔音条件很好，几乎听不出里边唱唱闹闹。

又过一会，包厢里有人嚷嚷着出来，说，不行不行，两个男的唱男女声对唱太别扭，坐在吕小梅身边一个小姐就站起来，走过去，说，唱什么，我会唱，跟着进去了。

剩下一位小姐，仍然不和吕小梅说话。

又过一会，拥进来一大群人，年纪看上去都五十上下，饱经风霜的样子，看起来是喝了酒的，一个个满脸通红，嘴里说着还是同学的感情最纯之类的话，又说还是老三届，最正宗等等的话，也要了个包厢进去。吕小梅听他们的话，感觉出这是同学聚会，再看他们年纪，知道是老三届的，从前下过乡，到过边疆，吃过苦的，联想到自己的同学聚会，更联系到吴明亮，心中酸楚，不由噙着两汪眼泪。

老三届的同学中有一个出来，向吕小梅看看，说，我们这批人，落了伍，现在流行的歌，都唱不起来，小姐？

吕小梅正不知怎么回答，管理员过来说，她不是，指另一位小姐说，她是，她会唱。

那位小姐站起来，欲跟进去。

老三届却摇头，说，我们又不要找三陪。

管理员说，你别瞎说，我们这儿没有三陪。

老三届说，没有就好，我就是看着这位小姐，气质好，甚至不化妆就敢坐在这里，没有天生丽质，没有自信心，哪个敢，小姐，我们一伙人，请你进去一起聊聊天，愿意唱的唱个歌，愿意跳舞的跳个舞，随意。

吕小梅直摆手，说，我不会，我不会。

老三届疑惑地看看她，也不勉强，也没有请那一位小姐，进去了，边走边说，什么也不会，坐在这里干什么呢。

再过一会，那位小姐也进去了，只剩下吕小梅一个人坐在门口，进进出出的人，都看着她奇怪，看来看去，看不出她像什么，也有看出些警惕和害怕的意思来了。吕小梅被看得如坐针毡，满脸发热，但是不等到吴明亮和王小姐出来，她不能走，便低垂了头，只用眼睛的余光注意着包厢里的动静，好在管理员也没有来赶她走，随她坐着，大概也看得出不是个惹是生非的女人，更不是便衣警察。

等了很长时间，终于陆陆续续有人开始从包厢里出来，吕小梅一抬头，眼睛和包厢出来的人眼光一接上，马上吓得闪开目光，就这么，又要看个仔细，又不敢看个仔细，一直到管理员过来说，走吧。

吕小梅说，我等人。

管理员说，没有人了。

吕小梅望过去，包厢的门一间一间全部敞开了，吕小梅往里去看，管理员也不再阻挡，吕小梅一间一间看过来，果然空无一人，吴明亮和王小姐，根本就不在包厢里。

吕小梅拖着疲惫不堪的身体和心情打的回家去，到了家门前的路口，下车来，往小巷里走，突然发现有两道雪亮的灯光照在自己脚下，一看，是吴明亮的车，吴明亮正站在车边看着她。

吕小梅又急又气，原以为自己已经查到吴明亮的蛛丝马迹，眼看就能抓到证据，追了一个晚上，却原来你时时处处跟在我背后，你们早已经算计好一切，正在背后看着我哈哈大笑？

气急又衍生出恼羞，夜深人静，说话声音大一些，邻居就会探出头来。吕小梅和吴明亮都是要面子的人，怕别人知道，吕小梅极力克制自己的情绪，不让情绪爆发，冷冷地看了吴明亮一眼，说，你跟踪我？

吴明亮在急得要发疯的时候，突然看到了吕小梅，喜从天降，正想把自己急迫的心情和事情经过说出来，被吕小梅当头一盆冷水，浇得浑身透凉，心也凉透，突然就不想说话了，积郁了一个晚上的千奇百怪的情感，从脚底心里穿出去了，再从头向心里回进来的，就只有气愤和恼怒了。

吕小梅先回家，吴明亮停好车，也跟回来。两人始终一言不发，都沉着脸，默默无声洗脸，洗脚，铺床，上床，背靠背躺下，屋里平平静静，两个人的心里，却像开了锅似的。

憋了一会，吕小梅先憋不住，但仍不先开口，翻身起来，坐到桌边，写了个条子，只有五个字：我查到她了！

写过后，往桌子上一压，又上床，等着吴明亮起身去看条子。

吴明亮明明知道吕小梅写的东西是写给他看的，但心里来气，憋着偏偏不起来看。

两人又累又困，抱着一肚子的气，睡着了。

天亮后，吴明亮先起来，想轻手轻脚不惊动吕小梅，不料稍一动静，吕小梅也已经醒了，两人对视一眼，仍然沉默。

吴明亮走到桌边，看清了那五个字，从鼻子"哼"了一声，不予理睬。吕小梅见这一招没见效，一时倒没了辙，洗漱过，便到厨房做早餐。吴明亮跟进来，做吕小梅的下手，一个准备碗盘，一个在灶上泡饭，虽然都气鼓鼓的，但配合却仍然默契。准备得差不多，该吴明亮出去买油条了，临到门边，想起什么，又退了进来，眼睛一扫吕小梅的脸，一张拒人千里之外的脸仍然摆着，面对这张脸，吴明亮开不了口，也学吕小梅的样子，拿了张纸，写了句话，压在桌上，仍然无声无息，往门口去。吕小梅到桌边一看，吴明亮的纸上写着：庸人自扰。

吕小梅一看，气得大喊：吴明亮，你回来！

吴明亮已经到楼梯口，听得一声大喊，只得退回来，说，我买油条。

买油条是要带上装油条的篮子的，但是吴明亮没拿，吕小梅说，怎么，你要溜？你怕了？你怕什么，你不做亏心事，怕什么，就算上法院，也不要怕。

吴明亮说，我有什么亏心事。

这正是吕小梅紧张考虑的问题，昨天一晚上，眼看着就要抓住，竟然又让他们溜了，今天怎么办？就此为止？绝不可能，继续追踪？总感觉到自己哪个地方错了位，本来关在家里做学问的，根本与外面事情不搭界，现在却搞到一个什么招商会上去，甚至还被误以为是个大投资商，我算什么了呢？算骗子，还是算身不由己，万一被人发现，被戳穿，事情传到学校，大学老师竟然做这样的事情，脸往哪儿放，在同事面前还怎么做人，在学生面前还怎么教书育人，眼看着吴明亮准备要出门，吕小梅还没有拿定主意，就在吴明亮走出去的一刹那间，吕小梅心急如焚之中，心里甚至闪过一个念头，罢了罢了，让他去吧，但就在这个念头闪现的一刹那，另一个更响亮的声音否定了自己的念头：

决不能放弃！

吴明亮走了出去，脚步声消失在楼梯上。

吕小梅跳了起来，匆匆换上衣服，紧追下来，到机关大院门口，正好看到吴明亮的车出大院，向南拐去，吕小梅上了另一辆红色桑塔纳，叫司机盯住前面的红色桑塔纳，司机看了吕小梅一眼，突然哈哈大笑，吕小梅心一慌，以为脸上有什么东西，不由用手摸了一把，没摸到什么，也不知司机笑的什么，也顾不上了，只是拿两只眼睛紧紧盯住吴明亮的车。

但是吕小梅的跟踪没有成功，在遇到第一个红灯的时候，就把吴明亮跟丢了。吕小梅着急地叹了一声，司机说，没事，追得上，等过红灯以后，加快车速，果然不一会儿又跟上了红色桑塔纳。再跟一会儿，前面的车停下来，吕小梅也紧跟着叫了一声停，跳下车去，才发现前面那辆车的司机，根本不是吴明亮，回过来对这司机说，不是他。这司机复又哈哈大笑起来，边笑，边说，没事，我记着开头那车的号码了，是多多少少，告诉了吕小梅。吕小梅说，你认得那车的司机？这司机说，我不认得，你怎么说，还走不走，走，就上车，不走，给钱了。

吕小梅犹豫不决，走，走到哪里去？不走，又到哪里去？

司机又笑，说，犹豫什么，走也罢，不走也罢，他总归要回来的。

吕小梅吓了一跳，又问，你认得他？

司机说，我不认得他，我倒认得你。

吕小梅更惊奇，道，我？我是谁？

司机说，你是他老婆呀。

吕小梅满脸通红。

司机说，没事没事，可以理解，可以理解。

吕小梅恨不得有个地洞钻下去才好，赶紧掏出钱来付了车钱。司机接了，说，怎么，不好意思坐我的车，再换一辆去追？说着也不等吕小梅的回答，已经将车开走。

留下吕小梅，呆呆地望着红色车身远去，心里突然茫然起来，我要干什么？想了半天，才想清楚，我是要追吴明亮，他会上哪儿，他发现了我，溜了，还是没有发现我，到他想去的地方去了？他想去的地方，什么地方，王小姐的地方，皇冠？

吕小梅这回不再犹豫，又打了一辆车，往皇冠去。到了大门前，一下车，就发现果然有辆红色桑塔纳停在那里，心里一紧，竟然忘了付这边的车钱，就追了过去，这边司机跳下车来大喊，钱！

吕小梅一愣，停住脚步，司机已经追过来，满脸警惕又气愤地盯着吕小梅，向吕小梅伸出手，吕小梅赶紧付钱，正忙乱，看见钱助从一辆车上下来。

吕小梅哪里想到，在她追踪着吴明亮的时候，正是吴明亮反过来追踪她的时候，她追丢了吴明亮，吴明亮却没有追丢她。吴明亮一路跟踪，来到皇冠大酒店。

钱助从车上跳下来，一看到吕小梅，着急道，哎呀，吕老师，您怎么现在才来，王小姐刚走。一看吕小梅焦急的脸，钱助又说，刚刚走，到地下停车场开车去了，我陪您追。领着吕小梅往停车场去，果然看到有人正上车，钱助快步奔过去，大喊，王总，等一等，你老师到处找你呢。

王小姐终于出现了。

停车场在地下，光线十分微弱，吕小梅根本看不清是什么样的王小姐，只是大体能感觉到身材身高之类，但是吕小梅却分明感觉到车里已经有个人坐在里边，并且感觉出是个男的，吴明亮？

吕小梅颤抖着声音，不知是问自己还是问钱助，那，那是，吴，吴明亮？

钱助已经走到王小姐车边，并没有听清身后吕小梅的问话，只是对王小姐说，你老师有什么急事找你，我看她都快急疯了。

王小姐奇怪地回头看吕小梅，道，老师？我老师？

钱助说，姓吕，吕老师，不是你老师？

王小姐走过来，大大方方坦坦然然向吕小梅伸手，要握手，吕小梅吓了一大跳，想咬牙切齿对王小姐说，好哇姓王的，我终于找到你了，吴明亮呢，你把吴明亮藏哪里去了？但是她根本说不出口，别说这样的话，即使是事先想了千百遍的，见了面一定要仔仔细细把这个王小姐看个透的想法，也无法实现，她根本不能正视王小姐的眼睛，好像自己做了什么对不起王小姐的亏心事了，支支吾吾道，搞错了，我不是老师，我是，我是……感觉如头一次行窃的小偷被当场抓获，满脸通红，语无伦次，说，我，我打呼机，是周小姐接的……一边说，一边想朝车窗里看，但由于车窗玻璃的缘故，外面看不见里边，里边是能够看见外边的。

钱助见王小姐有些茫然，连忙道，是搞书的。

王小姐恍然大悟，笑起来，说，知道了知道了，你们陈总已经来过电话，他走不开，派您过来，我知道了。

吕小梅自从进入了王小姐的这个圈子，满耳朵不知已经听进去多少总，多少小姐，多少什么什么人，满脑子里如一团乱麻一瓶糨糊，之所以一直能够做到不动声色，冷眼旁观，完全是因为要抓住那个线头不让它滑走的缘故，才硬逼着自己镇定，见怪不怪，只是到了这时候，这种镇定已经达到极限，物极必反，一听又冒出个陈总，头脑要爆炸了，不由脱口说，陈总？

王小姐从一见到吕小梅，就有一种奇怪的感觉，说不清楚，这会听吕小梅脱口问陈总，难道吕小梅根本不是陈总那边的人，在王小姐心里，就打上了一个问号，但是王小姐并不露声色，一点也没有表现出来。她年纪虽轻，却已经久经沙场，沉得住气，说，陈总的电话是我自己接的，我都清楚，只是，吕老师，很对不起，我有急事，得马上出去一下，反正有三天会，我们慢慢谈。平平和和地微笑着，向吕小梅挥一挥手，上了车。

吕小梅再想看车里坐着的那个人，哪里看得见，车走远去了，留下一道雪亮的光和一串柔和的声音。

这时候，和吕小梅一样追到停车场找王小姐的已经不是一个两个，他们都无可奈何地看着王小姐远去，各有各的心思。

钱助现在也有些奇怪的感觉了，虽然他不明白到底发生了什么事，但至少觉得情况有些不对头，他从吕小梅的样子上，无论如何也看不出她的可疑，但是吕小梅的身份确实是可疑的，钱助不想给自己揽上什么麻烦，应酬了一下，就赶紧走开了。

吕小梅心里乱成一团，但至少还知道从地下停车场回到宾馆的大厅。大厅里依然人来人往，一片嘈杂，吕小梅呆呆地站了一会，不知何去何从，慢慢地向外走去。刚刚踏下宾馆高高的台阶，一辆奔驰600悄无声息地停在她身边，王小姐下车，一眼看到吕小梅，笑了，说，吕老师。

吕小梅没有说得出什么话来，已经被王小姐半拥半让地带进了酒店大堂，不停有人和王小姐打招呼，也有人守着想和她说话的样子，王小姐平静地微笑着，点头，但并不停下，径直往电梯过来，说，吕老师，到你房间坐坐。见吕小梅愣着，解释道，我房间里，许多人守着我，事情太烦，我躲一躲。电梯已经到八楼，王小姐又说，刚才出去，也是假的，避开一些人，说话间，已经到了吕小梅的房间。吕小梅才想起钥匙根本不知道在哪里，回忆不起来昨天是带走了呢，还是扔在房间里了。王小姐说，没关系，叫来服务员开门，服务员过来开了门，送了开水，根据王小姐吩咐，替她们泡上茶，无声无息地退走。

吕小梅不敢直视王小姐的眼睛，只是盯着茶杯里冒出来的热气，有些手足无措。她知道王小姐一定是把她误认为另一个人了，另一个比如陈总的秘书或者某总的什么助理之类，总之王小姐一定是不知道她的真实身份，不知道她是吴明亮的老婆，不知道她就是她正在无情伤害的那个女人。这使吕小梅既紧张又慌张，又觉得自己很荒唐，一个大学老师，为人师表，教学生的，都是怎么做人，怎么精神文明，自己却走到这一步，居然和情敌面对面坐着，还笑着，应酬各种话题。吕小梅为自己的行为惊讶不已，她差不多要拔腿逃跑了，但是不能，她不能放弃这样的机会，她不能前功尽弃，靠近这个女人，是多么的不容易，多么的艰难，已经经过多少曲折，她不能轻易放弃。

但是，只要她一开口说话，就会暴露出来，这毫无疑问。即使她闭嘴不说，王小姐总是要说话的，只要王小姐一说话，她也一样暴露，比如只要王小姐问一问陈总的情况，或者问一问公司的事情，或者随便问一个张三李四的问题，她就无处躲藏，她能蒙混多久呢？

好在王小姐并没有急着问这些问题，她微笑着注视吕小梅，吕小梅感觉到，在王小姐平静的微笑背后，好像隐藏着什么，忧郁？担心？焦虑？害怕？吕小梅吃不准，但是有一点吕小梅是可以肯定的，她肯定这种隐藏着的东西，不是对她来的，因为王小姐根本不知道她的真实身份。

王小姐喝着茶，好像有意给出一块时间让吕小梅做好准备似的，吕小梅当然要利用这难能可贵的一点点时间，赶紧准备。

吕小梅笑了一下，笑去紧张的神态，说，这次招商会，规模很大。她是根本不应该说招商会的，但是不从这里入手，无处入手，所以吕小梅话既出口，心情紧张得一塌糊涂。

好在王小姐并没有引申开去说别的什么，只是顺着吕小梅的话说，是近年来招商会中最大的一次。

吕小梅偷偷松一口气，开始往自己的思路上扭，说，搞会是最辛苦的。

王小姐叹息了一声，说，许多人都不能体谅我们，以为我们只是……犹豫了一下，还是把话说了出来，以为我们只是接待接待客人，有好吃好住好玩，谁知道这接待中，这吃，这住，这玩，有多少酸甜苦辣。

吕小梅不由点了点头。

王小姐也点头，感慨地道，我看得出你，也是深有体会。

吕小梅点不下头来了，有些尴尬。

王小姐又叹一声，说，有时想想，图什么呢，太累了，真想休息。

吕小梅说，你年纪很轻呀，才二十刚出头吧。

王小姐说，二十七，可在这一行，好多年了。

话又绕得远去了，吕小梅有些着急，也不知王小姐有多少时间和她说话，也不知王小姐躲麻烦要躲到什么时候结束，这样的人，吕小梅应该知道，说有事就有事，说要出发就要出发，得抓紧时间问，便顾不得策略，直筒筒地问，有男朋友了吧？

说出这话前，脸涨得通红，说出来之后，又转而发白，冷汗直冒，看王小姐苦苦地一笑，正要说话，突然门铃响了起来，吕小梅想起身开门，王小姐却摆了摆手，让她别作声。

门铃响了一会，按门铃的在外面说，王小姐，我知道你在里边，开开门呀。

王小姐仍然不出声。

门外又说，王小姐，我知道你忙，你有重要事情，我只占用你几分钟，几分钟。

王小姐又向吕小梅摆手。

门外的人道，王小姐，给点面子，我一早上来就到处找你，找了半上午，好不容易打听到，你就给我几分钟吧。

门铃复又响起。

王小姐轻叹一声，过去开了门，进来一个男人，手里拿几份合同，交给王小姐，说，你替我看一看，把把关，马上要签了，我心里不踏实。

王小姐看了看，指着其中一条，说，这一条，有问题。

男人说，什么问题？

王小姐说，什么问题，你自己看。

男人仔细看了一遍，再看一遍，突然拍了拍脑袋，高兴得笑起来，说，知道了，知道了，谢谢，不多打扰了，边说边退了出去。

吕小梅说，像王小姐这样，追求你的男人一定很多。

王小姐再次露出苦笑，手向门口一指，说，就这样的？意思是说，就这样的男人我是看不上的。

吕小梅道，你心目中，理想中，是喜欢什么样的对象呢？

话问得实在突兀，吕小梅自己也觉得有点操之过急，但也已经收不回去。

王小姐却不觉得什么突兀，神情有些怆怆的，像是回答吕小梅，更像是说给自己听，道，对象是什么，对象就是痛苦。

吕小梅心中一动，从王小姐的怆然不由想到自己的事情，也怆怆起来，喉口哽哽的，发胀，怕自己控制不了自己的情绪，连忙从自己的事情上收回来，直逼对方问道，是不是你的那个人，有麻烦？

王小姐眼睛里闪过一片惊讶，说，你都知道？

吕小梅说，如果不是爱上一个有麻烦的人，不会有那么多的痛苦，但是人呢，常常和自己过不去，越是有麻烦，越是要去想他，追他，越是难得到的东西，越是有吸引力，越有吸引力，就越是不能放手，人的痛苦，就这么来了。

王小姐眼睛里又闪过一片感动，含着一点晶莹的泪水，说，你说到我心里去了。

门铃又响，吕小梅去开门，身子挡着门，说，王小姐不在。

门口这个人笑着说，别紧张，我是来叫吃饭的。

王小姐抬头一看来人，也放心了，对吕小梅说，吕老师，我先下去，你稍休息一下，下来吃饭吧，在碧波厅。

吕小梅看王小姐飘然而去，心里不知是一种什么样的感受，站在宽敞的房中央，四处看看，并不知道自己要看什么，却发现了昨天报到时发的一个写有"招商"字样的大包，过去打开来一看，竟是两瓶 XO 和两件鳄鱼 T 恤，吕小梅抱着，愣了半天。

吕小梅能在皇冠大酒店吃饭吗，好像不能吧，一到那场合，她谁也不认得。

无论如何是应付不过的，不像面对王小姐，只是面对一人，到底要好对付得多。吕小梅打定主意，也没有拿那包礼品，下了电梯，走出来，有位穿旗袍的迎宾小姐就过来，说，您是吕老师吧，这边请，手伸向餐厅的方向。

吕小梅说，干什么？

迎宾小姐嫣然一笑，说，王小姐吩咐我在这里迎候吕老师的。

吕小梅心下大奇，王小姐知道我要走？她怎么料想得到，难道她什么都知道？她知道我是谁？她知道我是来干什么的？越想越怕，问道，王小姐怎么说？

迎宾小姐说，王小姐没有说什么，只是吩咐我专门候在这里等吕老师。

吕小梅说，她没有说我要走？

迎宾小姐不解，说，走？到哪里去？餐厅在这边。

吕小梅被引到碧波厅，其他人都还没到，餐桌上有席位卡，迎宾小姐说，我替你找一找，很快找到了，说，是吕小梅吧，在这里。

迎宾小姐任务完成，又有餐厅的小姐接替上来，请吕小梅先在包厢里的沙发上坐，茶已经端上来，吕小梅心没处着落，只得装模作样喝茶，喝在嘴里也根本不知什么茶味，正难过，只见一群人拥着王小姐进餐厅了。

王小姐向吕小梅笑着，并且向大家介绍，这位是吕老师。

大家点头，也有哈哈腰的，说，噢，吕老师，久仰久仰。

入座时，王小姐居中，把吕小梅拉到自己旁边坐下，吕小梅小心地注意着王小姐的神态，仍然看得出她平和的微笑中隐藏着沉重的担心和忧虑。

服务员过来问王小姐要上什么酒，王小姐立即恢复了常态，说，看大家意思，愿意喝白的，就上五粮液。

看起来大家都愿意喝五粮液，因为没有一个人客气说不要，就上来了五粮液。服务员第一个给王小姐倒酒，王小姐也没有拒绝，轮到吕小梅，吕小梅想说不要白酒，但王小姐说，不喝也没事，加上放着不动就是，吕小梅就让加了一杯白酒。

哪知这一动作，就让大家看到眼里，认定吕小梅是能够喝白酒的。桌上没有其他女人，只有王和吕，男人们也不敢随便敬王，便瞄准了吕小梅，吕小梅招架不迭，一眨眼，就喝下了几杯高度五粮液，品味品味，也没有觉得怎么难受，也没有躺倒，更没有钻桌子，自己也吓了一大跳。

王小姐说，你们只是敬吕老师，你们只看得起吕老师，看不起我呀？

大家笑，说，王小姐，你平时不喝，我们也不敢敬你，今天才知道你是海量，于是大家又轮番敬王小姐了。

这一顿饭，吃到最后，大男人们都醉得不成样子，只剩下两个女人仍然能喝，能谈，都有说不完的话要说出来。王小姐拉着吕小梅的手，两眼泪光闪闪，含糊不清地说，我是，我是真的爱他，他，他，他难呀，他太难了，太难了，眼泪滴在酒杯里，把酒一口又喝了。

吕小梅心如刀绞，他怎么不难，要犯重婚罪，怎么不难。

餐厅服务员知道王小姐平时为人做事十分沉稳，很少失态，今天如此，知道是喝多了点，有人说，王小姐别再喝了。

半醒半醉的人也附和着，说今天到位了，大家高兴，多了些，差不多了。

王小姐又笑起来，指着自己的鼻子，说，以为我醉了，是吧，告诉你们，早着呢，谁不服，敢来和我叫阵？

大家说，不敢，不敢。

王小姐愣了一会，突然又大哭起来，说，我知道，你们都看我的好戏，你们都狼心狗肺，你们见死不救，你们……举着酒杯向吕小梅道，来，姐们，我们干！

吕小梅说，别了，别了，差不多了。

王小姐不由分说喝了自己的杯中酒，又要抢吕小梅的杯子说，怎么，你不喝？你不喝我来代你喝！

吕小梅吓一跳，赶紧说，我喝，连忙将酒喝了。她从来没有喝过白酒，这头一回喝，就下去好些杯，此时也已经晕晕乎乎，知道自己是应该生大气，是应该气得掀这桌子，应该大骂，骂这个抢她丈夫的女人，可是事实上她根本顾不上气了，酒在她的五脏六腑和浑身的血脉中流窜，好像是窜中了她的笑脉，怎么也忍不住。吕小梅哈哈大笑起来，一笑而不可收，听得大家说，也高了，也高了，吕老师也高了，听到"吕老师"三字，愈发觉得好笑，笑着笑着，人就往椅子下滑，边滑着，还能听到王小姐含糊的声音说，难得碰上你，你，你这么谈、谈、谈得来……

吕小梅突然一拎神，你和我谈得来，我们谈了什么？警觉使吕小梅努力寻找支点，支撑住自己，不让身体和思维一起往下滑。支点其实一直没有离开过吕小梅，吕小梅就是在这个支点的作用下，一步一步，走到现在这个状况。

吕小梅没有滑下去，王小姐却滑了下去，大家七手八脚把王小姐扶走。吕小梅靠毅力的支持，还记得看了看时间，还记得下午三点学校要学习，脚步踉跄地走出皇冠大酒店，到公共汽车站等车。站着的时候，摇来晃去，蒙蒙胧胧感觉到等车的人都向她看，她笑了笑，大家都让开，脸上是害怕和鄙夷，吕小梅忍不住又大笑起来。

本来呢，车来了，大家是要抢先上的，现在被吕小梅这一笑，谁也不敢抢在她前面，一个个往后走，从另一个门上去，上了车，也离她远远的，售票员见她样子，也没有叫她买票，只是问了一句，到哪里下？吕小梅准确地报出站名，售票员便不吭声了。

快到站时，售票员想提醒吕小梅，却发现她已经做好下车准备，也没再多嘴，吕小梅下车时，听到车上的人说，是个疯子。

直接到了学校，进了会议室，果然已经有老师在里边，看了她，说，吕老师，你怎么来了？

吕小梅努力使自己正常，努力想自己应该说什么，记起来了，说，不是今天学习么？

老师说，今天我们现代文学室开会，明天下午才学习。

吕小梅说，啊啊，我，记错了，记错了。她说话时，感觉良好，觉得自己一切正常，但是发现大家都用奇怪的眼光看她，想笑，又不大好笑的样子，吕小梅也奇怪，我不是一切表现正常么，他们干什么呢？有老师又在说什么了，但是吕小梅再没有听进去，趴在会议桌上，几乎只有一秒钟，就睡着了。

一觉醒来，一下子想不起来身在何处，怎么回事，愣了半天，慢慢地回想起来，再一看，原来同事把自己弄到自己办公室来睡了，觉得甚是荒唐，用手拢了拢头发，摸了摸脸，振足精神走出来。会议室的现代文学会议仍然开着，一切正常，只不过过了半个小时，吕小梅奇怪自己怎么这么快就醒了酒，简直匪夷所思。

吕小梅出校门打了的，上了车，坐定了，回想起一切，就怎么也记不起从皇冠大酒店到学校她是怎么去的，打的？坐公交车？还是有人送她的？一点都想不起来了，想着就有些后怕了，才感觉酒这东西，像个魔鬼。接着又在心里盘算着，等吴明亮到了家，该怎么办？扑过去揪住他？或者不动声色，看他怎么样？自己先说不说话？应该等他先说话？还是自己主动先说？如果先说，第一句话怎么说？问题从哪里开始？问哪里去了？问王小姐是谁？问多长时间了？问打算怎么办？又是千种百种的念头涌上心头，此起彼落。

万万没有料想到，吴明亮竟然在家里，正在翻箱倒柜。

吴明亮早晨看着吕小梅在皇冠大酒店前，和人亲亲热热地讲话，一会儿却转没了，心里虽然大疑，却也不好再跟下去，便回头做自己的生意。

载了几趟短程客人，车经过一个医院，就在经过的一刹那间，吴明亮心里一动，想起这就是民工住的那个医院，民工负责人说过，就是在这家医院，也不知民工手术动了没有，情况怎么样，心念一动，就将车开进医院停车场，上来往医院里去。

医院门口，围着一大堆人，正在看热闹，吴明亮也朝里探了探头，只见一个乡下女人，拖三个孩子，正坐在地上，哭，边哭边说，男人住院开刀，刚带了孩子从家里赶出来，没有钱，等等，孩子也大哭小叫的，弄得很悲惨，大家都啧啧叹息，也有人掏出点钱来给乡下女人，但多半给得很少，几块钱。

吴明亮心头酸酸的，也从口袋里摸出点钱来，是一张十块，觉得少了些，又摸出一张十块，两张一起交给乡下女人。乡下女人和孩子一起给他磕头，说，谢谢大哥，孩子则说，谢谢大爷，吴明亮眼睛红了，赶紧走开。

进住院部，打听到冯贵三的名字，再到病房时，正好冯贵三上了推车，往手术室去。吴明亮赶过来，低头看看冯贵三，冯贵三闭着眼睛，感觉到有人俯下来看他，睁了眼，一看到吴明亮，吓了一跳，刚要说什么，已经推到手术专用的电梯口，无法再说话，只是拿悲悲切切的目光，最后看了吴明亮一眼。

民工负责人一直跟在推车旁，进电梯时，医护人员不让进了，只得退出来，正想和吴明亮说什么话，两人都听到一阵大哭小叫传了过来，吴明亮一看，民工负责人一皱眉头，说，冯贵三的老婆来了，难缠的女人。

吴明亮一看，正是坐在医院门口的那个带着三个孩子的乡下女人。

冯贵三老婆一见到民工负责人，上前一把揪住他，指着鼻子道，你害了我男人，你还我男人，你赔我男人，你……

民工负责人说，怎么怪我，怎么怪我。

冯贵三老婆说，怎么不怪你，你是他们领导，是你带他们出来的，出了事情，怎么不怪你，一副要拼命的样子。

吴明亮看不过去，上前劝道，不怪他，是你丈夫自己骑车撞了汽车。

冯贵三老婆不认得他，道，你是谁？

一个孩子说，他刚才给我们钱的。

冯贵三老婆却满脸疑惑，说，你给我们钱？你凭什么给我们钱？

孩子说，他给我们二十。

冯贵三老婆脸上的怀疑更加厉害，道，你为什么要给我们二十，人家只给一块，有的只给五毛，你为什么给二十，你在这里干什么，你是干什么的？

吴明亮说，我是开出租车的……

话音未落，冯贵三的老婆就像猛虎般扑了过来，吊在吴明亮身上，眼泪鼻涕都往吴明亮身上擦，边闹边骂，我就知道你不安好心，是你害了我男人，还假充好人，怎么，二十块钱，想买一条人命？

吴明亮说，什么人命，冯贵三又没有死。

冯贵三老婆高声大叫，大家来看，杀人凶手在这里呀，大家来看，杀人凶手……

吴明亮知道情形不妙，想赶紧脱身，却脱不开了，不光冯贵三的老婆缠住他，三个孩子也紧紧抱住他的腿，眼泪鼻涕都往他身上擦。

吴明亮急了，对民工负责人说，你说话呀，你说话呀。

民工负责人说，我说什么话，话得由冯贵三自己说，我说了，她也不见得相信我。

吴明亮对冯贵三老婆说，你搞清楚，不是我撞他的，是他撞我的，我贴了几百块钱了。

冯贵三老婆根本听不进去，道，你别想溜，这事没完。

吴明亮说，是没完，我有证人，警察也都知道。

冯贵三老婆说，警察知道，警察怎么不来？

吴明亮说，你放开我，我去叫警察来处理。

冯贵三老婆更加紧紧地抓住，说，我不放你，我决不放你，你休想走开!

引得一大群人围观,说什么的都有,吴明亮走又走不掉,坐又没地方坐,一直折腾到冯贵三动完手术出来,老婆扑到推车边拼命叫喊,护士说,你现在叫他他也听不见,还得有两小时,麻药才过,回头告诉民工负责人,手术情况很好,但是住院费手术费仍然没有交足。

冯贵三老婆一听,又扑向吴明亮,大喊,钱!钱!

吴明亮被纠缠得吃不消,急于脱身,说,我身边哪有钱,你要钱,也得让我回去拿呀。

冯贵三老婆说,哼,你别想从我手里走掉。

又纠缠了半天,吴明亮无法,只得说,你先让我走,我押东西在你这里。

冯贵三老婆眼睛闪了闪,说,押,押什么?

吴明亮身边摸了摸,没有什么值钱的东西,只得说,你要什么?

冯贵三老婆也不知道要什么,愣着。

旁边有围观的人出主意,说,他不是开车的吗,就叫他把车钥匙交给你。

冯贵三老婆说,对,车,车,车钥匙。

吴明亮说,车钥匙我怎么能给你,车钥匙我怎么能给你。

冯贵三老婆说,你给我钥匙,我又开不动车,你不给我车钥匙,你就在这里耗吧。

吴明亮无可奈何之下,将车钥匙交给了冯贵三的老婆,女人倒是很小心翼翼地将钥匙收好。

吴明亮出医院打了的回家，想翻点钱去赎车，正翻箱倒柜，吕小梅回来了。

吴明亮一见吕小梅，吓了一大跳，道，你，你，回来了？

吕小梅说，这话应该我问你吧，你不是开车么，大白天的，怎么这时候在家，找什么，丢了什么？找呼机号码？

吴明亮先是莫名其妙，愣了一下，但突然就想到了，问，呼机号码你看到了？

吕小梅说，你不用找了。

吴明亮说，我不是找呼机号码，看吕小梅盯着，只得说，我找，找钱，急需要钱……

吕小梅一下子跳起来，钱？！突然眼泪就涌了出来，吴明亮果然已经考虑这一步？

吴明亮见吕小梅突然哭了，有些慌张，说，是，是那个民工，那个民工，要动手术……一脸无辜的样子。

吕小梅突然尖叫起来，吴明亮，到这时候了，你还在蒙骗，你要骗到哪一天？

吴明亮抽了抽鼻子，闻了闻空气中的味道，又看了看吕小梅的模样，说，你喝酒了？

吕小梅说，你大概能闻出我喝的什么酒，XO？茅台？五粮液？酒鬼酒？

吴明亮想，你昨天知道奔驰600，今天又是XO，怎么回事，盯着吕小梅看，像看一个不认识的女人。

吕小梅看吴明亮做出满脸不明白的样子，越想越气，这个人，在刚结婚时，是个什么样子，现在成了什么，无耻之徒，说谎脸不变色心不跳，做假做得跟真的一样，是自己从前没有认清他的真面目呢，还是这个人发生了彻底的变化呢。总之，吕小梅看来看去，也和吴明亮一样，觉得眼前的这个男人，是个她根本不认识的陌生人。这个想法，使吕小梅吓了一大跳。

吴明亮拿了钱就跑出去，吕小梅先是愣了一下，看到吴明亮的身影消失，她心里突地一阵空荡，一阵难受，什么也顾不得，拔腿就在后面追。

下了楼，吕小梅怕吴明亮上车开了走，自己追不上他，但是放眼望去，没有看到车，吴明亮也没有往老地方过去开车，却是步行往前走了。吕小梅几步追上去，脸色铁青对着他，吴明亮一吓，道，你，你，干什么？

吕小梅说，你干什么？车呢？

吴明亮说，押在医院了。自己说出这话，也觉得自己可疑，活像是一派胡言。

吕小梅说，车押在医院了？又是民工的事情？刚才你为什么不说，等这会儿我亲眼看见车不在，再说？

吴明亮说，我说了，你也不相信。

吕小梅说，你要是说真话，我怎么会不相信？

吴明亮想说，我说的每一句都是真话，你都不相信，说也是白说，所以话到嘴边，又咽了下去，既然说也是白说，干脆不说也罢。

吕小梅说，怎么，开始筹备钱了，车也不要了，大概家也不要了吧。

吴明亮道，你说什么，莫名其妙！

吕小梅气急交加，再也忍耐不住，再也不能冷眼相看，指着吴明亮急叫起来，吴明亮，什么时候了，你还不说实话！

吴明亮一愣，说，你要我说什么？你就是要我说皇冠大酒店！

吕小梅一听皇冠大酒店几个字，简直魂飞魄散，自己绕来绕去，追来追去，等来等去，不就是等从吴明亮嘴里听到这几个字？但是等到吴明亮真的说了出来，吕小梅一下子蒙了，呆呆地看着吴明亮，半天说不出话来。

吴明亮却不肯罢休，追着道，还要我说什么，还要我说，你这几天天天在皇冠大酒店？

你果然什么都知道，你都看见了，我在皇冠大酒店的一切，你都躲在某个角落全部看在眼里，你和那个女人偷偷嘲笑我，看我的笑话，看我出丑，你们背地里什么都商量好了。吕小梅想到这里，应该是号啕大哭了，但是她并没有哭出来，王小姐平静外表下的沉重的负担，吴明亮故作镇定背后的惊慌，使吕小梅对他们的强烈的愤怒被更强烈的担心和害怕冲淡了。她咬着牙道，好吧，吴明亮，好吧，我等着看你！

吴明亮见吕小梅情绪亢奋，连忙摆一摆手，说，你不就是不相信车祸这件事么，现在冯贵三就躺在医院里，你可以直接去问他。吕小梅说，我问他干什么，你难道不会收买他吗？吴明亮道，那好，你不相信车押在医院，我现在就去开回来，我今天要是不把车开回来，我自己，也不回来了！一跺脚，愤然而去。

吕小梅在路边茫然地站了半天，一辆出租车以为她要打的，就停在她身边了，司机热情地说，小姐，到哪里？吕小梅又一次鬼使神差地上了车，说，皇冠大酒店。司机有些饶舌，小姐在皇冠做事啊？吕小梅说，不是。司机见她不想多说话，也就没再多嘴。

吕小梅再次往皇冠大酒店去，再去见王小姐？干什么呢？听她说出吴明亮三个字来？其实说出来不说出来已经没有什么区别，吕小梅似乎并不是要从王小姐嘴里听到丈夫的名字。那么我要干什么呢？和王小姐摊牌？说，你爱的人，是我丈夫，你抢了我的丈夫？摊了牌又怎么样，告诉王小姐，你们好好相爱吧，我退出，成全你们？或者，指着王小姐的鼻子说，告诉你，你休想，还我丈夫来？

如果她突然刹车，再也不去见王小姐，事情又会怎样？吕小梅无法想象，巨额的债务，会使他们俩做出什么样的事情？吕小梅现在，根本已经刹不住车，只能凭着惯性，继续往前。

一天之中，吕小梅第三次来到皇冠大酒店，在1313房间，见到了王小姐。王小姐脸色不好，显得心事重重，见到吕小梅，突然就吧嗒吧嗒地往下掉眼泪了，边伤心边说，我从来没有害怕过，但是最近，我怕，我怕他，要，要，自杀……

吕小梅大惊失色，再也不能沉住气，脱口叫道，自杀？谁自杀？吴明亮？

王小姐一下住了口，愣愣地看着吕小梅。

吕小梅应该把事情统统说出来了，可是，在王小姐坦白信任的目光下，她无论如何开不了口，说不出来。

王小姐注意到吕小梅脸色苍白，关心地问，你怎么啦，身体不舒服？但是内心里，再一次在吕小梅的身上留下一道怀疑的注视。

正在尴尬的时候，又有人进来了，是个胖胖的男人，一进门就对王小姐打躬作揖，王小姐，王小姐，你再宽容我几天，你再宽容我几天，我要是赖你不还，天打雷劈……

王小姐说，张厂长，我希望你不要被天打雷劈，你被打了被劈了，谁来还我的钱？谁来救我？

张厂长说，能不能，容我三天，只需要三天，三天再不还，随你怎么办都行，三天如果再不还，你去卖我的厂也可以。

王小姐说，你那破厂，早就可以卖了，早卖了，也不会是这么狼狈。

张厂长说，唉，我做不出来呀，厂里这许多兄弟姐妹，都是当年跟着我苦干出来的，我卖了厂，他们怎么办，扫地出门，我不忍心呀。

王小姐冷着脸道，你对他们不忍心，你对我就这么忍心，你忍心不还我钱，让我出大事情？说着，眼泪又开始在眼眶里打转。

张厂长欲言又止，看了吕小梅一眼，好像当着吕小梅的面不好说，吕小梅起身想走，王小姐说，你别走。

吕小梅说，我上卫生间。

一进卫生间，就听张厂长抓紧机会拼命说，她只能听到一些不连贯的名词，整个意思听不太明白。等她从卫生间出来，张厂长也憋不住了，也进了卫生间，就在这短短时间里，吕小梅突然听到王小姐包里"啪"的一声，开始不知怎么回事，仔细一想，明白了，王小姐在录音，心情不由紧张起来，好像牵到巨大债务中的人是她自己。

这时候，王小姐的呼机响了，王小姐一看电话，有些奇怪，回了电，问，谁？什么？吴？吴明亮？

吕小梅心狂跳，等待着事情爆发，却不料王小姐看了吕小梅一眼，对电话那头说，再说吧，我正有事情，等一会再说吧。挂了电话。

一会儿，呼机又响了，王小姐又看了吕小梅一眼，没有说话，也没有回电。

第三次，王小姐的手机响了起来，看王小姐的脸色，好像根本就没有听见手机响似的，吕小梅忍不住说，手机……

王小姐这才接听了，突然脸色大变，等张厂长从卫生间出来时，王小姐已经完全无心再谈，神色显得极其慌乱，给谁打了个电话，吩咐马上叫会计带了现金到她房间，回头又匆匆对张厂长和吕小梅说，我不能再谈了，我有急事，要马上走！

这时候，呼机再又响起来，王小姐看了一下，皱眉，开始复机。

张厂长见王小姐突然不再盯住他讨债，简直喜从天降，赶紧走路。吕小梅也跟着出来，出来时听到王小姐打电话说，不可能，我哪有时间来管你的事情，我自己的事急都急死了，你一再缠住我，到底想干什么，想敲诈？

吕小梅出来，心中不知怎么，一慌，急急来到自己的房间，打吴明亮的呼机，没有回，又来到一楼大厅，打直拨电话，仍然不回。

等吕小梅再次回到王小姐房间，哪里还有王小姐的影子，看到桌上有盘录音带，估计就是刚才和张厂长谈话的内容，抓起来，感觉上等于是抓住了吴明亮的性命，赶紧往口袋里一放，已经有人进来，吕小梅问，王小姐呢，说，走了，问上哪儿，却死活不肯告诉。

转眼工夫，王小姐不见了。

吴明亮一气之下，不再理睬吕小梅，打了的，来到医院，要见冯贵三，冯贵三老婆死死挡住，说伤口痛，刚打了睡觉的针，睡了。吴明亮只得将钱交给冯贵三老婆，换出车来，就有人招手上车。等乘客上了车，吴明亮却说，对不起，我有点事情，打个电话。下车到街边一个小店，找出巡警抄给他的王小姐的呼机，打过去，等了一会，不见回电，过来对乘客说，对不起，我另有点事情，不能载你了。

乘客在车里坐了一会，这会儿却要叫他下车，很恼怒，说，你拒载？

吴明亮说，我真的有急事，有人住医院。

乘客不听他解释，记下了他的车牌号，说，你拒载，我要举报你。

吴明亮说，你怎么不讲理？

乘客看吴明亮真着急的样子，问，是你什么人住院？

吴明亮道，不是我家的人，是一个，是一个……很想把撞车以后发生的许多事情一一说出来，但是话到口边，又没有说的欲望了，想，就算我说，他也不一定要听，就算他听了，也还是不相信，这么想着，泄了气，便住了口。

乘客见他编谎都编不圆，果然更生气，不再理睬他，招手上了另一辆出租，走了。

吴明亮回到小店等王小姐的回电，等不到，再打，终于等到一个回电，王小姐却急急忙忙地说，再说吧，就挂断了电话。

吴明亮再打呼叫，王小姐说，什么证人，什么出租车，我有车，根本没有坐过车，没有的事！

吴明亮的心，一下子跌入万丈深渊，有王小姐作证，还怕事情说不清楚，现在王小姐竟然一口否认，他怎么可能把事情说得清楚？

这边吕小梅不见了王小姐，赶紧回到家里，顾不上喘气，接连给吴明亮打了几次呼机，但始终没有回音，吕小梅的心越来越慌乱。她从来没有碰到过这样的事情，在平时的日子里，无论她和吴明亮的关系怎么样，是热还是冷，是好还是不怎么好，是紧张还是不紧张，只要她呼吴明亮，吴明亮总是立即回电。也有的时候，吕小梅并没有什么要紧的事情，她一人在家做学问，更多的时候，学问是越做越有意思，但也有的时候，就做出些孤独来了，觉得自己这么闷在家里写书，到底有什么意义，到底要写到何时休，心里慌慌的，空空的，又想象不出吴明亮在外面怎么样，便打个呼机，听听吴明亮的声音，知道他在忙着，心里也就踏实些了。其实她也知道那只不过是自己骗骗自己的做法，吴明亮回电时，多半说，我在路边某某小店，或者路边的电话亭之类，吕小梅又看不见，又摸不着，怎知他不是说谎，吕小梅明知自己在骗自己，但还得继续骗下去，否则的话，连这一点联络也中断，吕小梅简直不知道自己还应该以什么样的方式方法和吴明亮保持联系。

吴明亮却原来早已经不想再维持与她的联系了？！

他竟然失踪了！

吕小梅努力使自己冷静下来，一时她还不知道应该怎么去找吴明亮，吴明亮平时和外界的接触，有哪些人，除了开车，还有些什么活动，是不是偶尔也和从前的朋友啦，个别老同学什么的走动走动？但是做妻子的对这种走动并不清楚，不知道是吴明亮没有告诉吕小梅，还是告诉了但她没往心里去，没有记住。现在吕小梅也来不及一一分析各种可能，她首先想到的是给吴明亮的父母打电话，因为平时很少直接给公婆打电话，有什么事情，都是由吴明亮自己联系的，而在平时的生活中，吕小梅也确实没有什么事情需要往公婆的家里打电话。吕小梅对公婆家的电话号码记不很清，记得好像曾经记在哪个本子上的，想了半天，将本子找出来，果然有，抓起本子，照着号码拨了，听得呼叫了半天，却没人接，想老头老太，这晚上，不会往哪里去呀，再拨，仍然没有人接，再看看号码，想起来，恐怕是改号了，524 开头的号码，都改成 538 了，便照 538 的开头打过去，一打，通了，但接电话的，却是个年轻女人的声音，一听吕小梅"喂"，那边的声音立即紧张起来，凶巴巴地道，你是谁？

吕小梅估计是打错了人家，吴明亮父母家，不会有这么一个人的，连忙道，对不起，打错了。挂电话的时候，听那女人说，一个女的，说打错了，满嘴怀疑的味道。

吕小梅现在没办法了，想了想，想起吴明亮有个开出租车的哥们，挺要好，好像姓刘，叫刘什么的，一时情急，竟然想不起来叫刘什么，因为平时只是叫刘师傅的，也就忽视了名字。就像许多人知道吴明亮是吴师傅，也并不知道他叫吴什么。吕小梅有一点是可以肯定的，知道吴明亮和这个刘什么两人谈得来，两家偶尔也有往来，像过年过节，或者谁家有人病了之类，另一家会上门拜访。这样吕小梅自然而然地想到这个刘什么，但是她并不清楚刘什么家的电话号码，电话号码本上能够查到人家的电话号码，但是她现在又回忆不起刘什么的名字。光有一个姓，怎么去查，即使她能想起刘什么叫刘什么，电话号码本上，同名同姓的人多的是，也无法查。再想刘什么的老婆，两家往来的时候，是介绍过姓名的，大家叫她小马小马的，是姓马，叫马某某，还是姓别的什么姓，叫某小马呢，吕小梅无法作出判断，所以也根本不可能到电话号码本上去查电话。吕小梅现在只有一条路，到刘什么家去，但是她已经忘了刘什么的家在什么地方，过年过节的时候，她去过刘什么的家，但都是由吴明亮带着，只知道是城西的某个居民新村，大方向是知道的，具体某新村，几栋几楼几号，想不起来。吕小梅骑上自行车，往那个新村去找，绕了半天，头也绕昏了，根本想不起来是哪一个楼，哪一个单元，望着一家家的窗户里，透出柔和的光，心中不由一酸。

吕小梅骑着车子回家来，进门的时候，心里充满期望，也许吴明亮这时候已经坐在家里了呢，可是没有。

吴明亮从医院出来，给王小姐打呼机，好不容易王小姐来了电，却没有说上话又挂了，再打，王小姐倒是又回了电话，却赖掉了坐出租车的事。吴明亮追问她在哪里，王小姐说，告诉你我在哪里你也来不及追我了，我马上上飞机。

吴明亮正不知下一步该怎么办，吕小梅的呼叫就开始了。

吴明亮：立即回电！

回去，也是浑身是嘴都说不清了，吴明亮赌口气，我偏不回，将车子一路往前开。

第二次呼叫又来了：吴明亮，立即回家！

路边有人招手，吴明亮停了车，乘客是个笑容可掬的中年人，说，我到九子山。

九子山离城九十公里，而且得走一条基本已经废弃、几乎没有车经过的老路，吴明亮犹豫了一下，说，我一般，到晚上这时候，就不出长途了。

乘客说，师傅帮帮忙，我有急事。

吴明亮看着乘客。

乘客指指自己的脸，说，你看我像坏人吗？

说话间，吕小梅的第三次呼叫又到：吴明亮，你别以为我不知道你在干什么！

吴明亮气恼地嘀咕，我在干什么，我在开车，我就开给你看看，向乘客一招手，上车吧，我送你去。

在吴明亮之前，乘客已经连碰几个钉子，没有出租车肯去，这会儿意外地惊喜，说，相信我不是坏人了？

吴明亮勉强笑了一下。

乘客突然古怪甚至有些阴险地一笑，说，人不可貌相，有些人，看起来像个老好人，比如像我这样的人，其实可能是个坏人，是个抢劫犯，逃犯，杀人犯……

吴明亮心里不由一跳，脱口道，你这么晚了，到九子山没人没烟的地方去干什么？

乘客脸上，露出狡猾的笑意，好像有什么阴谋隐藏着。

吕小梅的呼叫再次响起。

这次呼叫内容是：一切已经真相大白，回电！

吴明亮看了看，自言自语道，莫名其妙。

乘客倒是关心，说，要不要停车你打电话，我不着急。

吴明亮说，不回。

乘客是个热情的人，且多嘴，说，现在有些人，闲着没事，乱打呼机，寻呼台也经常出差错。

吴明亮没有心情和乘客说话，只"嗯"了一声。

呼机又响了，吴明亮想不看，但又忍不住，看时，仍然是吕小梅的，说：再不回电，一切后果你负！

坐在旁边的乘客勾过头来也看见了这内容，倒是一吓，说，怎么回事？

吴明亮尴尬一笑，说，是老婆。

乘客笑了，说，嘿，老婆，现在老婆都这样，我老婆，有一回打呼机说，你再不回来，我就跟人走了，这种话也说得出口，嘿嘿。

说者是当玩笑说的，吴明亮听了，却笑不出来，突然停了车，乘客说，老婆其实也不会有事，就是要听你个声音，就以为你是真实的了，就以为你是忠于她的了，你还是回个电，大家放心，免得大家不踏实。

吴明亮到街边小店打电话，家里却没有人接，等一会，再打，仍然没有人，疑疑惑惑回到车上，乘客说，打了？

吴明亮说，不在家。

乘客十拿九稳地笑起来，说，那更证明她是在和你作骨头，想让你着急，叫你不要忽视她的存在，提醒你世界上还有她这么个人，这是老婆的老把戏。

车继续往前开，已经到了郊外，有一阵没有呼叫，吴明亮说，不在家，叫我怎么回电，回到哪里？

乘客说，你别着急，也许是在家的，她并不是要和你说什么，只是要看你个态度，电话响了，已经能够证明你的态度，同时呢，她的气还没消，就不接电话，让你急一急。

吴明亮说，有可能，心想，这个乘客的老婆，是不是和吕小梅脾气很像？

再一次的呼叫是：吴明亮，我病了，发高烧。

吴明亮下决心，再也不看呼机，可呼机过一会儿又响，吴明亮坚决不看，乘客倒是耐不住了，说，又呼叫你了。

吴明亮说，看也没有用，这地方，到哪里去打电话？

乘客说，你没有手机？

吴明亮听他问这话，不由怀疑地看了乘客一眼。

呼机再次响起来，吴明亮不动声色，乘客却饶有兴致地催他，看看，看看，呼的什么？

吴明亮拿来看：我限你十秒钟之内回电！

乘客"嘻"地一笑。

吴明亮说，回电，鬼了。

乘客说，这下好了，真回不了电了，你老婆会怎么样？

吴明亮不知道老婆会怎么样，下一个呼叫又出现了，这回是说：一分钟内不回电，断绝一切关系！

乘客说，没事，我老婆还要跳楼呢。

吴明亮皱着眉，不吭声，呼机再响，他不看，乘客硬拿过他的呼机自己看起来，一看，叫了起来，说，真的要跳楼哎，真的要跳楼哎，哎师傅，你看！

寻呼内容，再不回电，我跳楼！

再一次寻呼内容：我掌握了你们的罪证，再不回来，立即报警！

乘客一看，又像孩子般地笑起来，罪证？啊哈，你有什么罪证？

吴明亮长叹一声，说，要闹到什么时候呀。

乘客同情地看着吴明亮，说，师傅，你怎么不买个手机呢，有个手机不就方便了？

吴明亮说，我想买的，老婆怀疑我要用手机跟别人热线。

乘客说，唉，师傅呀，这下你完了，一个晚上不回家，又不回电话，你说不清了，你跳进黄河也洗不清。

吴明亮说，你不是在这里，你可以做证。

乘客"哈"一声，说，叫我做证人？我倒是很愿意，只是，你叫我做证人，你老婆能相信么？有一回我叫我一个朋友做证人，结果老婆大怒，连带我朋友一起骂，你也不是好东西！

吴明亮眼睛耷拉了，说，那真是没办法说清了。

乘客见吴明亮情绪低落，怕他又不吭声，连忙说，也不用悲观，也不用悲观，事情还是能说清楚的嘛。

吴明亮头脑里竟然一片空白，只听得乘客说事情说清楚，却想不起来到底发生了什么事情，愣道，事情，什么事情？

乘客关切地看看吴明亮，说，没事，没事，你给我留个地址电话，我到你家帮你做工作。

吴明亮苦笑一声。

车再往前开，就出了寻呼范围，吕小梅的一切呼叫，吴明亮都听不见了。车子在黑夜中一直往前，眼看着黑咕隆咚的九子山从前面黑压压地压过来，吴明亮正想说出"到了"两字，突然，车停了，吴明亮心里咯噔一下，知道车犯病了，早就想修理的，一直拖了下来，想不到今天坏在这前不搭村后不搭店周围没有一个人影子的山脚下了。

乘客看看吴明亮的脸，说，怎么，车出问题了？

吴明亮说，是的。

乘客是个好脾气的人，车坏了也不很着急，只是说，你怎么坏在这地方，你怎么坏在这地方？

吴明亮说，不是我要坏在这地方的。

乘客说，你的车有病，怎么能出车？

吴明亮没有吭声，跳下车，掀开前盖，想自己摸索着看看，却一点光亮也没有，看不清楚，吴明亮看了看时间，已经是半夜，说，等天亮，看有没有经过车帮助一下。

乘客想不通，道，帮助？怎么帮助，帮你把车拖走？

吴明亮说，把你拖走，再替我到有电话的地方打个电话报修。

乘客说，只可惜，这地方，哪里来的车，我知道的，这地方，根本没有车来。

吴明亮心里窝火，根本没有车来的地方你叫我过来，算什么，但他毕竟没有说出口，车坏了，是他自己的问题，乘客是没有责任的，但关键的问题不在于责任是谁的，在于他们寸步难行。

乘客问吴明亮，我们是走，还是等？

吴明亮说，走，走到哪里去？

乘客说，走走看，说不定有村子，借个自行车，再说。

家里这头，吕小梅折腾到后半夜，天都快亮了，由气到急，由急到怕，仍始终没有吴明亮的音讯。情急之下，吕小梅回头又想到再找王小姐，便把电话打到皇冠大酒店的总服务台，问王小姐在哪里。总台服务小姐的态度倒是挺好，说，这么晚了，无法找到王小姐，突然想起什么，说，请稍等，我查一查，过了片刻，告诉吕小梅，王小姐已经退房了，而且在酒店订了两张明天的飞机票，已经取走，是飞往北京的。

吕小梅脱口道，两张？

总台小姐肯定地道，是两张。

吕小梅说，明天几点的飞机？

总台小姐看了一下，说，是头班，早晨九点的。

吕小梅哎呀了一声，脱口说，九点？现在已经——

总台小姐知道吕小梅搞错日子了，说，不是今天九点，是明天九点。

吕小梅这才悟过来，现在已经是今天了，虽然天还没有大亮，但已经是新的一天了。

这就是说，他们现在还在这个城市，还在这个城市的某个角落，某个地方，至少还有一整天的时间，他们还躲在这个城市的某个角落。吕小梅脸色刷地白了，从墙对面的镜子里，吕小梅看到一个她根本不认识的女人。

吕小梅看到桌上摊开着准备做学问的纸和笔，突然埋头，开始奋笔疾书。

天刚刚发亮，吕小梅就拿着写好的东西冲到电视台。电视台值夜班的两个人还没有起来，被吕小梅吵醒了，睡眼蒙眬地瞪了她半天，才回过神来，原来天亮了，有人已经来办事了。两人看吕小梅眼睛红红的，神色不对头，互相看了一眼，其中一个小心地问，你要干什么？

吕小梅说，我要在电视上登这个，在电视上，让所有的人都看到！

电视台的人接过吕小梅写的东西，一个看了，看得出想笑，但是忍住了没有笑出来，交给另一个看，另一个看了，也是一样的表情。

吕小梅写的是寻找一对非法同居的男女，吴明亮，出租车司机，有妇之夫，王某某，某公司小姐，两人勾搭成奸，居然公开姘居，几乎是一篇声讨罪行的大批判文章。

吕小梅当然是明白他们的心情的，她并不生他们的气，只是道，我知道，你们看了觉得很好笑，如果换了我，我看别人这样，我也会觉得好笑，但现在事情是出在我身上，我笑不出来，我也哭不出来，我不知怎么办才好，我希望你们体谅一个妻子此时此刻的心情，你们设身处地地想一想，如果你们碰上了这样的事情，你们会怎么样，还笑得出来吗？

电视台的人又互相看看，其中一个说，我们体谅你的心情，但是，这种事情，现在太多太多，到我们电视台来要求反映和曝光的，也很多，我们电视台，不能做这样的事情，我们也无能为力，爱莫能助，我们只能给你们做点思想工作，好像，这事情，更应该找法院，或者找单位，甚至找街道，找我们电视台，好像太远了。

吕小梅说，我不要你们电视台帮我解决，我只要你们登这个。

电视台的人说，这个东西，我们不能登的，说着，看了一下吕小梅的脸，又道，最多，我们也只能登个寻人启事。

吕小梅说，那就登寻人启事，多少钱，什么时候能出来？

电视台人说，寻人启事也不是随便可以登的，得有公安局的证明。

另一个人说，也就是说，你要先报警，然后才能登寻人启事。

吕小梅一听，站起来就走，径直往公安局去。

紧张的气氛越来越逼近吕小梅，"报警"两个字，使她的情绪从气愤、仇恨、着急渐渐地向担心和害怕发展。随着时间一分一秒地过去，她的情绪越来越紧张，焦虑、想象和幻想的水平最大限度地发挥出来，千奇百怪的猜测，稀奇古怪的念头涌满了她的脑海。

接待她的是一位五十多岁的老警察，态度很好，很有耐心地让吕小梅叙述事情经过。

吕小梅却一时不知从何说起，嘴里只有一句话，我丈夫失踪了。

警察目光敏锐，几乎一眼就能够看出吕小梅这种报案类型是什么原因，但警察并不急着戳穿她，先慢慢地把话说起来，道，别着急，说说情况，什么时候开始发现他不在的？

吕小梅说，昨天晚上，一夜没有回来，我打他的呼机，不回电，你给我开个证明，我要登寻人启事。

警察说，昨天晚上才失踪的，我这里不能开证明。

吕小梅急了，问，为什么？

警察说，按规定，得二十四小时以上才算失踪，才可以登寻人启事。

吕小梅愣了。

警察洞察地笑笑，说，你回去吧，说不定你到家，他已经在家等你了。

吕小梅说，绝不可能！我一定要登寻人启事！

警察想了想，仍然和气地说，你丈夫，是干什么工作的？

吕小梅说，出租车司机。

警察说，那你没打他手机？

吕小梅说，他没有手机。

警察说，现在哪个的哥的姐没有手机，你们家老公这么省心省事，是个好老公哟。

　　说到这儿吕小梅心里一阵懊悔，吴明亮明明是决定买手机的，就因为自己多了一句嘴，说他要是用手机跟别人通话，他就不买了，如果自己当时忍住了不说这句话，吴明亮已经用上手机了，现在也不会失踪了到处找不到。但是转而一想，心里又有些气，他吴明亮也太跟老婆计较了，老婆说一句话，就能够拉下脸来，连决定做的事情也可以立马否定了不做，这样的男人也太厉害，太缺少宽容了。这么想着，又觉得自己荒唐，他都跟人家私奔了，你还在要求他对你宽容，女人啊女人，吕小梅想，你太可悲了。

　　警察又宽容地笑了，说，出租车司机，一夜未归，也不算什么，说不定昨天晚上生意特别好，挣了一晚上钱，可挣大了。

　　吕小梅说，绝不可能，他如果是在开车，为什么不回我的电话，我打了几十次呼叫。

　　警察说，有些男人，怕烦，或者，懒。

　　吕小梅说，吴明亮不会的，从前我呼叫他，每打必回，而且一般都是很快就回电的。

　　警察说，嘿，你丈夫不错呀，是个好丈夫，我要像你丈夫这样，我老婆可是要烧高香了，我们做警察的，说有任务就有任务，说走就走，我可是从来不给我老婆通报。

　　吕小梅嘀咕说，各人家有各人家的习惯，我们家的习惯，就是有呼必回，有事及时通知。

　　警察察言观色，知道吕小梅的话还没有说出来，慢悠悠地点了一根烟，抽起来，又慢悠悠地吐出一圈烟雾，不急不忙说，这样吧，我问你几个问题，第一，你丈夫多大年纪？

吕小梅说，三十五。

警察笑，说，三十五呀，我还以为才三岁半呢，又问，有没有文化？

吕小梅说，有，有文化，大学毕业，做过大学老师。

警察显得有些奇怪，又笑，说，哦，还是大学老师，不是文盲呀。再问，第三，家里最近一段时间有没有发生什么事情，注意，我是指比较大的事情，不是一般的鸡毛蒜皮，买菜淘米。

吕小梅突然就掉下两颗眼泪来。

警察想，果然。

吕小梅抹着眼泪，说，他竟然，竟然不回家，和她在一起……

警察说，你是猜测，还是确有证据？

吕小梅说，当然有，当然有，没有证据，我怎么会……伤心得说不下去。

警察道，说说那个女的，你能说出多少？

吕小梅说了说王小姐给她留下的印象，隐去了自己追踪王小姐到皇冠大酒店的过程，警察认真听着，点头，又问，她叫什么？

吕小梅说，王小姐。

警察说，王小姐，王什么？

吕小梅摇摇头，我不知道，王什么，我不知道。

警察差一点笑出来，但是忍住了，道，好，我们暂且称她王某某吧，警察觉得一切已经了然，重新点了一根烟，仍然慢悠悠地说，别哭别哭，现在我们来分析分析，一个三十五岁的做过大学老师的出租车司机，和一个精明能干前途无量的王某某小姐，失踪，离家出走，到哪里去了呢？进和尚庙和尼姑庵？

吕小梅说，不可能。

那么，警察说，被什么人拐骗了？

吕小梅恨恨地说，他们拐骗别人还差不多。

警察说，看，你也明白这不可能，那么，离开这个城市，到另一个地方开始全新的生活？

吕小梅脸色难看，只是摇头，不可能，不可能！

警察说，那就是说，还是要回来的？

吕小梅回答不出来了。

警察说，我们假设吧，两人情到深处，决定出去玩一玩，到哪里？杭州，苏州，总之是好地方，玩过之后，怎么办呢，总是要回来的，他们的事业还在这里，他们的根在这里。

吕小梅咬牙切齿说，他们有脸回来？

警察说，不管有脸无脸，他们到底是会回来的，我看这样的事情，也看得不少，走的时候，也许是铁了心不再回头，但过不了多久，就想回来了，看吕小梅痛苦的样子，恻隐之心起来，说，你呢，我劝你了，做好思想准备。

吕小梅说，什么思想准备？

警察说，等他们回来呀，你该怎么是怎么，想继续和你丈夫过日子的话，就得原谅他。

吕小梅怒火中烧说，我到死也不会原谅他！

警察说，这又是另一种方式和结果，你如果准备好同他分手了，也得把事情考虑周全，财产啦，孩子啦……

吕小梅说，我们没有孩子。

警察说，噢，没有孩子就谈不上孩子判给谁的问题，但是在离婚的过程中仍然会有许多麻烦，比如说……

吕小梅气起来，道，离婚，不能那么便宜他！休想！

警察说，这是第三种方式，这第三种方式的结果是什么呢？

吕小梅恨恨地道，我不管结果。

警察说，总之呢，你得乘他们回来之前，把这些事情都想好了，到时候，就不会被动。

吕小梅的思路，根本是在另一条道上，因为她并没有说出事情的全部，警察也不是仙人，猜不出来，只能按照她提供的有限的材料进行推理和分析，吕小梅脱口道，他们不是去玩的！

警察的习惯思维和经验判断受到否定，他倒需要另眼看一看这个吕小梅了，想了想，说，你肯定他们不是去玩的？你有什么根据这么说？

吕小梅想，我的根据，就是那盘录音带，但是我不能拿出来交给警察，那是吴明亮的性命呀。

警察见吕小梅不说话了，便将思路转了个方向，说，你既然肯定他们不是去玩的，总有你的道理，那么我们再另走一条路看看，能否走通，比如说吧，谋杀？

这事情有点严重了。

警察并不因为吕小梅的心被揪住而停止他的思路，他继续按着自己的想法往下说，被杀？是有预谋的呢，还是无预谋？先说有预谋，预谋杀人的目的性很强，情杀？仇杀？为钱杀人？

在警察嘴里，显然这些都是无稽之谈的味道，是说来让吕小梅放宽心的，但是在吕小梅听来，每一个字，都敲击在她的心脏上。

情杀？

有可能。

仇杀？

有可能。

为钱被杀？

更有可能。

警察却沿着自己的思路走，说，你看看，以你的说法，那两个人是很相爱，尽管他们的爱显得很不道德，但他们是相爱的，是不是？

吕小梅心如刀绞，却不得不点头。

警察说，看看，情杀不可能吧，两个相爱的人，为什么要互相残杀，看了看吕小梅，问，你知不知道，这个王某某小姐，有没有其他恋爱对象？

吕小梅说，据我所知，没有。

警察点头，又摇头，说，所以说，没有情杀的可能，停顿一下，又道，倒是在你的位置上，一怒之下，杀了他们，倒是有可能，有作案动机和作案目的。

吕小梅说，你以为我不想杀他们？

警察说，看起来你确实不想杀人，好了，排除情杀，接下来是仇杀，你丈夫有仇人吗？

吕小梅坚决地摇头，没有。

那么王某某小姐呢？

吕小梅不知道该怎么表态，联想到债务的事情，不由说，可能经济上，有些什么问题。

警察说，那就是第三种可能了，为钱被杀？你所说的，经济上的问题，是什么？

吕小梅慌了，眼看着警察一步一步要接近事实真相了，她咬紧牙，说，我不知道，我什么也不知道。

但是她的神色，却在告诉经验丰富的警察，我什么都知道，但是我不能说出来。

警察并没有一定要她说出来的意思，仍然沿自己的分析往前走，说，看看，你自己都不以为然，是吧，什么情杀，仇杀，为钱被杀，你都认为不可能，那么，预谋杀人看起来是不成立，那么，只剩下最后的可能，无预谋，这是最可能的，也是最接近答案的，设想他们两人一起打算出去玩，坐了你丈夫的出租车……

吕小梅说，不会坐我丈夫的出租车，那个王小姐，有高级轿车。

警察说，好吧，坐了王某某小姐的高级轿车，可是，车子再高级，也难保不出事故，比如说，出了车祸，撞车了，翻车了……

吕小梅突然大叫一声，你别说了！

警察想，原来你这么关心你的丈夫，你不仅不会杀他，你对他的安危都这么担忧，而你的丈夫却对你这么无情，陪着情妇出去玩，想着，不由又生出许多同情，道，我的意思，并不是出什么大的事故，会不会车子在半路出了点小故障，又是个前不搭村后不搭店的地方，也没办法叫修，也没办法再开，只得等着了。

吕小梅忍不住说，他们不是开车出去的。

警察说，你有什么根据？

吕小梅不知不觉又向彻底暴露真相滑出去一步，赶紧收回来，说，我，我是觉得，觉得他们不是开车走的。

警察挠了挠头皮，说，这就又排除了意外事故的可能，那么，真的只剩下最后的可能了。

吕小梅说，什么？

警察说，自杀。

吕小梅不由跟着说出这两个一直在她心里盘旋的字：自杀？

警察注意地看了看吕小梅的神情，说，为情而死？双双殉情？

吕小梅两眼定定地望着警察。

警察说，你回想一下，在这之前，你丈夫，或者，王某某小姐，有没有过这方面的信息流露出来？

吕小梅虽然没有肯定的回答，但是从她的神色中，警察已经得到了肯定的回答。

失踪的两人，至少是其中的一个，确实流露过自杀的念头。

思维进行到这里，警察倒有些紧张起来了，也兴奋起来，一开始，警察凭着丰富的经验和洞察一切的目光，一眼就看出来吕小梅这类报案的原因和目的，无非就是丈夫有了外遇，妻子怒火中烧，恐怕也不是失踪，也不是第一次，妻子只有在实在忍无可忍的情况下，才可能跨到电视台，跨到公安局来，这是一。第二，妻子虽然怒火中烧，但并不想和丈夫离婚，如果想离婚的，横下心的，不必费这么大的心机，或者，妻子还爱着丈夫，或者，恨之入骨，做寻人启事是假，出心头一股恶气是真，说不定，丈夫晚上不回家，在哪里她根本是知道的，但到头来这样的事情还是得解决。警察以前也碰到过类似的情形，警察一边开导一边劝说，慢慢地，或者让人家消了气，或者帮助人家下了某种决心，反正在警察这里，多半是成功的。但是眼下的这个事情，却生出些令警察意外的分枝，警察的思路是十分警觉的，他是一个工作狂，鼻子是很灵敏的，同事说他，只要鼻子一抽，就能闻出犯罪的气味，警察突然觉得，今天我怎么了，这么敏感的气味，我怎么到现在才刚开始闻到？

看起来，事情并不简单，吕小梅不仅是要出他们洋相，她是真的着急，当然是又气又急，还很害怕，害怕什么呢？她明明已经对那两个人的情绪有所掌握，有所了解，而且，据警察的细心观察，情况还远不止这些。但是吕小梅死活不肯说出来，她又要找丈夫，又要出口恶气，又不肯把事情全部说出来。警察想，只有一种可能，她的丈夫以及那个王某某小姐，涉及不能让警察知道的事情，不能让警察知道的事情，是什么事情呢，当然是犯罪。

这时候警察已经从吕小梅的立场转入他自己的状态，但是表面上他不动声色，口气仍然平和，说，我再换个思路，王某某小姐，是哪个公司的？

吕小梅立即警惕了，她只要说出王小姐是哪个公司的，警察顺藤摸瓜，要摸吴明亮的问题，还不是一摸一个准，话到口边，又咽了回去，说，我不知道她是哪个公司的。

警察警觉起来，说，既然如此，看起来，有必要搞个寻人启事。

吕小梅就是需要搞寻人启事的，警察呢，一直在劝她不必，现在警察却主动说了出来，等到警察一主动说出来，吕小梅反而更紧张了，她又从警察的态度中，看到了事态的严重，捂着脸哭了起来。

警察说，现在不是哭的时候，要做寻人启事，得有具体内容，你说，我替你记下。

吕小梅抬着泪眼看警察。

警察说，先说，姓名，刚才说过了，我记下，吴明亮，口天吴，明明亮亮的明亮，年纪，也有了，三十五，已婚，身高？

　　吕小梅说，一米、一米七五，还是七七？

　　警察说，到底七五还是七七，虽然只差两厘米，但重要的，这两厘米，可是很关键，七五的人呢，看起来就是中等个子，七七的人，就算是比较高个子了，不能搞混，你怎么的呢，连丈夫的身高也吃不准，当初怎么谈的恋爱？这些年怎么一起过的日子？

　　吕小梅心里有些波动，吴明亮的身高，自己竟然忘记了，脸上十分难堪，说，是七五吧，不算太高。

　　警察记下来，又说，如果希望寻找的可能大一些，就一定要写得细致些，比如脸型，是长脸？方脸？圆脸？

　　吕小梅眼前，晃过吴明亮的脸，但是模模糊糊，一闪而过，她怎么也想不起来吴明亮脸型到底是长是方是圆，只得含糊说，方的，好像也不太方。

　　警察狐疑地看她一眼，说，好像方的？好像？还是记了下来，再问，好了，现在说说衣着，最后你见到他的时候，穿的什么，什么衣服，什么裤子？

　　吕小梅努力回忆，依稀记得，丈夫穿的是米色的外衣，至于是风衣还是西装还是一般的夹克或者是毛衣，吕小梅竟说不出来，裤子也说不准，没有印象。她努力追寻着发生的事情，回想到昨天晚上，送了母亲和姨老太太出来，在街头，两人说了什么话，生气了，分手时那一瞬间留下的印象，但是印象中只有一团米色而没有别的任何的东西。吕小梅只得说，裤子记不得了，衣服是米色的。

　　警察说，好，现在完成了你丈夫的描述，接下来，你能说一说王某某小姐吗？

　　吕小梅说，年纪很轻，大概二十五岁左右，个子大概一米六五左右，样子，样子像，像女大学生，穿一身白的，是一套质地很好的套装，很……下面的话没有说出来。

这样就凑成了一条不怎么对称的寻人启事：

吴明亮，男，三十五岁，身穿米色外衣。

王某某，女，二十五岁左右，身高一米六五，身穿白色套装。

两人于某月某日失踪，请知情者打某某电话。

警察向吕小梅说，看起来你根本没有在意过你的丈夫，倒是对王某某小姐蛮注意。

吕小梅不由低下头去，说，是，我没怎么在意。

电视游动字幕将这件事情送进千家万户，当然更多的人并没有在意，每天的电视上都有许多游动字幕走出来，从大家的眼前走过去，很少有人真正去关心那上面的内容，他们能够容忍它们在电视屏幕上肆意走动，干扰视觉和心绪，完全是因为割舍不下对电视节目的喜爱吧。但是大千世界无奇不有，偏偏也会有人对电视上的游动字幕有兴趣，他们看到这条寻人启事后，马上会有各种不同的反应，此是后话。

寻人启事破例在当天上午就开始播出，从这时候起，吕小梅一直待在警察的办公室里，因为联系电话是警察的电话，警察是值的夜班，但他没有下班，继续陪着吕小梅等待消息。

第一个电话是吕小梅学校的老师打来的，问吴明亮是不是她的丈夫吴明亮，说他们看了字幕，都不相信，认为是同名同姓。吕小梅想不到第一个难堪就给了她自己，又不能否认，老师说，是吴明亮开车出了什么事故吧，那个王某某是乘客吧？

吕小梅说，是的。

老师说，别急，估计没有大事故，如果有大事故，交通上肯定接到报告，既然交通上没有重大事故的报告，说明没有大问题，也可能车子在半路上出了小故障之类，总之是安慰吕小梅，让吕小梅且放宽心，相信寻人启事会起作用的。吕小梅空为这铃声一激动，放下电话，焦虑的心情比先前更厉害。第二个电话也是一个熟人打来的，内容与第一个电话类似，这使吕小梅更加烦躁。第三个电话就出现奇怪事情了，打电话的是个男人，声称，你的丈夫和情人躲在我这里，他们不想回家，你们不用找她们了，说完就挂断电话。吕小梅激动了半天，在心里分析了半天，等警察进来，告诉了警察。警察说，还不到激动的时候，这是捣乱电话。又一个电话说我杀了你丈夫和他的情人，奸夫奸妇，不应该杀吗？我是替你报仇的，我是杀人犯，哈哈哈。再一个电话说，你真是个笨女人，连男人也管不住，等等。也有的电话倒是热心提供线索的，可惜核对下来，情况相差比较大。最可怕的是报告有一具男尸，结果当然不是吴明亮，又虚惊一场。警察一直守在旁边，和吕小梅一起等，警察说，我这完全是义务劳动啊。吕小梅十分感激，但也有点奇怪，虽然她没有说出自己的奇怪心理，但是警察看出来，警察说，没有什么奇怪的，算我的责任心也好，算我的好奇心也好。

一直到下午，来了一个电话，是九子山外乡间的一家小旅馆打来的，说今天凌晨有两个城里来的男人而不是一男一女住在他们旅馆里，其中的一位，年龄身高都与电视游动字幕寻人启事中寻找的那个男人很相似，但是穿的衣服不是米色。电话是警察接的，警察说，他们住宿没有登记吗？登记的什么名字？小旅馆的人说，没有登记，因为两人都没有带身份证，反正也只住一晚上，看起来两人也不像是坏人，旅馆就没有让他们登记，只收了一晚上的房钱，第二天他们一直睡到中午，才急急忙忙走了，旅馆后来就看到了寻人启事，但也不知到底是不是。现在唯一能够判断他们是不是失踪的吴明亮的是他遗忘在房间里的一只黑色男用包，也就是大家常见的那种大哥大包。警察说，好，回头问吕小梅，吴明亮用那样的包吗？

吕小梅说，包？他好像从来不用包。

警察说，你能肯定，你丈夫从不用包？

吕小梅却不能肯定了，犹犹豫豫地道，好像，好像，也用的，但是，但是，记不得是个什么样的包了，自言自语道，什么颜色？什么样子？

警察不由摇了摇头，也排除了这种可能，失踪的是一男一女，出现的是俩男，可能性实在不大，即使那个男的很像吴明亮。

在等待的过程中，警察其实并没有闲着，他仍然思考着，和吕小梅说着话，其实就是套着话，但是从吕小梅嘴里，难套出什么来，她好像天生就是来和警察别扭的，警察说东，她就说西。警察说你丈夫不错呀，是个好丈夫，她说吴明亮怎么不是个东西，等到警察也跟着说这样的男人可以考虑分手，吕小梅又生气，便拣丈夫好的地方说。警察从吕小梅嘴里，只能听出一个字，爱。吕小梅，实在是爱吴明亮的，但是她又不相信吴明亮，不相信他的每一句话和每一个行为，所以，吕小梅的爱，实在痛苦，连警察也能从她的心情中咀嚼出苦涩味来。

但是警察想，我现在没工夫来管你的爱不爱，我要工作，我要破案，我已经闻出这件事情背后的案件气息，很浓，很强烈，警察现在几乎一百个相信，这不是一个简单的爱情婚姻问题。

警察的大脑极为兴奋，情绪激昂，他一一回忆先前吕小梅说过的每一句话，搜索这里边有没有有价值的内容，突然，心头一亮，吕小梅说过，经济上，可能有问题，经济上的问题，经济犯罪，包括什么呢？债务？贪污？行贿？受贿？挪用公款？

他已经抓到了罪犯的衣角。

警察说，你再仔细回忆回忆，吴明亮和那个王某某小姐，有没有留下其他的线索，可以提供给警方了解他们，寻找他们的？

吕小梅差点脱口说，有，有一盘录音带，上面有王小姐的声音，还有张厂长的声音，有铁一般的事实！但是她咬紧牙关，不能说呀，那是吴明亮的生命线！

此时此刻，那盘录音带，就在她的口袋里，吕小梅神经紧张，手不由得伸入口袋，紧紧抓住那盘带子，像是抓住了吴明亮的性命。

警察再换个角度进攻，说，吕老师，根据我破案的经验，我想提醒你，有些事情，晚说不如早说，慢说不如快说，早揭发出来，说不定还有挽救的余地，一旦错过时机，连挽救的余地也没了，那就后悔莫及了。

吕小梅虽然极度疲惫，但警察这话，她仍能听明白，既紧张又激动，道，你这话，什么意思，揭发什么，揭发谁？我没有什么好揭发的。

警察说，你不是说，有些什么经济上的问题？

吕小梅说，谁有，谁经济问题？不可能，吴明亮，我很了解他，他绝不会有任何问题！

　　警察的路被堵死，但是警察的路多得很，通往破案的路，警察这许多年来，走出无数条，这条不通，走那条，警察再换个问题，你最后一次见到王某某小姐是在哪里，她在干什么？

　　吕小梅经过一夜的煎熬，精神随时有崩溃的可能，已经没有力量再抵御任何进攻了，只要不听见吴明亮的名字，她的神经就松垮下来，所以警察的话一问出口，吕小梅的思路再也无力抵抗，就沿着他的问话进行了，说，在皇冠大酒店，她慌慌张张要走。

　　警察一番苦心总算有了结果，有了皇冠大酒店几个字，顺藤摸瓜，下面的事情都能迎刃而解。

　　吕小梅一夜未睡，加上神经高度紧张，到这时候，已经撑不住了，上眼皮搭着下眼皮。警察说，你先回去睡一会吧，有消息我会立即告诉你。

　　吕小梅硬撑着摇头，说，我守着电话。

　　警察说，你还不相信我，你连警察都不相信？

　　吕小梅已经说不出话来了。

　　警察说，你若相信我，你就先回去休息，不管出了什么事，不管事情最后结果怎么样，你都得要有个好身体，不是吗？

　　吕小梅被警察送回家来。已是晚上，精神和体力都已疲惫到极点的吕小梅，看着空荡荡的家，但是她不能躺下，不能睡着，一睡过去，等她明天醒来，吴明亮已经和王小姐远走高飞了，她就永远永远失去他了，吕小梅抓起电话，重新开始给吴明亮打呼叫。

　　呼：吴明亮，我出事了！

　　再呼：吴明亮，我们离婚，不离不是人！

　　仍然等不到吴明亮丝毫信息。

吴明亮，你好狠毒！

吴明亮，就算你附近没有电话，给你三十分钟，三十分钟再不回电，我立即死给你看。

寻呼小姐犹豫了，说，小姐，你？

吕小梅说，你替我呼。

寻呼小姐呼了。

吕小梅给了吴明亮三十分钟，但她只有耐心等到二十五分，到了二十五分钟，她再也等不下去，再次抓起电话，报了吴明亮的呼机号，寻呼早小姐已经听出她的声音，说，也许你呼的人外出了，收不到呼叫。

吕小梅说，收不到也要呼，简直不是人，连老婆自杀他也不动心，铁石心肠，说着，寻呼小姐问，小姐，请问呼叫内容是什么？

吕小梅却沿着自己的思路往下说，你以为，我是一个大学老师，我就做不出激烈的事情，你以为我软弱可欺，你以为我要面子，你以为我真的会自杀，让你称心，告诉你，我不会，我要等你回来，吴明亮，你回来！说着，声音中的哭腔越来越强，后来干脆放声大哭起来，边哭边说，吴明亮，求求你，你回来吧，无论发生什么事，我都原谅你！吴明亮，求求你，你回来吧，我什么也不说了，你回来吧！

此时此刻，正是夜深人静时。

寻呼小姐说，小姐，你到底呼哪一条？

吕小梅彻底垮了，她抓着话筒，就往地上倒，人一沾地，就睡着了。

吕小梅一觉醒来，天已大亮，什么奇迹也没有出现。吕小梅赶紧往派出所打电话，接电话的警察说，昨天的老警察下班回家休息了。

吕小梅一急，道，他怎么回家了，人还没有找到，他怎么能回家休息？

接电话的警察说，他已经两夜没有睡觉，难道你以为警察不是人，不需要睡觉？

吕小梅放下电话，就急急往派出所去，刚进去，老警察就从后面跟进来，吕小梅急切地道，你怎么走了，你答应我守电话的。

警察笑眯眯地道，我替你把事情弄清楚了。

吕小梅两眼通红，瞪着警察，道，他，他回来了？

警察说，找到的不是你丈夫，但是你从一开始就错误地认为，他就是你丈夫。

吕小梅不明白，谁？

警察说，王丽萍小姐的男朋友，姓郑，不姓吴，不是吴明亮，是郑维民。

吕小梅惊呆了，两眼里通红的东西慢慢扩展到脸上，一会儿，整个脸都红透了。

警察说，郑维民是一家国有企业的厂长，他才是王小姐的心上人，另外，你的所谓经济问题，更是一个错误的判断，郑维民为了挽救将倒闭的企业，借贷了大量资金搞技改，背一笔很大的债务，除了这一点是真实的，其他，所有的一切，你都搞错了。

吕小梅半天才回过神来，说，不是吴明亮，那么，那么，吴明亮呢？脸上的红色迅速退去，变成了惨白。

警察知道，这会儿，这个做妻子的真正从气愤变成了担心，连忙说，你别着急，你听我分析。

吕小梅说，我不听你，我丈夫失踪了，如果不是和别人躲起来了，他是真的失踪了，真的不见了……

警察老谋深算地说，你还是得听我分析，既然你丈夫，吴明亮，没有跟王丽萍小姐私奔，那么，一切都是正常的，你丈夫呢，是开出租车的，各种各样的情况都会碰到。我们先假设其中一种，比如说吧，昨天晚上，他载了一个客人，这个客人呢，要到比较远的什么地方，而且是通信不便的地方，人烟稀少的地方，比如吧，九子山那一带，你丈夫就去了。可是，车到了半路，在一个前不搭村后不搭店的地方，车坏了，那条路上，又根本没有过往的人和车可以帮助他们。他们怎么办呢，不能在车上等一个晚上吧，既然车是坏的，别人也开不走这车，也许乘客对那一带比较熟悉，知道那儿有个乡间的小旅店，他们就步行过去，住下来，因为事先根本没有想到这一意外，两人都没有带身份证，小旅店呢，要求也不严，看他们也不像坏人，就让他们住了。这时候，已经折腾了大半夜天都快亮了，他们倒头就睡，一觉睡到第二天中午，才醒来……

吕小梅说，不对，他为什么不回电？

警察说，我们再假设一下，从小旅店那地方往城里打电话，算是长途了，小旅店夜里没有人值班看电话，凌晨打不起电话来，或者，你丈夫考虑大清早，不想吵醒你。

吕小梅说，那他白天为什么不打？

警察说，白天，白天你在哪里？

早晨吕小梅在电视台，在派出所。

警察说，当然，凌晨晚上不打电话还有一种可能，你丈夫烦你了，想清静一晚上，干脆不理你。

吕小梅含泪说，你这都是假设，根本没有根据。

警察说，但是你也觉得这种推理多少有点道理。

吕小梅不由自主地点点头，但仍然有问题，道，可是也不对，就算他真的在乡间旅店住了一个晚上，昨天下午，也该回来了。

警察说，他不是车坏了吗，不是要修车吗？我们再继续推测，他们不是在偏僻的乡间吗？得到处找修车的地方，也许在几十里之外，也许更远，找到了，再求人来把车拖到可以修车的地方，这说不定已经很晚了。也许车的毛病比较严重，不是一时半刻能修好，一修就修了大半夜，怎么办呢，只能耐心等了，他又不能扔下车子自己走回来。警察已经被自己的分析感动了，也确认这是唯一的事实了，说，现在你如果能够确认那只包是你丈夫的，事情看起来就不会很糟，警察重复了一遍，说，一只黑色的小包，俗称大哥大包。

吕小梅此时，非常想确认黑包就是吴明亮的，但她知道这样做是自欺欺人，她真的无法得知黑包到底是不是吴明亮的，因为吴明亮根本就没有手机，用个手机包干什么呢？

吕小梅无言以对。

警察说，当然，也有另一种可能，现在他回到这个城市了，他不是很着急，怕你担心么，他先回了家，但是你不在家，他又出去了。

警察腰间的呼机突然响了起来，警察看了看号，显得有些犹豫。吕小梅突然有些过意不去，说，你早就该下班了。警察一笑，说，我应该早就下班早就到家了，是老婆找我。抓起电话来打，说，我在执行任务。警察老婆说，骗谁呀你，我已经问过你的同事，说你已经下班。警察说，下班虽是下班了，但是事情没有结束，你看到电视上的寻人启事吧，游动字幕的，有个人失踪了。警察老婆说，你没有想过你的老婆有一天也可能失踪？警察说，开什么玩笑。警察老婆说，是的，也根本用不着开玩笑，我和你，现在这种状况，互相也见不着面，这和失踪有什么区别呢？或者是我失踪，或者是你失踪，我们总是有一方已经失踪了。警察张了张嘴，觉得再说不出什么话来，放下电话，向吕小梅讪笑一下。

不知不觉中，吕小梅的手再一次摸到口袋里，她摸到了那盘录音带，吕小梅看了看警察，说，你这里，有录音机吗？

警察说，你有录音带？

吕小梅取了出来，警察说，这就是你的证据？

警察取出录音机，吕小梅将录音带放进去，声音响了起来。

根本不是什么王小姐和张厂长的对话，却是王小姐留给吕小梅的：

> 吕老师，对不起，我临时有急事，着急走了，来不及和你道别，有几句话，跟你说一说。
>
> 我早知道你不是陈总的代理，也知道你不是我们这一行里的人，但我不知道你到底要干什么，观察了两天，也没有观察出来，却发现，你和别人不一样，别人接近我，多是有意图，以为我有钱，能投资，能帮他们发财，你没有这样的想法，你好像没有任何接近我的理由，但是你又不可能无缘无故接近我，我想不明白，但我看出来，你有很重的心事，也许你一直想对我说，但是一直没有机会，

或者没有鼓起勇气。

我借到钱了，我现在就是赶去取钱的，这钱，是为我的男友借的，他是一家国有大企业的厂长，借贷的资金早已经到期，但是技改的成果还没有出来，债主失去了信心，正在准备上告法院，这一上告，一切都完了……等我回来，我们好好聊聊，你的心事，一定要告诉我，也许，我有办法帮你解决困难。

王小姐在录音机里的话音刚落，吕小梅突地站起来，说，我回家了。

警察说，这就对了，说不定，一会吴明亮又往家里打电话，老是没有人接，他该多着急？警察停顿一下又说，你们也真该各人配一台手机了。

吴明亮后半夜才将车修好，在车上躺了一会，天一亮，就开车回来。先回家，吕小梅却不在家，也没有留条子告诉上哪里去了，倒是发现家里多了些安亭的土特产。吴明亮想不明白怎么回事，因为挂记着民工住院动手术的事情还没有了结，想来想去，还是得找到证人，还是得向王小姐晓之以理动之以情，请她说出真话，事情才能解决。吴明亮再给王小姐打了呼叫，王小姐回电的声音，和前天昨天大不一样，再没有紧张和不耐烦，显得十分和气，问谁打呼叫。

吴明亮说，我是吴明亮。

王小姐稍一愣，立即想了起来，说，你是那个司机吧，怎么，事情还没有了结?

吴明亮说,了结了我不会再找你的。

王小姐说,明明是他自己撞上车来的。

吴明亮说,我就是要你这句话,你早说了,我也不会一再麻烦你,现在,我到医院去,我把当天那两个巡警也叫上,你能不能过来一下?

王小姐说,好。

大家终于在医院见了面,王小姐向巡警证明了当天发生的事情,然后他们一起来到冯贵三的病床前。冯贵三恢复得很快,已经能坐起来了,一眼看到吴明亮走进来,突然像个孩子似的呜呜哭起来,挣扎着要下病床,被大家拦住,冯贵三向吴明亮作揖,说,大哥,大哥,你是我的救命恩人,我撞了你的车,让你破了财,你还出钱让我开刀,大哥,大哥,我来世变牛变马,也要报答你的恩情呀,大哥,大哥……

冯贵三老婆抹着眼泪,说,大哥,大哥,你给垫出来的医药费,我们打了工,赚足了,再还你啊,我们不会赖账的,赖谁的账,也不能赖救命恩人的账呀。

吴明亮说,那些钱,也用不着你们还了,你们以后,骑车子,小心点。

巡警看着吴明亮,觉得奇怪,说,不要我们处理了?

吴明亮摇了摇头。

巡警说,既然钱也是你出的,手术也已经动过,钱也不要他们还,还这么急着追我们干什么?

吴明亮说,事情总要说清楚,说清楚了,就行。

巡警笑起来，两人互相一看，其中一个说，你这事情，是给你说清楚了，幸亏有这位好心的小姐，但是事实上，有许多事情是说不清楚的。

吴明亮点了点头，说，是的。

吴明亮和王小姐一起出来，在门口和王小姐道别，吴明亮说，谢谢你，我还不知道你叫什么名字。

王小姐灿烂一笑，说，我叫什么名字都可以，只要事情能够解决。说着看一看表，道，对不起，我得赶时间了，飞机就要起飞。说着匆匆上了自己的车，还记得从车窗伸出手来向吴明亮挥一挥，车子往机场的方向远去，很快消失。

吴明亮心里一块石头落地，再打电话回家，仍然没有人接，想吕小梅是不是今天有课，便往学校打电话。接电话的老师一听是吴明亮的声音，惊讶地叫起来，吴明亮，你没有失踪？

吴明亮比老师更惊讶，听老师说了电视寻人启事的事情，急忙再往派出所打电话，正是那位老警察接的电话，说，找谁？

吴明亮说，找我老婆。

警察笑了，说，刚才是找丈夫的，现在是找老婆，大家玩躲猫猫游戏啊。

吴明亮说，就是在电视上做寻人启事的那个女同志。

警察"噢"了一声，说，你就是吴明亮？车子修好了？

吴明亮说，修好了，可是老婆找不到了。

警察说，她刚刚从这里走出去，回家去了。

吕小梅从公安局出来，走了一段，才想起这地方离家很远，正想着要打的，就发现有一辆红色桑塔纳从身后过来，她顺势一招手，车停了，吕小梅打开车门上了车，司机回头望着她，吕小梅定睛一看：

是吴明亮。

吕小梅第一个反应就是，他穿的根本不是米色衣服，吕小梅说，你身上这件衣服，新买的？

吴明亮不知道她怎么突然过问起他的衣服来，说，哪里新买的，我都穿了两年了。

吕小梅说，你回家换过衣服了？

吴明亮更奇怪，说，哪里来得及换衣服，我回家一看，你不在，就急忙出来了。

吕小梅说，那，你没有穿那件米色的衣服？

吴明亮奇怪，说，什么米色衣服？

吕小梅说，我记得，你昨天是穿的米色衣服。

吴明亮"哈"了一声，说，我从来没有米色的衣服，我最不喜欢的颜色，就是米色。

吕小梅想了想，说，是吗？那就是我记错了。

杨湾传说

一

　　远方的客人背着一只松松垮垮的背包，从很远的地方一直朝这边走过来。远方的客人风尘仆仆，他走过东北，又穿过中原，现在他正站在中原尽头的一个四等小站。他在等着一趟慢车，他将坐这趟慢车到达一个中转站，在中转站，远方的客人要换坐一趟快车，快车会把远方的客人带进他向往已久的南方的潮湿的气氛中。

　　车一直不来，远方的客人只有耐心地等待，中原的干涩的风吹打着他的粗糙的脸。远方的客人不是一个流浪汉，但是他的行为却很像一个流浪汉。他像风一样从北方来，他经过一座又一座的城市，他穿越一片又一片的乡间。远方的客人是一位搞民间文艺的专家，他到处漂泊，搜集大量流失在民间的俚语俗谚，这样的艰苦工作，并不一定能给远方的客人带来什么，但是远方的客人他从没有停下自己的脚步，像风一样停不下来。

中原尽头的四等小站，像一颗小沙子，嵌在中原大地的某一个偏僻的角落。每两天才有趟慢车在这里停下，捎上几个本乡人到城里去，像远方的客人这样的外人，很少在这里出现。远方的客人完全可以想象，如果不是他不停地走，他是不会碰上这个中原尽头的四等小站的。远方的客人对自己说，我注定了要不停地走，我别无他法。

金窝银窝不如自己的狗窝，这是一句通用于南北东西的民间俗语。远方的客人年年月月体验着流浪的滋味，也就体验着这句俗语的意味深长的内涵。远方的客人在他的漫长的遥遥无期的漂泊岁月里，不可能从来不会想起自己的家，但是远方的客人一想起自己的家，就有一种痛彻肺腑的感觉，就有一种逃离的欲望，他向离家越来越远的地方走去。

在远方客人的记忆中，始终有一片模糊地带，远方客人已经记不清这是在他的家乡还是在别的什么地方发生的事情，他的记忆中留下的只有一个印象，那就是雨，大雨。远方客人坚持认为，只有在南方，才会有那么大的雨。远方客人努力回想那一片模糊，他只能想起那一天下着大雨，他奔进一个小院，他没有听到雨声以外的任何声响，他走向那扇开着的窗户，远方客人看到了一幅他自己以为永远也忘不了的场面，可是后来，他把它忘了，留下的只有有关雨的印象。

其实当远方的客人站在中原尽头这个四等小站上的时候，他并没有确定自己行动的目的地。他只是知道自己的下一站是南方。他早就想象南方的湿润的气候是多么地宜人。远方客人一路扛着北方的干涩，他像枯苗渴望雨露般地渴望南方的氛围，他想象在南方乡间这时候正是青绿一片，他想象南方的小城，小雨打在石子小街上，他想起民间俗语说南方小城雨后着绣鞋。远方的客人不由笑了一下，我就要走进南方了，他想。

在四等小站光秃秃的站台上等这趟慢车的人很少很少。远方的客人看得出那些人是本乡人，他们都背着相同的竹筐，他们沉默寡语，默默地朝着慢车过来的方向看着。远方的客人猜测他们的竹筐里大概装着他们的农副产品，他们大概想到城里去卖好些的价钱。远方的客人很想和等车的本乡人说说话，他很寂寞。远方的客人有说话的欲望，可是等慢车的本乡人却警惕地看着远方的客人，他们下意识地捂紧了自己的口袋，退到离远方的客人远一些的地方，他们紧闭着嘴。

远方的客人有些失落，他把目光从本乡人的身上移开。慢车还没有来，为这趟慢车所设的火车时刻表从来都没有起过真正的作用，这是远方客人到售票处的小窗口打听的时候，售票员告诉他的。于是远方的客人就不再把希望寄托在时刻表上，远方的客人在寂寞冷落的心情中把目光投向站台的一侧，远方的客人突然看到一个女子悄悄地出现在站台上，远方的客人没有注意到她是从哪个方向上站台的，当他突然间发现她的时候，她已经站在站台的某一处了，这地方离远方客人站的地方不远。

年轻的女子穿着藏青色的上衣和黑色的裤子，深冷的色调衬托着她苍白的皮肤。远方的客人从青黑和苍白的对比中感受到一种阴幽的美，远方的客人忍不住朝她多看了几眼。远方的客人准备着她和那些避开他的本乡人一样对待他，可是女子并没有那样做，她微笑着向远方的客人点头致意。远方的客人心中顿时涌起一股暖流，他终于说："你好。"

青衣女子又轻轻地笑了一下，她说："你好。"

她的声音像来自另一个世界那样轻柔遥远。

远方的客人心里跳了一下，他说："你不是本乡人。"

青衣女子说："你怎么看得出来？"

远方的客人不知怎么说才好，只是一种感觉，他说不清楚，他觉得这女子应该是南方的湿润的气候的产物，远方的客人说："你也等慢车？"

"是的。"

远方的客人说："到前面中转，然后去南方？"

"是的。"

远方的客人兴奋了："我们同路。"

青衣女子淡淡地笑了一下。

远方的客人说："你是南方人？"

"是的。"

"是南方哪里？"远方客人越问越具体，不过，他并没有发现她有什么不快的表现。

"杨湾。"

远方客人第一次听到杨湾这个名字。这不奇怪，在南方的大片潮湿的土地上，像杨湾这样的地名大概也和北方干涩的沙一样遍布在每一个角落。所不同的是，远方的客人在听到杨湾这个地名时的感觉，和北方的沙扑打脸颊的感觉是完全不一样的，远方的客人在那一瞬间突然怀疑起自己的故乡究竟在哪里，他突然想，杨湾，怎么像是我的故乡呢。

"杨湾，它在什么地方？"

"在南方，运河边的一个南方小镇。"青衣女子语音平淡含着很深的韵味。远方的客人想，这是我的错觉还是她身上确实有一种特别的气质，暂时远方的客人还不能辨别清楚，他并不很急，还有很长的路，他想，我将和她同行。

"问一下，"远方客人小心地挑着话题，"杨湾那里常常下雨吗？"

"是的，常常下雨，雨季快要来了。"青衣女子说。

远方客人舒出一口气："你，"远方的客人犹豫了一下，说道，"能问一下你的名字吗？"

青衣女子再次露出幽然的微笑，她没有说她叫什么名字，她的微笑使远方客人不可能向她再问一遍相同的问题。

远方的客人想，这青衣女子的名字，一定和她的气质相配，只有在南方湿润的气候中才能产生。远方的客人又一次感觉到，青衣女子的名字一定和她的声音一样，来自一个很遥远很遥远的地方，他认真地想了一会儿，说道："我猜不出。"

青衣女子仍然幽幽地微笑着。

远方的客人看着青衣女子，他也许等待着她问他的名字，可是她并没有这样的打算，远方的客人失去了一次机会。

车还没有到。本乡人背着沉重的竹筐，他们开始感觉到累，他们放下竹筐，也放下了对远方客人的些许警惕。他们开始说话，声音很低沉，很干涩，和中原的土地一样。他们抱怨慢车实在来得太慢太慢，本乡人具有足够的耐心，现在他们也有些急躁起来。他们缩在衣领里的脖子渐渐伸长了，他们对着慢车过来的方向，叹息着。风从他们脸上刮过，一些细小的沙土打在脸上，他们听到车站旧陋的棚顶在风中吱嘎作响。

远方的客人现在已经没有了急躁的情绪，他和本乡人的情绪走向正好相反。远方的客人看着青衣女子，他想，你的到来，让我失去对时间的感觉。他站在女子的一侧，他感受着这个女子身上的那种独特的气息。他说："你说你的杨湾是一个南方小镇，那里，好吗？"

"好。"青衣女子说。她的眼睛里流露出对家乡思念，这种思念，也只有像远方客人这样的长期漂泊在外的人才能深切地感受到。远方客人想，我能体验你的情绪。

"你，"远方客人很想把话题深入下去，但是他毕竟有些顾忌。远方客人虽然走南闯北几乎见过所有的世面，可是他并不冒昧。远方客人把将要出口的话想了又想，才说，"你，到中原来，有事情吗？"

远方的客人期待地看着青衣女子，他感受她的忧郁，他希望她能说些什么。

青衣女子轻轻地拉了一下藏青的上衣，幽幽地说："我随便走走，你听说过一句老话吗？有缘千里来相会，无缘对面不相逢。"

这是一句通用俗语，它从青衣女子嘴里一下子走进了远方客人的心里。不知为什么，远方客人好像有一种早就知道她会说这样的话的感觉，他不知是从什么地方从哪个细节上感受到了这一点。远方的客人努力搜索着，也许是她的那种特殊的气质？远方客人想了一会儿，说："你，是不是，你的意思，是不是，你……"远方客人不知自己想说什么，他也选择不到恰当的词。

青衣女子说："他走了。"

远方客人又想了一会儿，他问道："他也是杨湾人？"

青衣女子点点头，眼睛里流露出幽幽的向往。

远方客人心里动了一下，他的眼前又一次浮现出那一个模糊的场景。远方客人对那场景已经记忆不清，在什么地方，有什么人，发生了什么事情，他都记不起来。他所记住的只有雨，天下着大雨，那一天他冒着大雨奔向那个院子，他没有听到屋里有任何动静，他走向开着的窗户，他看到了一幅他自己觉得永远也忘不了的场景，但是后来他把它忘记了，记忆里留下的只有雨，很大的雨。

远方客人想，只有在南方，才有这么大的雨。

"他走到哪里去了，你不能去找他？"远方客人说。他同情地看着青衣女子，通俗的悲剧，他想。远方客人心里酸酸的，他想到自己的家，家在他的记忆中一片模糊，但是这模糊带给他的痛彻肺腑的感觉却是很真实很清晰，带给他的逃离的欲望也是很明白很强烈的。

"他怎么样？"远方客人问道。

青衣女子说："他总是到处漂流。"

远方客人叹息了一声。

他们一起沉默了一会儿，远方客人又说："你怎么办？"

青衣女子忽然幽幽地笑了一下，她说："我已经解脱了。"

远方的客人心里一跳："你，怎么能解脱的？"

青衣女子没有回答远方客人的问题，她说："车来了。"

　　远方客人并没有听到隆隆的车声，他朝慢车过来的方向看，也没有看到火车，远方客人注意到本乡人开始背上他们的竹筐，他们不再朝着火车过来的方向看。远方客人想，她是对的，车来了，但是他不知道她是怎么感觉到的，也许她已经和本乡人一样，对这一趟慢车已经很熟悉。

　　慢车果然来了，在这个中原尽头的四等小站下车的人和在这里等候着上车的人一样的少，他们大都也是些本乡人，他们背着空空的竹筐，下车以后，他们就消失在车站的大门外了。远方客人让青衣女子先上了车，他跟在她的身后，远方的客人再一次感受到她身上那种独特的气质。

　　慢车很空，所有的座位上都躺着人。远方客人知道他们都是些沿线的乡间的农民，他们进城或者回乡，他们的心情和这车一样的慢。远方客人和青衣女子挑了个座位，他们相对坐下。远方的客人心情有些激动，在单调的漫长的不知边际的旅程中，有这么一位女子做伴，远方客人是很愉快的。

　　"吃苹果吗？"远方客人从他的背包里拿出几个已经有些干瘪的苹果朝青衣女子扬了一下。

　　青衣女子摇了摇头。

　　远方的客人并没有勉强她，他自己也不爱吃水果，在包里放些水果，主要是代替蔬菜的。远方客人到处漂泊，他的饮食不能如正常人一样。在远方客人啃着苹果的时候，他就想到自己的家，一想到自己的家，远方的客人就会有一种痛彻肺腑的感受。远方客人把苹果放在桌上的时候，他才发现自己一直忽略了一件事情，那就是青衣女子的行装。她其实什么行装也没有，她连一只随身携带的小包也没有，这个发现使远方的客人情绪一阵紧张。远方的客人联想丰富，他感觉到下面的旅程会有些事情发生，是关于青衣女子的。远方客人迅速作出判断，青衣女子是逃出来的，为了解脱感情纠纷，她出逃了。

但是远方的客人立即又推翻了自己的判断，青衣女子身上没有一点点仓促出逃的影子，她阴幽平静的气质，她平和淡然的谈吐，她那种独特的来自很远很远的声音和她给别人带来的同样来自很远的那种飘忽的印象，这一切都使远方客人犹豫着。远方的客人长年漂泊，他碰到过许许多多人和事，许许多多的奇人奇事，他习惯于对自己所碰到的人和事作出判断，但是现在远方的客人犹豫着。

"我们到了中转站，一起转车，行吗？"远方的客人筹划着下一步的行动。

青衣女子没有表示，她只是微微一笑。

远方的客人说："你不愿意和我同行？"

"到了中转站，我有一个亲戚在那里，我要上他家待一天。"青衣女子说。

远方的客人在心里叹了口气："那就是说，这趟车的终点，就是我们分手的时候。"

青衣女子说："我们以后还会见面的。"

远方的客人想了一会儿，他不明白她这话是什么意思。青衣女子回她的家乡南方乡间的杨湾小镇，如果还想和她见面，那就是说他的南方之行的目的地也应该放在杨湾。远方的客人有些激动，他想，既然我对杨湾有一种天然的亲切之感，我何不把杨湾作为我的南方之行的目的地呢？远方的客人从来没有过明确的目标，他是一个喜欢随意而行的人，现在他突然为自己确定了前程，这是因为青衣女子，还是因为别的什么原因，远方客人目前还不能对自己的决定做出结论，但是当他一旦有了明确的目标，他就知道下一步该怎么走。远方客人对青衣女子说："说说你们的杨湾好吗，那地方怎么样？"

车身晃动着，慢车像一头脱了力的老牛，吭哧吭哧地喘着粗气，慢慢地向前。青衣女子眼睛看着车窗外，她用很独特的像是很遥远的地方的声音向远方客人介绍杨湾。远方客人注意到，青衣女子在说话过程中，用了许多南方乡间的俚语俗语，这使远方的客人在激动之余，突然有些毛骨悚然的感觉。他看着青衣女子稍稍侧着脸，远方客人想，你到底是一个什么人，你难道是专门为我而来？

我父亲是一个乡间的铜匠，青衣女子说，他磨磨蹭蹭一辈子也没有富起来，铜匠做一工，不及铁匠一烘；冷是风，穷是铜，父亲是一个认命的人，命里穷来只是穷，拾到黄金也变铜；父亲又是个慢性子，老虎追到脚跟头，还要看雌雄。这就是我的父亲。她说，我母亲是个急性子，后来她病瘫在床上，再也急不起来。我还有两个哥哥，一个做泥瓦匠，一个种田。我的种田的哥哥心气很高，父亲就说，只有丫头升太太，没有长工做老爷。我哥哥一气之下就走了。

远方的客人体味着青衣女子说话中夹杂着许多南方民间俗语，这些话通过她说出来，用带着吴侬软语的基调的普通话说，远方客人觉得这又有一种特别的意思。

青衣女子一直没有说她心上的那个人，远方客人觉得自己也不便主动提起，但是到此为止，远方的客人自认为已经对青衣女子有所了解。他为她设计了一段人生经历，远方客人为自己设计的故事所激动，不过他并没有向青衣女子说出这段故事。

"那么，你怎么走到中原这地方来了呢? 这地方很偏僻，你……"

远方客人注意着青衣女子的神态，他将进一步地为自己的设计寻找根据。

青衣女子把侧对着车窗的脸扭过来，她说："我已经摆脱了，我可以回家了。"

远方的客人为青衣女子的话欢欣鼓舞，说："我祝贺你，但是你的一切不都是在南方那个叫作杨湾的地方么，你怎么会走到中原来的呢? "远方的客人固执地问。

青衣女子抬起幽幽的眼睛，看远方客人一眼，她反问道："那么你呢? 你怎么会走到中原这地方来的呢? 这地方确实很偏僻。"

远方客人没有说话。

慢车终于到达终点。远方客人依依不舍地看着青衣女子飘失在车站前广场间。远方的客人叹息一声，他到售票处买快车票，当天发往南方的快车已经开走，远方客人必须在这个陌生的地方再待一天，等明天这个时候同一班次的发往南方的快车。远方的客人背着他的松松垮垮的背包，他漫步走出售票厅，他来到拥挤的车站广场，他的目光四处搜寻着，被车站上的人挤来挤去。远方的客人突然明白过来，我这是在寻找青衣女子，既然我得待到明天坐这趟车走，我也许能在明天又一次和青衣女子同行。这样的想法，使他振奋起来，他找了车站附近的一家小旅馆住下，小旅馆条件很差，但是远方的客人睡得很好。

第二天远方的客人如期登上了发往南方的快车。快车很拥挤，没有座位，远方的客人从进入车厢的第一分钟起，就在寻找座位。他挤过一节车厢，再挤下一节车厢，远方的客人在被许多人咒骂过以后，开始怀疑自己的动机。我到底是在寻找座位还是在寻找青衣女子？远方的客人挤在没有座位的车上这是常有的事情，远方的客人回想那一次又一次的旅程，他知道自己从来没有像这一次这样对座位这么感兴趣。我是在寻找青衣女子，我没法不寻找她，她的身上有一种独特的东西，吸引着我。

远方的客人终于如愿以偿，他终于看到青衣女子，她仍然穿藏青色的上衣，她的脸还是那样苍白，远方的客人为自己印证了自己的预感而兴奋不已。青衣女子坐着。远方客人想，也许是她事先让她的亲戚买好了车票，所以她有位子。远方客人朝青衣女子挤去，远方客人踩着了别人的脚，他说着对不起之类的话，来到青衣女子座位前，可是他却没有看到青衣女子。座位上满满的，全是男人，并没有一个和青衣女子相像的女人。远方的客人奇怪地问旅客："刚才坐在这位子上的一个女子呢，穿着青衣黑裤的？"

旅客们奇怪地朝他看着。

远方客人又重复了一遍问话，终于有旅客说："你搞错了。从火车一开，就是我们这几个坐在这里，哪里来的什么女子？"

你是看花了眼。

或者，想昏了头。

远方的客人脸红了一下，他只有承认自己是有些神魂颠倒，他又向前后左右的位子看了又看，没有青衣女子，也没有和她相像的女子。

快车过了一个站，又过了一个站，下车的人多了，远方的客人终于等到了自己的座位。列车正向着南方飞驰，远方的客人已经开始感觉到空气中的湿润。

远方的客人现在正在向旅客打听杨湾。他问过许多人他们都不太清楚杨湾，也有的人听说过那个地方，但是他们不知道去杨湾的路该怎么走，最后远方客人终于找到一位年长的旅客知道杨湾。年长的旅客告诉他，杨湾是南方乡间的一个小镇，快车到了南方某一个小城，你下车去坐南方的乡间班车，乡间班车能把你带到杨湾。或者，你可以坐轮船，船虽然慢一些，但是对你们这样的漂泊者来说，慢与快在本质上是一样，所以你若是坐船也挺好的，并且坐船有坐船的特别的感觉，从北方来的人会感觉到很新鲜。

远方的客人说："您老看得出我是来自北方？"

年长的旅客说："大体上看得出你是从北方来。但是来自北方并不一定说你的本质就在北方，我不敢说你的本质，你本质上好像并不是北方的。"

远方客人没有接过年长旅客的话题，当远方的客人在中原尽头的那个四等小站等候那趟走出中原的慢车时，当有着阴幽气质的青衣女子说出杨湾这两个字的时候，远方的客人就开始对自己的故乡产生怀疑了。

年长的旅客注意到远方客人的沉默，年长的旅客笑了一下，他说："到杨湾去做什么，那里什么也没有。"

远方客人说："我搜集民间俗语，到杨湾看看南方乡间的习俗。"

年长的旅客说："怎么就选定了杨湾呢？在南方乡间，像杨湾这样的水乡小镇遍地都是。你在杨湾有亲戚，有熟人？"

"没有，什么人也没有。"远方客人说，"我甚至不知道杨湾在哪里。"

年长的旅客点了点头，说："那你就去试试吧，也许会有收获。"

快车在南方的一个小城市停下了。远方客人随着出站的人流走出车站。他站在车站广场举目四顾，他终于真切地感受到了南方小城的湿润的气候，那种深深地浸入肌肤、渗入肺腑的亲切的湿润使远方的客人再一次怀疑起自己的故乡。远方的客人贪婪地呼吸着，这种呼吸使他的肺部充满生机，他在车站广场再一次举目四顾，突然，远方的客人看到了他已经很熟悉的色调，青黑和苍白，远方的客人不再犹豫，他快步走上前。

青衣女子笑着等待着他到来。她仍然是孤身一人，没有行装，连个随身携带的小包也没有。

"你到底也是坐的这趟车？"远方的客人问。

"是的。"声音仍然是那么的飘忽不定

"我在车上没有……"远方的客人犹豫了一下，还是把"找"字换成了"看"字，他说，"我在车上没有看到你。"

"那么多的车厢。"

远方客人盯着青衣女子看了一会儿，他再一次感受到她身上那一种特殊的气息，他突然说："不对，我在车上确实看到过你，可是你走开了，那一定是你，我不会看错，我也没有发昏，是不是？"

青衣女子说："去杨湾，我们走吧。"

"坐班车还是坐船？"

"我们沿着大运河走。"

"远吗？"

"不远。"

他们出发的时候，天色正在转阴。远方的客人听到有人在说，要下雨了，远方的客人迟疑了一下，"会下雨吗？"他问青衣女子。

"在我们到达之前不会下雨。"青衣女子说，很有把握，但在远方客人的感觉中，这种把握也仍然是飘忽的，不确定的，他说："那就走吧。"

远方的客人跟着青衣女子沿着大运河一直往南走，他走在青衣女子一侧，他常常侧过脸看看她，远方客人好像有一种感觉，只要他一不留神，青衣女子又会消失。他不知这种感觉从何而来，他想了又想，最后他认为这和青衣女子身上那种飘忽不定的气质有关。

天色虽然有些阴沉，但是沿河两岸的景色却没有因此受到影响。这正是春末季节，田野一片金黄又一片碧绿，河水清冽，湿润的风吹着远方的客人粗糙的脸。远方客人心里涌起一股暖流，我像是回到了我阔别了多年的故乡，我怎么会有这种感觉？远方的客人再一次为自己这一路不断产生的奇妙的感觉而迷茫起来。

"你从远方回来，你家里知道了吗？"远方客人问青衣女子。

"知道不知道都一样，反正我回来了。"

远方客人从青衣女子的话语中听出了一丝凄凉。远方的客人很想帮助青衣女子，可是他无从开口，也无从着手，青衣女子的飘忽感使他不知道该怎么对待她。他唯一能做的事情就是跟着她往杨湾去，到了杨湾，远方客人想，到杨湾，我就知道能不能帮上她的忙了。

青衣女子终于停下了脚步。

远方客人抬头向南边看着，他看到了一座古老的宝塔，他看到了一座古老的水乡小镇，远方客人激动起来："杨湾到了？"

"我得走了。"青衣女子说话的时候，眼睛幽幽的，令远方客人心里一颤。

"怎么，你不回杨湾？"

"我的家不在杨湾镇上，我的家在杨湾乡间，从这里往南去，还有一段路。"青衣女子面向着南方说。

远方客人没有犹豫，他说："天快黑了，我陪你走这一段。"

青衣女子微微笑了一下："不用。"她抬起一只手，指着杨湾镇。远方的客人顺着她的所指朝杨湾镇看去，突然他发现小镇上已是华灯初上，星星点点的灯光，使远方的客人心里再一次充满温暖。

青衣女子说："你去吧，先过一座庙，再过一座石桥，你就进入杨湾了。"

远方客人觉得自己不能就这样走开，他停顿了一会儿，望着青衣女子幽幽的眼睛，说："能不能问一下，你的娘家，在杨湾乡间哪个村？"

青衣女子第一次表现出她的犹豫，远方客人注意到她的犹豫也是飘忽不定的，他期待着，最后，她还是说出了那个名字。

远方客人记住了这个地名。

二

在这一年的雨季来临之际，远方客人走到了南方的水乡小镇杨湾。

远方客人沿着不知名的青衣女子指给他的方向向坐落在南方乡间某一个角落的水乡古镇走去。

　　远方客人先行到达一座庙，这和青衣女子说的完全一致。远方客人站在庙门口，他考虑着是不是到庙里去看一看，其实对远方客人这样的人来说，这是根本用不着考虑的。远方客人的工作，决定了远方客人到任何地方最好都能进去看上一两眼。但是现在远方的客人心情有些异样。天色阴沉沉的，好像已经开始飘忽细小的雨，远方的客人如果再耽搁一下，他很可能赶不及在雨下来之前进入杨湾镇，所以远方客人只能在庙门口稍稍地停顿了一下，他只能向庙里张望一下，当他看清楚小庙里的一排泥塑菩萨和菩萨前的供桌以及供桌上的香烛供品等，远方客人觉得自己可以继续往前走了。

　　远方的客人接着走过一座小石桥，这也和青衣女子说的完全一致。远方客人在小石桥上也伫立片刻，他看了看小石桥的桥栏，又看了看桥栏上的石雕，远方的客人没有因此引起什么丰富的联想。他站在桥上深深地呼吸着湿润的空气，这时候雨点渐渐大了，远方客人走过石桥，他正式到达杨湾。

　　雨大了。远方的客人来不及避雨，他看到沿着石子小街的街面有一家客栈，客栈的门前挂着一盏旧式的马灯，这使远方的客人觉得很新鲜，他走进了这家叫作"悦目旅馆"的小客栈。远方客人进了小客栈，小客栈里旅客很少，远方的客人很顺利地订到了房间。客栈的主人是一位上了年纪的老婆婆，她有着一双昏暗但是很慈祥的眼睛，老婆婆的慈祥的眼睛，是远方客人踏进客栈最初的也是最深的印象。远方客人在老婆婆慈祥的目光中又一次想起了自己的家，痛彻肺腑的感受和逃离的欲望仍然是那么的强烈而明显。老婆婆带着远方客人上楼去，远方客人的房间在楼上，当他们踩着旧时的木楼梯上楼的时候，楼梯发出沉闷的吱嘎声，远方客人体验着一种似曾相识的感觉。他努力回味这种感觉曾经在什么时候什么地方体验过，但是他回想不起来。

老婆婆替远方客人开了楼上房间的门，笑了一下，就走开了。远方客人听到她的迟缓的脚步下楼去，旧木楼梯又发出吱嘎的声响。远方客人进入自己的房间。这间简单的屋子里只有一张木床和一张桌子。远方客人在床上坐下，他听到外面的雨声渐渐地大了，远方客人想到了青衣女子，他猜想不出她现在到家了没有，他同样想象不出她回到自己家里那会是一种什么样的情形。在远方客人想象的屏幕上，出现了青衣女子被雨淋湿的镜头，远方客人叹息了一声，他感觉到有点困，和衣倒在床上睡了过去。

四周静极了，远方客人的梦也很安静，当他醒来的时候，已经是夜里了。远方客人并没有饿的感觉，他泡了一杯茶，坐在桌子前，他拿出厚厚的笔记本，开始做关于南方之行的记录。

雨不停地下着，潮湿的空气不停地向旧陋的屋子渗透进来，远方客人尽情地享受着湿润。房间的窗口正对着杨湾的宝塔，高高的塔在黑夜里显得格外伟岸。远方客人写写停停，停的时候他就看看窗外远处的塔，他有些心绪不宁的感觉。四周静得出奇，除了外面的雨，一点儿别的声音也没有，远方客人甚至听到自己的心跳。远方客人长年累月走南闯北，他不知道什么叫寂寞，更不知道什么叫害怕，但是现在远方客人的心绪越来越不宁，他渐渐地感觉到在这屋里，或者是门外，也或者在楼梯口那里有一个人站着，看着他，使他静不下心来写他的笔记。关于南方之行的笔记远方客人首先记下的就是他在中原尽头的四等小站碰见那个青衣女子的事情，客人相信不管他以后还能不能见到青衣女子，他在中原小站碰见青衣女子这件事情，一定会成为他的南方之行的主要内容。远方客人很难为自己的这种想法找到确实的根据，他只是原原本本地记下这一段故事，但是现在远方客人觉得他写不下去。"是你吗？"远方客人固执地认为他能够再次见到她，他能够再次感受到青黑和苍白的对比。

不会有声音，青衣女子也不可能出现在这里，远方客人在走过许许多多地方之后，在他经历过许许多多人间情感之后，他还能对一个偶尔遇见的女子怀有这么浓厚的思念，这使远方客人自己也感到不可理喻。

远方客人写了一会儿，他终于觉得肚子有些饿了。远方客人停下了笔，他抽了一支烟就下楼去打听吃的问题。老婆婆告诉他，沿着小街有一些小店，对面就有一家，可以吃面，也可以叫酒菜，但是，老婆婆看着他，说："现在已经迟了，都关门了。"

远方客人有些失望，"你们这地方关门很早。"他说。

"是的。"老婆婆爱怜地看着远方客人，"晚上没有人上街。不过，也有一两家小酒店很晚还开着门，你可以去试一试，在街的那一头。"

远方客人顶着雨披走到杨湾的小街上。街面是石子铺成的，雨水打在街面上。远方客人沿着小街往前走，他终于看到了一家小酒店开着。远方客人走了进去，发现正停电，小酒店里点着油灯，灯光昏暗，摇曳不定，小店里空无一人，店主人迎上来："客人，请坐。"

"你的店怎么到现在还没有关门？"远方客人奇怪地问道。

店主人说："我这店是专门为你这样的人开着的。"

"我这样的人，我是什么样的人？"远方客人问自己，他要了一碗面，又要了两个热菜。

店主人笑眯眯地说："怎么，不喝点儿酒？"

"你看得出我能喝酒吗？"

店主人说："像你这样在外奔波的人多少能喝些酒吧。"

远方客人也笑了，他说："那就来点儿酒吧，你们这里，什么酒好？"

店主人说："喝黄酒怎么样，黄酒性温，不伤人。"

远方客人说："那就黄酒。"

店主人送了黄酒上来，远方的客人自斟自饮，店主人在一边看着他喝，笑眯眯的。

远方客人一边喝着温热的南方黄酒，一边看着街上的雨。雨打落在石子街上，细细密密的，空气里充满水分，满镇满世界都是雨意，这状态正是远方客人期待已久的，他尽情地感受着雨的滋润。

远方客人注意到店主人一直盯着他手里的酒杯看，远方客人说："你也喝一点儿？"

店主人说："我不会喝酒。"

远方客人惋惜地摇摇头，他继续喝黄酒，后来他终于把话题提了出来，他问店主人："你们这地方，你们杨湾镇上，有谁对民间的俚语俗谚感兴趣？"

"什么？"店主人显然没有听懂。

远方客人又说了一遍，他把话说得更通俗些，他说："就是，就是乡间老百姓说的那些俗语，比如，比如……"远方客人考虑了一下，他得尽量说些具体的，南方乡间的俗语。他说："比如说，'宁做天上一只鸟，不做地上一个小'；比如说，'命里穷来只是穷，拾到黄金要变铜'，这样的俗语。"

店主人听着笑了，他说："这样的话呀，多的是，我说你听听，'叫花子命穷，出门遇到南风'，是不是？你再听，'叫花三年懒做官'，这算不算？算。'蟑螂搭灶鸡，一对好夫妻'；'日里文绉绉，夜里偷毛豆'，这些，是不是？"

远方客人高兴起来，说："是，是的，你知道不知道专门有人搜集这些话语？"

店主人朝远方客人又打量一番，说："你大概就是做这事情的。"

远方客人点头，他说："我正在编一部民间俗语大全。"

店主人说："你可以到镇上的文化站去看看。"

远方客人说："是的。"

远方客人终于喝完了黄酒，伙计把面条端上来，远方客人舀了一大勺辣酱加在面里。

"你是北边来的。"店主人咽着唾沫说，"吃点儿辣可以抵抵潮气，雨季来了。"

"我正是希望在雨季来到这里的，我赶上了。"远方客人说。

"你喜欢下雨？"

远方客人说："我在干涩的环境里待得太久了，我渴望雨水。"

店主人说："你到杨湾来做什么？"

远方客人奇怪地看了店主人一眼，说道："我刚才和你说的，就是那事情。我搜集民间俗语，我正在编一部……"

"我是问你怎么选中杨湾。民间俗语什么地方都有，杨湾只是南方乡下一个很普通的地方。你在杨湾有亲戚，有熟人？"店主人说。

"没有，什么也没有。"远方客人说。

"那你一定是被她带来的。"店主人说。

"谁？谁带来？"远方客人感觉到期待已久的事情即将发生。

"一个女人，一个穿青衣的女人。"店主人说。

"是！"远方客人激动了，他站起来说，"是她！她是谁？"

店主人停顿了下。

远方客人再次问道："她在哪里？她是谁？"

店主人终于没有把话说出来，他摇了摇头，慢慢地说："你回客栈去吧，你也许还是不问清楚的好，如果，"店主人犹豫了一下，说道，"如果你一定要问，你也许能从老板娘那里听到些什么。"

"老板娘？是客栈的老婆婆？"

"是的，"店主人说，"现在她很老了是不是？从前，她是我们这里很有名的老板娘。"

远方客人回想着老婆婆昏暗而慈祥的眼睛。

远方客人走出小店，雨继续下着。远方客人很想在雨地里走一走，但是沿街没有一个行人，远方客人想，我也有些飘忽的感觉了。

远方客人在雨季来临的第一个深夜，他行走在南方小镇杨湾的石子小街上，雨拍打着他的雨披，发出啪啪的声响。远方客人冒雨走了很长的一段路，他发现他已经走到了杨湾的尽头。我走错了路，我迷失了方向，远方客人想，我明明知道出了酒店的门应该向右，我怎么走错了呢？远方客人站在杨湾尽头模模糊糊地想，我也许是想找一找文化站的人，可是我并不知道文化站的人住在哪里叫什么名字。雨继续打在石子街上，街上已经没有行人，远方客人无法打听他要打听的事情，他只能回客栈去，他返回去，仍然沿着这条小街走。

雨继续下着，远方客人走在空无一人的小街上，突然，远方客人在小街上所有已经紧闭的门窗中，发现了一扇敞开着的窗。远方客人的心"突"地跳了一下，他激动地朝那扇敞开着的窗走过去。窗里有什么？远方客人心跳加速了，是他回忆了许久许久而回忆不起来的那一幅场景？或者，是那个青衣女子在里面？远方客人迅速地走到窗下，他朝里面看着，可是窗里很黑很黑，什么也看不见。因为停电，小街上的路灯也不亮，远方客人努力地看了一会儿，仍然什么也看不见，窗里一片漆黑。远方客人的心反倒平静下来，他出了长长的一口气，他最后看一眼漆黑的房间，重又沿着石子小街往前走。

远方客人回到客栈，他没有看见老婆婆。她大概已经睡了，远方客人想。服务台上只有一个小伙子在打瞌睡，远方客人没有惊动他，他踩着吱嘎作响的旧木楼梯回到自己的房间。

旧木楼梯又吱吱嘎嘎响了起来，远方客人静静地听着，他听着脚步声慢慢地走近他的房门，远方客人接着听到了敲门声。远方客人想，谁会来看我？这地方我没有一个熟人。

远方客人首先想到了青衣女子。

远方客人开了门，是老婆婆站在门外，远方客人有些吃惊："老婆婆，请进。"

老婆婆说："我不进去了，我想请客人到我屋里看一样东西。"

"什么东西？"远方客人问道。

老婆婆说："我不知道这东西对你是有用还是没用，一切要等你看过以后才能清楚。"

远方客人跟着老婆婆下楼。他们踩着旧木楼梯，发出吱嘎的声响。老婆婆的房间在楼下顶西头，他们穿过服务台的时候，值班的小伙子醒了，他抬头漠然地看看他们，没有说话，复又低头睡去。

老婆婆开了自己的房间，让远方客人进去，老婆婆说："是一张照片，你有没有见过她？"

老婆婆拿出一张照片，远方客人已经预感到这照片上是谁，是那个在中原小车站碰到的青衣女子！远方客人难以抑制自己的冲动："她是谁？"

"她是我女儿。"

"她在哪里？"

"她在七年前死了。"老婆婆泪眼昏花地说。

远方客人眼睛不离开照片，但是他笑起来："老婆婆，你别开玩笑，我不久前还见到她，穿着青色上衣，我和她同行一起来到杨湾。"

"不是你和她同行，"老婆婆说，"是她把你带到杨湾的。没有她，你是不会到杨湾来的，难道不是这样？"

远方客人一时无语。他看着青衣女子在照片上微微笑着，他想，是的，没有你，我会到杨湾来吗？当然不会。

"七年前，在她出嫁的当天晚上她死了……"老婆婆说，"七年来，她把外人带到杨湾来，就像你这样的人……"

远方客人再一次笑了："像我这样的人，很多么？"

"也许不算太多，但是每年总有那么一些，像你这样的人。"

"我这样的人，什么样的人？"

"迷路的人。"老婆婆说。

远方客人又笑了一次，他说道："老婆婆，你说错了，我并没有迷路，我是到南方乡间来搜集民间俗语的，我正在编一部民间俗语大全，我从来没有迷过路。"

"真的么？"老婆婆说，"你再想想，你在某一个车站，或者轮埠，你真的很明白自己下一站的目标？"

远方客人听了老婆婆这话，他心里忽然触动了一下。在中原小站，我好像真的迷路了，我不知道我的下一站的目标，如果我知道我下一站在什么地方，我确实不会跟着青衣女子到杨湾来。我在杨湾一无所有，没有亲戚没有熟人，什么也没有。"那么，她把我们，把我这样的人引到杨湾来，做什么呢？"远方客人觉得自己开始走入老婆婆和店主人为他设定的一种特殊氛围里。

"我不知道。"老婆婆终于掉下眼泪来，她说，"我关心的只是我的女儿。你见到了她，她好吗？"

远方客人无法拒绝老婆婆的问题，他点点头："她挺好的。"

"她不愿意来看我。我一直希望她能来看看我，可是她从来没有来过。"老婆婆抹着眼泪说，"她倒是常常去看外地人，把他们带到杨湾来，我不知道她是什么意思。"

远方客人顺着老婆婆的思路往下说："既然她从来不来看你，你怎么知道是她把我们这样的外人引到杨湾来的呢？"

老婆婆说："我是偶然发现的。多年前，一天晚上，也来了一位像你这样的远方来的客人，他走进我的房间向我索要止痛片，他看到了我女儿的照片，他告诉我，他就是被我女儿引到杨湾来的，从此以后……"

远方客人沉默了，他听到屋外的雨继续下着，只有在南方才有这么大的雨，才有这样的连续不断的雨。远方客人的沉默并没有阻止老婆婆继续怀念她的女儿，老婆婆说："是我害死了她。她喜欢一个人，但是我硬让她嫁给另一个人。那时候，大家叫我老板娘，我女儿死后，没有人再叫我老板娘。我女儿在出嫁的那天晚上，她吊死了。"

远方客人颤抖了一下，他说："你女儿，她喜欢的人，是不是不喜欢她？"

"不是。"老婆婆说，"她没有和你说吗？她喜欢的人总是四处漂泊，所以她也……吊死的人，找不到归宿，所以她也一直在外面游荡……你知道，那一天，下着大雨，她就吊死在新房里，我听他们说，窗户开着，却没有人发现她……伤心呀……"

"你再说一遍，你说什么，下着大雨，窗户开着？"远方客人模糊的记忆浮现出来，他站起来，走近老婆婆，"下着大雨，窗户开着？"

老婆婆说："是的，他们说就是那样的……好了，我的话已经说完了，既然她还在游荡，说明她没有什么意外，我也放心了。谢谢你，客人。"老婆婆说着做了一个请出的动作。

远方客人走出去，他穿过服务台，值班小伙子再次抬头朝他看看，没有说话，又倒下头去睡。远方客人踩着吱嘎作响的旧木楼梯回到自己房间，他坐在床沿上，听着南方的雨不停地下。远方客人无法判断青衣女子的事情，他并不害怕，远方客人走南闯北，他什么事情都碰见过，他不懂什么叫害怕，青衣女子的事情，不能让他害怕，但是让他怀疑。下着大雨，窗户开着，远方客人努力回忆开着的窗户里有些什么，他总是徒劳。

在雨季降临的第一个夜晚，远方客人在陌生的南方小镇杨湾，在雨声中渐渐睡去。入睡之前，远方客人对自己的南方之行开始产生怀疑，他想起一些介绍民俗的书上常常有这样的说法，说南方的潮湿气氛，利于鬼魂的滋生。

三

　　一点预兆也没有，一点暗示也没有，七岁的哑巴孩子突然说，我叫刘兰心。事情就这样发生了，很突然，大家一时竟没反应过来，都愣愣地看着哑巴孩子。哑巴孩子并没有感觉到发生了什么事情，他神色坦然地在屋里走着，一如过去的六年里他在自己家的屋子里慢慢地走来走去一样。哑巴孩子的神态让人想起饱经沧桑的老人或者是忧郁的妇女。事情发生的时候，哑巴孩子家的大人正在宴请远方的客人。远方客人摸着哑巴的头，好乖巧的孩子，叫什么名字？哑巴家大人说，他是哑巴，又聋。哑巴孩子对着远方客人的方向直笑，就在这时候，哑巴突然说，我叫刘兰心。哑巴说了这句话以后，他一如往日平平静静地在屋里走着，大人们却震惊了。哑巴是他们家唯一的男孩子，为了医治他的哑巴，哑巴家已经竭尽了全力，他们在完全绝望的情况下，申请又生了一胎，是个女孩儿。他们对哑巴已经完全失望，哑巴却突然开口说话。哑巴的母亲在愣过一阵之后，突然泪如雨下，她一把抱住哑巴，孩子，你再说一遍！哑巴说：我叫刘兰心。

　　母亲回头望着哑巴的父亲，刘兰心是谁？

　　哑巴的父亲莫名其妙，我不知道刘兰心是谁。

　　母亲想了一会儿，母亲觉得刘兰心这个名字有些耳熟，但是母亲想不起来是在哪里听到过刘兰心的。母亲看着哑巴，母亲说，孩子，你的名字叫加伟，谷加伟，是你父亲起的名字。

哑巴孩子看着母亲，他又微笑一下，他说，我叫刘兰心。哑巴孩子口齿清晰，吐字准确，绝对不像是哑巴开口。也许哑巴孩子本来根本不是一个哑巴，只是他一直没有说话罢了。

母亲疼爱地抱着哑巴孩子，她并不急于纠正孩子的错误，母亲为哑巴孩子的说话感动得流下一串又一串的热泪。

父亲比较冷静地坐在一边。父亲不像母亲那样把感情直接地表现出来，但是父亲心里一定也和母亲一样的激动。父亲一直在想，这是怎么回事？并且努力地捕捉刘兰心这个名字，父亲努力着，他渐渐地感觉到他的心情有些紧张，父亲说不清这是为什么，好像有一种预感，好像有什么不好的事情将要发生。父亲动情地看着哑巴孩子，父亲想，有什么事情我顶着。

远方的客人抚摸着哑巴孩子的头。刘兰心是谁？远方客人的内心深处好像感受到对刘兰心这个名字的认同，他觉得有一种想法，我应该知道这个名字，我听说过这个名字，远方客人努力回忆，他说："刘兰心是谁？"

暂时还没有人知道刘兰心是谁，哑巴孩子走到一边，和妹妹一起玩着，他一点儿没有因为自己突然开口而激动。

父亲看着母亲，他觉得不可理解。

客人问，事先一点迹象也没有？

母亲反问，什么迹象？

客人说，开口说话的迹象。

显然，像哑巴这样七年不说话的孩子，突然说话，能说得这么流利这么准确，这是很难想象的事情。

母亲认真地看着自己的儿子，她坚定地摇摇头，没有，事先没有一点点预兆，真的没有。

客人想了又想，他又问，那么，有没有别的异常的地方？

母亲再一次坚定地摇头，没有。

哑巴孩子和别的许许多多的孩子一样，到了该坐的时候他坐，到了该站的时候他站，到了该走的时候他走，别的孩子什么时候长牙，他也差不多。

现在在杨湾一带乡间，也和城里一样，村村都有托儿所。乡间的孩子也和城里的孩子一样，到了三四岁就可以上托儿所。有许多乡间的女孩子，她们高中或者初中毕业以后，她们像城里的幼儿教师一样，带着乡间的孩子学文化，唱歌，做操，也带他们到不远的杨湾镇上去看宝塔，就像城里孩子春游、秋游一样。哑巴孩子和别的孩子一样，四岁进托儿所，他在托儿所表现很好，他很聪明，老师认为哑巴比正常的孩子还好带，老师喜欢他。

母亲再一次搂过自己的儿子。父亲的心情却越来越复杂，他好像有些感觉了。刘兰心，这是一个女人的名字，父亲打了一个寒战，但是别人并不知道。父亲双手支撑着脑袋，他被哑巴孩子的不带任何预示的奇迹深深地迷惑了，震惊了。

在南方小镇杨湾一带乡间乡民们对于人类的预感从来都是很敬畏的。他们相信预感，在某种意义上甚至可以说他们靠预感过日子。乡民习惯于对突发的事件进行分析，他们多多少少总能找到些预兆和预示。父亲现在正在做着寻找预兆和预示的工作，可是他找不到，父亲的心情越来越紧张。

　　母亲终于开始感受到父亲的情绪，母亲望着父亲，母亲并不明白父亲的紧张情绪因何而起。母亲搂着哑巴孩子，她感动地说，孩子，再说一句话。

　　哑巴孩子说，我叫刘兰心。

　　母亲抚摸着哑巴孩子，母亲说，刘兰心是谁？

　　父亲朝哑巴孩子看着，父亲有些颤抖。

　　父亲是谷老师，他在乡间的小学教课，父亲是土生土长的杨湾人。父亲继承了父亲的父亲的爱好，父亲平时喜欢极搜集一些杨湾乡间民俗方面的资料，杨湾乡间的乡民们常常能从父亲嘴里听到许多生动的俚语俗谚，乡民们觉得很有意思，父亲的学生都受父亲的影响。

　　远方客人是为了父亲而来的，客人是远方城市里一位民俗专家，他得知父亲的爱好和搜集，就寻到杨湾乡间来了。

　　父亲和远方客人谈得很投机，他们有说不完的共同语言，他们把酒对饮，后来突然就发生了哑巴孩子说话的事情，哑巴说，我叫刘兰心。

　　父亲一直在想着刘兰心，父亲终于把这个名字想起来了，父亲出了一身冷汗，父亲没有敢把记起来的事情告诉母亲，父亲一直到后来才想起远方的客人。父亲想，远方的客人见多识广，也许远方客人能够解释这奇怪的现象。父亲回头看远方客人的时候，父亲惊叫了一声，母亲也回过头，他们看到远方的客人面色苍白，靠在椅子上。父亲和母亲一起叫唤着远方客人，他们不知道客人是得了急病还是怎么的。母亲用手试着远方客人的额头。"不烫。"母亲说，紧张地看着父亲，父亲也试了一下。"不烫。"父亲说。

　　远方客人头脑里一片模糊，他正和精通南方民俗的谷老师谈天说地，突然间看到谷老师的哑巴儿子朝着他直笑。远方客人有些疑惑，辨别了一下，发现哑巴孩子的目光并不是直对着他的，而是对着他的身后。远方客人回头看了下，后面什么也没有，是一堵墙。远方客人回过头来，哑巴孩子仍然笑着，客人心里惊了一惊，就在这时，哑巴孩子说话了，他说，我叫刘兰心。

　　"我没事，"客人说，"我只是有些模糊，怎么会发生这种事情？"

　　他抓住哑巴孩子的手："刘兰心是谁？"

　　哑巴孩子没有回答远方客人的问题，他后退了一步，母亲怕吓着了刚刚开口的孩子，母亲带着歉意地对远方客人说："我们都不知道刘兰心是谁，刘兰心是谁其实无关紧要，要紧的是孩子说话了。"

　　远方客人看着谷老师，他点点头，孩子的母亲说得对，没有什么能比哑巴孩子说话更要紧的事了。

　　哑巴孩子带着妹妹走出去，母亲追着他们，母亲说："下着雨，别出去了。"

　　谷老师终于长长地出了口气，把憋着的话说了出来。谷老师告诉客人，刘兰心是杨湾镇上悦目旅馆老板娘的女儿，圩头村的新媳妇，七年前嫁到圩头村的第一个晚上——

　　远方客人张着嘴。

　　谷老师说，第一个晚上就死了。

　　远方客人浑身抖了一下，客人不敢看谷老师的脸，客人只是小心地问一句，是七年前？

　　是七年前，谷老师毫不怀疑。

　　"死了？"

"死了。"谷老师从远方客人的神态中感觉到了什么，他问道，"你是不是知道刘兰心的事情？"

客人不知怎么回答谷老师的问题，这时候母亲急急忙忙地奔进来，她喘着气说，他又说了，他又说了，他说他是圩头村的新媳妇……母亲捂着脸呜呜地哭起来，"这是什么意思呀，这是什么意思呀……"母亲哭着说。

谷老师和远方客人一起安慰了母亲，然后他们一起走出来。他们看到哑巴孩子带着妹妹站在走廊上，他们正玩着，雨飘落在他们身上。客人过去抱起哑巴孩子，谷老师抱着女儿，谷老师说："进去吧，下雨。"

他们一起回进屋来，母亲要带两个孩子到另外的房间去，可是哑巴孩子不愿意，他显然是有话要和父亲或者和远方客人说一说。母亲呆呆地站在一边，她的极度兴奋的情绪已经变成了一种恐惧，她远远地看着哑巴孩子。

"你带着小妹去吧。"谷老师对妻子说。

哑巴孩子看着母亲抱着妹妹进了卧室，哑巴孩子笑了一下，他说："我知道去圩头村的路。"接着哑巴孩子清楚地说出了圩头村是怎么走的，到了村口是怎么一回事，进了村又是什么情形。他说，我的夫家在村东头第一家，有三楼三底的房子，我的丈夫他背上有一颗很大的黑痣……说完这一切，哑巴孩子站起来，他说："我带你们去。"

谷老师和远方客人他们沉默着，谁也不开口，一直到后来，谷老师才问远方客人："你以为，我们有必要到圩头村去试验一下吗？"

"没有必要，孩子说的肯定与事实相符，"远方客人说，"完全没有必要再去试验。"

谷老师点点头："我也这样想。一个哑了七年的孩子能够突然说话，而且说得那么流利，我们没有理由怀疑他的每一句话的真实性。"

"谷老师，还有一件事，我得告诉你，"远方客人盯着谷老师眼睛，"我见过刘兰心。"

谷老师愣了一下："七年前？"

"不，就在两天前。"远方客人说着，青衣女子的飘忽的状态再一次浮现在他眼前，"我在中原一个小车站看到她，是她把我引到杨湾来的。她的母亲，那位老婆婆告诉我，她是吊死的，吊死的人没有归处，到处飘游。"

"是的，"谷老师说："在我们这一带，管吊死、烧死、淹死、跌死、烫死的叫五殇，五殇之鬼因为没有来世，所以要在阳间寻找替身，缠人……当然，这只是传说，谁也不会相信。"

远方客人突然笑了一下，他说："这样说起来，刘兰心是一个很善良的鬼。她死了七年也没有寻到一个替身，她是于心不忍，所以她只能到处漂泊。"远方客人说到这里，心里突然动了一下，他又说道，"和我一样，到处漂泊。"

他们有一阵谁也说不出话来，这时候他们只能继续对饮，后来谷老师说："汤凉了，我去热一下。"

远方客人跟着谷老师一起到了灶屋，他看着谷老师把汤倒进锅里，谷老师坐在灶门前，用柴草开始烧锅，灶火映红了谷老师的脸，柴草发出"卜卜"声。"很快就好。"谷老师说。

"不急，反正没要紧事情。"远方客人说，他们同时小心地避开了那个话题。

汤很快开了，发出很香的味道。"好香。"客人赞叹道。

"这是莼菜鱼汤。"谷老师揭开锅盖让客人看看，然后说，"你知道这汤是怎么做出来的吗？"

客人摇头。

谷老师说："把塘里鱼一条条地刺在木锅盖背面，锅里放汤放莼菜，靠水的蒸气，把鱼肉一块一块地蒸掉下来，掉进汤里，鱼骨刺仍然留在锅盖背面。"

远方客人咽了口唾沫。他早就听说过南方人讲究吃，吃得很细腻，但是他怎么也想不到精致细腻到这种程度。远方客人和谷老师一起喝着鱼汤，他们说着鱼汤，说着南方乡间的种种习俗，说着许多南方民间俗语，但是他们都明白，他们的心思根本不能集中。

"我想，"谷老师终于忍不住说，"我想是不是应该带孩子去看看医生。"

远方客人说："你以为，这种现象，用现代科学可以解释清楚吗？"

"我不知道，"谷老师说，"但是，我不能承认传说会变成事实，谁都知道传说仅仅是传说而已。"

"但是，"远方客人说，"现在确实有许多现象科学是解释不了的，七年的哑巴突然说话……"

他们说话的时候，哑巴孩子一直静静地待在一边，听他们说话，他朝他们笑着，很平静地笑，好像什么也没有发生过。

谷老师把这事情想了又想，他不能明白他的孩子和刘兰心到底有什么关联。谷老师看着远方客人模糊的眼神，谷老师突然问："你到杨湾来，到底为什么？"

远方客人说："我也正在问自己，我一直以为我是为工作来的，我搜集民间俗语，我正在编一部民间俗语，民间俗语没有南方部分那是不可想象的，所以我就来了。但是我并不一定非到杨湾来，我可以到南方乡间的任何地方。"

谷老师说："但是你还是到了杨湾。"

远方客人痛苦地说："我到了杨湾，但是我仍然没有回忆起我想知道的过去，我……"远方客人犹豫着，过了一会儿他又说，"也许我是遗忘了什么。我受过一次伤，头部受伤，我失去了部分记忆。关于我的家，关于我的妻子，关于我家乡的一切，我不能再回忆起来，于是我就开始漂泊。我从北方走过来，我走过中原，我来到南方，在我的记忆深处，我是要到南方来的，因为雨，我的所有记忆中只有雨。"

"于是你就在雨季来临的时候到杨湾来了。"谷老师说。

"是的，"远方客人努力捕捉自己的记忆，"我总是有一种预感，我只有在南方的雨中，才能追回我失去的记忆。谷老师，在我模糊的记忆里，始终有一个场景，在什么地方，什么时间，有些什么人，发生了什么事，我都不记得了，只记得有雨，很大的雨，我认定是在南方，所以我一直往南方走……"

谷老师默默地听着客人说话，哑巴孩子也一直默默听着远方客人说话，一直到客人停了下，哑巴孩子站了起来，说："我们到圩头村去好吗？"

远方客人和谷老师面面相觑，谷老师说："走吧。"

哑巴孩子笑了，说："我带路。"

远方客人和谷老师跟着哑巴孩子走出来，谷老师到邻居家为远方客人借了一辆自行车，他们冒着雨，在泥泞的乡间路上往前行。哑巴孩子坐在父亲的车后座上，他毫不犹豫地为父亲和远方客人指着方向。

他们在圩头村的村口停下来，一切都和哑巴孩子说的一样，谷老师和远方客人对视了一眼。他们的心情开始激动，他们按照哑巴孩子的指点，一直骑到圩头村顶东头的人家门前，哑巴孩子说："到了。"

他们下了车，远方客人和谷老师的情绪越来越激动，一座小院，他们走进小院。远方客人看到一扇敞开着的窗户，他迫不及待地走到窗前朝里看，屋子里空的，什么也没有。"你看清了没有？"谷老师问道。

"我看清了。"远方客人回答。

两种结尾：

一、远方客人从圩头村出来没有再回谷老师的家，他一直到了杨湾镇，买了直达城市的班车车票；远方客人到达城市以后，立即坐上直达快车，他很快回到了自己的家。他的妻子觉得很奇怪，说，这一回你怎么这么快就回来了？

远方客人没有回答妻子的问话，后来他把他的南方乡间的见闻写进书里，但是别人看了都不相信，认为他是瞎编的，远方客人一笑说，本来就是传说么。

二、病人出院的时候，医生对家属说，病人的幻想症是因为他失去了一部分记忆，现在他的记忆恢复了，他的病也自然而然地好了，需要注意的是别再让他失去记忆。

家属说，不会了，因为那失去的记忆本来都是空的。

套　牢

一

星期三的学习，稀松马虎，校长还没到，女老师有织毛线的，男老师多半是吹吹牛，年轻的耳朵里塞个耳机听音乐，年老的坐着打瞌睡，茶水加来加去，烟也扔来扔去，千姿百态，看着也挺有意思。唯教高中语文的王觉民仍然捧着一本外语书背单词，嘴里念念有词。大家笑，道，王老师能念进去吗？王老师苦笑，你说能念进去吗，也真是，教语文的，要外语做什么，三十年前就还给老师了，现在怎么念它也不肯回来，它认得我我不认得它，叫我如何是好。大家道，那你还装什么样子。王老师道，骗骗自己呀。大家又笑，道，反正高级老师就是你了，我们不和你争就是，你歇歇吧。王老师道，高级教师是你能给我的么，复又低头看外语。大家道，你让沈老师教教你，辅导辅导，就进步了。王觉民朝沈华萍看一眼。年轻的沈老师正戴着耳机听什么，目光散淡，不知在看着什么，根本不听大家说话。

后来教物理的小朱摇了进来，一身皱皱巴巴的名牌，都是炒股炒来的。钱老师笑，道："今天行情看涨。"

小朱道："那是，我的股没有不看涨的，这就叫水平。怎么样，现在跟上也还来得及。"他一伸手，"把钱拿出来，相信我便是。"

谁也不说话，只是笑。后来有人指着沈老师道你向沈老师要，她有钱。小朱侧脸看沈老师。沈老师仍然目光散淡，发现小朱盯着她看，便淡淡地一笑，将耳机开响些。

小朱回头对大家道："我就知道你们，连生产自救也不懂，到现在睡不醒，少有。告诉你们，上回的机床原始股，我赚了多少，说出来怕要吓倒你们，不说也罢。"

大家道，不说也罢，说了让我们怎么办，气死？

校长终于来了，笑眯眯地道："对不起，有事情迟到了。"

大家道，不急，不急。

校长便找出报纸来念，念了一段，停下，道："这文章不念也罢，还是说说事情吧，有些事情，也不知怎么说。"

大家道，说就是，说就是，反正现在已经死蟹一只了，再差还能差到哪里去。

校长道："我再三声明，这是别的学校的事情，有的学校，教研室人员力量多的，都搞第二职业。比如有的地方把课时安排好，上课的老师每人多承担一些，挤出来的人员搞些别的。搞什么也不一定，反正是创收，他们管这叫作生产自救，也算个新名词了。比如我听说有的老师只拿自己单位一份干工资，奖金不拿，也不上课了，再出去代代课什么的，代课所得，百分之七十归自己，百分之三十归学校……"

钱老师说："想得倒美。"

小朱呲笑一下，道："那能挣几个屁钱。"

校长道："也是的，钱是挣不多的，好歹补贴些吧。"

小朱道："补贴些青菜钱呀。"

老师们都朝小朱看，道，对你来说是小小儿科，对我们来说，补贴些青菜钱也是必需呢。

金老师也不织毛衣了，眼泪汪汪地道："我已经十天不买青菜，今天买了些才买了一斤，一块五呢。"

钱老师道："一块五？烂菜皮。"

大家一时无语。

过了一会，校长又说："没有别的意思，说出来大家看看，我们是不是也想想办法，改善改善，还有一件事。也是好事，房改的事情，可能要开始，愿意买的，也该准备准备。"

钱老师道："准备什么，要叫我们这些人从牙缝里省下钱来买房子，做大头梦了。我们这里谁买，小朱买，校长你买，真是应了老话，越有钱越占便宜。"

校长摇头摆手："我怎么买，我拿什么买。"

大家不再说校长，半斤八两的货。

钱老师道："真正有的，也不来买你这破公房，像徐丽娟，三层小楼房已经住上，还买什么破公房。"

小朱道："那是靠老公，有本事自己挣。"

大家便笑。

钱老师说："人家是搞实体的，扎扎实实，有多少进多少，玩股票可是风险事情。"

小朱道："正是，风险越大，发的机会越大。"

校长看看小朱，愣了一会，才说："朱老师，不是不许老师炒股，稍微注意些影响。"

小朱道："怎么，影响不好呀，我又没有影响工作，你说我哪一课没上好，你向学生了解了解去。"

钱老师说："叫校长去问你的学生，还能不说好话，你的学生也都成股迷了吧。"

小朱道："与我何关，那是他们觉醒。"

校长看看老师们，道："徐老师没有来。"

大家道，其实徐老师不来上班也行了，又看着小朱笑。小朱道："别想叫我不来上班，这只茅坑我还是要占着的，再说，你扳不着我的错头，今年期中的物理统考，我的学生争气的吧。"

校长道："那是，所以也拿你没办法，要炒你炒便是了，也别这么大张声势的，赚了亏了都闷着点。"

小朱道："我这人偏是个大众肩膀，一个人发还挺不好意思，希望拉大家一把呢，不料谁也不把他的手伸给我，像是我要拉他们下地狱似的。"

大家笑，道，那是，我们不敢沾你的手，你拉拉沈老师的手吧。

小朱道："拉倒是很想拉，只是不敢。"

大家哄笑，连眼泪汪汪的金老师也笑，只沈老师茫然地看着大家笑，自己浑然不觉。

小朱道："你们知道，我有了个新的绰号，猜得到吗？"

大家道，猜不到。

小朱道："必扑。"

钱老师说："什么必扑，真是听不懂了，我们这些人，出土文物似的了。"

小朱得意地道："是外地股民取的，也不只我一个人，我们这一批，差不多年纪，差不多时间开始的，外地人说，必扑一到，股票卖光光。"

钱老师道："吹了，你别以为我们真的一窍不通，凭你这样能叫股票卖光光，吹大得去了。"

小朱道："那是说的原始股，懂么，凡发原始股认购证的，我们一律必扑，这是机床股给我们的甜头，用我们的话说，叫作宁可亏掉，不可错掉，宁可机会负我，我决不负机会，这样的气概，不是一般的人能具备的。"

大家道，有气概有气概，有盲目的气概。

一直把头埋在外语书里的王觉民突然抬头看看小朱，问道："原始股，什么东西？"

大家哄笑起来，道，王老师终于睡醒了。

小朱说："王老师，你若有心，把钱交给我。"

钱老师道："小朱，你真是要做大众肩膀还是没钱做本呀，什么人的钱你都要。"

小朱道："那是的，几千块钱在股市里实在太微不足道，尤其一级市场，几千块钱，只能打打水花。"

钱老师道:"工薪阶层,打水花的钱也没得。"

小朱道:"所以我给你们启蒙呢,大家把钱集中起来,哪里发行股票就扑向哪里,必扑一声,钞票大大的。"

王觉民认真听了一会,却仍不怎么明白,便"不耻下问":"朱老师,到底怎么回事,股票是个什么东西,只听大家吵吵,我们却是一点不明白。"

校长道;"说够了没有,说够了我们再念报纸。"

大家道,校长你念就是。

校长就再念报纸,大家仍然围着小朱说话,只是声音放低些。小朱道:"王老师,告诉你,我马上买电力股,你怎么样,和我合伙还是单干,合伙就全权交我,单干的话我可以免费做参谋免费提供咨询。"

王觉民张着嘴想说什么,由钱老师先代他说了:"什么电力股,你得先上课。"

小朱无可奈何地叹息一声,道:"真是没睡醒,连马上要发行的电力股都不知道,人家外面都吵翻天了,真是这里的黎明静悄悄呀。"

大家道,不光黎明静悄悄,下午也静悄悄。

小朱看看王觉民,道:"看起来,还只有王老师愿意听听,有希望,你们这些,都靠边站吧。"

小朱就站起来找报纸。校长道:"朱老师,说说就说说了,还站起来,算什么,我这报纸也念不下去了。"小朱一看校长手中的报纸,正是他要找的,很想从校长手里拿过来,但是毕竟没有这样做,对王觉民道:"稍等,等他念完了我给你看,上面全有。"

王觉民问："全有什么？"

小朱道："关于发行电力股的详细说明。四版一整版，昨天你没看日报？"

王觉民道："看也是看的，只是没有注意股票什么的，想想与我何关，离我也太远了，看它作甚。"

正说着，说有王觉民的电话，去接了，是老婆打来的，说晚上加班，让他和儿子先吃晚饭。

王觉民挂断电话回来，会议也差不多，校长正在说："总的还是一句话，不要误了教学就行。"

大家收拾了东西回家，小朱追着王觉民，把昨天的日报塞给他，道："这些人里，我还就看你能有点事情做出来，那几个，就算了。我有内部消息，你别告诉人，这一次电力股的中签率不低于千分之一，知道吧，你别告诉别人。"

王觉民一愣："中签率，什么中签率？"

小朱一指王觉民包里的报纸："认真一看，你就明白，按千分之一算，你投多少能赚多少，清清楚楚。"

王觉民奇道："这样的话，大家不都要买了么？"

小朱诡秘一笑："哪能呢，所以我说他们都没醒。"遂骑上自行车远去。

王觉民经过传达室，看到老头一个人在摆棋谱，王觉民稍一迟疑，便被老头发现，道："王老师，杀一盘再走。"

王觉民道："老婆不回家，我要做晚饭。"

老头看看挂钟："早着呢，今天放得早。"

王觉民便进去，坐下和老头开盘。老头是另一个厂里的退休工

人，和校长是邻居，退了休，自己的工资不够过，便来看看校门，
挣几个钱补补，爱好个象棋，来了不久，就和王觉民交上手。王觉
民课后有时间，常来杀一盘。

王觉民有些心不在焉，走失一着棋，全盘皆毁，老头道："今日
有心事。"

王觉民说："有什么心事。"但是确实心里乱乱的，杀不下去，便
道，"改日吧。"

老头也不勉强。

王觉民回家。儿子已经在家，便埋怨他妈瞎积极，加班。

王觉民道："也是为挣几个钱么，你这么大了，自己又不能挣，
却是能花，钱哪里来。"

儿子道："别拿我做借口，我说了，我的事情我自己负责，没有
钱大不了打光棍，有什么了不起。"

王觉民觉得没趣，到厨房去做饭。做好饭，父子俩闷闷地吃了，
王觉民把碗洗了，看儿子已经占领电视，正看时尚节目，便回自己
房间，坐下来，先点支烟，觉得没什么事可做，心里却是乱乱的，
不知发生了什么。看到提包里小朱塞的报纸露出一角，便拿出来看，
果然在四版上一整版都是介绍发行电力股的事情，认真地从头看到
尾，好像不怎么清楚，再看一遍，便有些明白，心里也有些想法似
的，找个计算器来，按小朱透露的内部消息，将各种可能一一算了
过来。开始怎么也算不起来，驴唇不对马嘴的，弄得有些灰心，且
又不服气，再硬着头皮重来，再一遍，再一遍，终于如小朱所说，
居然也算出些明明白白的数字来。知道那数字就是钱，便激动起来，
拿着报纸和计算器到儿子那边，看儿子正聚精会神看电视，便打断

道："你有多少存款？"

儿子一愣，看着他。

王觉民扬扬手里的报纸："你还不知道呀，外面都哄翻天了，电力股，后天就开始卖认购证，你无动于衷？不想发财吗？"

儿子"嘻"了一声。王觉民也听不出儿子"嘻"的是什么意思，觉得有些轻视，又觉得有些重视，辨了辨滋味，也辨不出什么，便道："你说我们买不买些？"

儿子道："谁？"

王觉民道："我。"

儿子又"嘻"一声："你？买股票？"

王觉民道："我跟你说，你看看这报纸上的，我都弄明白了，我还算了账，很清楚，笔笔对头。"

儿子道："你变陈景润了，这么复杂的东西你也能算出来？"

王觉民听不出儿子是正话还是反话，只说："你不想买？我们合股就是，自己人合股，总比和外人合股可靠。"

儿子道："我哪来的钱，你给我算算，工作才一年，能有几个钱？"说着指指电视屏幕，"对不起，这档节目我最喜欢，等半天了。"

王觉民怏怏地走开，回自己房间，便有些坐立不安的感觉，也没个说话的人，看时间离老婆下班还早，拿了功课出来备课，却是备不进去，满脑子的数字，又将报纸拿来看，又将算过的账再算一回，自嘲地想，我变陈景润了，最怕数字的，居然能算得这么多，重新认识了自己似的，满心欢喜，只等个人来说说。便这么傻傻地等着，终于将老婆等了回来，颠颠地去给老婆热了饭菜，端了来，道："热了，快吃吧。"

老婆看了他一眼，道："今天怎么，有什么事情求我？"

王觉民道："你们厂的人，说不说股票的事情？"

老婆斜着看他一眼："怎么，哪根筋搭错，要玩股票了。"

王觉民道："人家单位里都说翻了天了，你们单位没有人说呀，都没睡醒。"

老婆道："你醒了？你有那命吗？"

王觉民道："平时我只是不说罢了，说得少的人想得多，这是平衡。今天我们朱老师一番话算是让我开了窍，什么外语，什么高级教师，年纪也大把了，外语一个字也读不进去，就算过了关，得了高级教师又怎么了，罢了罢了，不如赚几个钱来得实际。"

老婆道："你才明白呀。"

王觉民道："拿家里的现金投进去，怎么样？"

老婆突然笑了起来，道："捧人家个热屁当真呢！你这个人，你自己有数，成事不足败事有余的货。"

王觉民道："你别先泼冷水好不好。"

老婆道："好，上回的事情倒已经忘了呀，要介绍什么生意，弄得两头落空，自己倒贴，头也挤扁了，我看你实在也不是这块料。"

王觉民道："吃一堑长一智么，再说现在毕竟和当年不同了，人的脑子也不一样了。"

老婆再朝他看看，过了好半天，才道："你好好想想，想妥了再说，我的钱，反正不给你的，法律上不是说，婚后财产对半么，家里的钱，一人一半便是，你拿你的那一份去炒就是，我不干涉。"

王觉民道："也就银行里那几千块钱，还没到期呢。"

老婆道:"没到期也能领出来,少几个利息罢了,对你的大生意,区区小意思。"

王觉民想了半天仍然不怎么明白老婆的心思,不知老婆算是支持还算是反对,正想着,儿子过来了,老婆笑着对儿子道:"你爸爸睡醒了。"

儿子道:"已经和我说过了,想骗我的钱。"没等王觉民夫妇开口,儿子又说,"对了,厂里有旅游活动,我要出去几天,明天走。"

老婆问儿子:"跟你说正经的,你爸爸要买股票,你看怎么样?"

儿子朝王觉民看一眼,道:"你,算了吧,你知道股票是红是绿,不要被股票炒了才好。"说着,便走开。

老婆朝他看着,那意思是说,你看你儿子也不相信你。王觉民说:"他懂什么,小孩子。"

时间也差不多,他们便睡下。老婆很辛苦了,一会儿就睡着。王觉民因为心里有些激动,睡不着,想了许许多多,侧身看看老婆,睡相已经很老,脸上尽是皱纹,松松垮垮的,不由便想起当初的事情,挺浪漫,现在再回忆那段浪漫,却是咀嚼不出一丝丝的滋味来了。也罢,浪漫了又能怎么,这么想着,王觉民便也睡去。

二

课间操的一段时间长一些,不做班主任的老师都在办公室里闲聊。徐老师问王觉民:"你到底有多少钱投进去?"

王觉民有些尴尬。徐老师道:"我估计你不会超过三五千,怎么样?"

王觉民点点头。

徐老师叹了一口气，道："唉，中国人。"

王觉民不明白："怎么？和中国人有什么关系？"

徐老师一副悲天悯人的样子，道："人家国外，都是有钱人炒股，穷人根本想也不去想的。三五千元也炒股看猢狲出把戏。"

丁老师道："本来么，有钱的人太有钱了，就像你；没钱的人太没钱了，就像我。贫富不均，相差悬殊。"

徐老师道："国民性呀，劣根性！要像从前一样大家扯平了才好，贫富均了，便没气了，哪有这样的，国民性。"

丁老师道："那是，有了钱便没有国民性，没有劣根性了。"

大家笑，徐老师也笑。

王觉民插不上话，心里七上八下的，就见李老师凑过来，道："王老师，你真的打算买电力原始股？你是想搭朱老师的船？"

王觉民道："没有，我自己弄，朱老师走得太快，我跟他不上。"

李老师道："那才好，王老师，我跟你说，你若坐船，我也搭上。"

王觉民一时有些不敢相信，盯着李老师看。李老师道："我相信你。"

王觉民突然有些感动，说不出话来。

李老师道："你办事比较踏实，小朱那边，也来动员过我，我是不大放心他的，倒也不是不相信，只是他那个人，总给人不稳定的感觉。这钱的事情，不是开玩笑的，我也是几个辛苦钱，不想随随便便给人玩丢了。"

王觉民激动地道："我也是。"又问，"你准备搭多少？"

李老师伸一手掌，五个手指张开来："全部家当了。"

王觉民也一张五指:"我也是,全部家当。"

徐老师看到了,笑道:"又醒一个。"

有几个做课间操进来交作业的学生站在一边听老师说话,直是笑。后来朱老师也来了,一进来就嚷:"王老师,想妥了没有,你可以下决心了,明天开始卖大户,两天以后是散户,你犹豫的时间不多了。"

丁老师道:"朱老师,王老师的事情你这么起劲做什么,我告诉你,王老师已经下了决心,就是决心不搭你的船。"

王觉民连忙看朱老师的脸,朱老师一点也不在意,道:"搭不搭谁的船这无所谓,关键是王老师要觉醒。你若自己做,我可以给你做做参谋。"

王觉民拉朱老师到一边,道:"你说的中签率有没有依据?"

朱老师道:"依据什么我也不敢说,你让我保证我也不敢保证,不过我跟你说,小道消息总也是有出处,有来头的,这是他们的老总亲口说的,不低于这个比率。"

王觉民道:"谁们的老总?"

朱老师道:"电力股的老总呀,还能有别的老总。"

王觉民道:"那你看……若是我弄,能让他们搭船么?"

朱老师道:"你是说李老师,金老师他们?"

王觉民点头。

朱老师道:"那是,人越多越好,投资数越大越好,这不用说的,由你自己亲自操作。"

王觉民看朱老师真诚的样子,犹豫了一下,又道:"朱老师,你这么热情指点,我不搭你的船,你不会……不会那个吧?"

朱老师道："我其实真心是希望大家早点醒，没有别的意思。我自己确实是尝到了甜头，再说，我也想过，你搭我的船也不怎么合适。我现在，你知道的，也有几个人合伙，我们这一伙人，胃口都很大，风险也大，你想想，北上南下，东挺西进，哪里发行就扑向哪里，飞机就飞机，宾馆就宾馆，没有话说的。你现在就搭我的船，确实还不怎么合适，你先干你自己的，先买本地的，以后再看发展，不可能一步走到我这样……"

王觉民还没说话，别的老师便笑起来，道，朱老师已经走得怎么样了。

朱老师没有理睬他们的调侃，临走，对王觉民道："这一两天，你放心，有什么消息我会马上告诉你。"

王觉民连连道："谢谢，谢谢。"

徐老师在一边看着王觉民笑，道："谢什么，套牢了再谢也不迟呀。"

王觉民道："套牢，什么套牢？"

老师们哄堂大笑，徐老师道："王老师，你省省吧，什么套牢，你套牢。"

大家又笑。

笑声中上课铃响了。

办公室的老师走得差不多，王觉民这一堂没有课，呆坐着，耳边还是大家的笑声，套牢，什么套牢，你套牢……王觉民又把报纸拿出来，再认认真真看一遍，自己觉得再也看不出什么不明白的地方，一切都已清清楚楚，心里被大家的笑声搅得有些烦乱，便起身到校长办公室门口，见里边没有人，走进去一边给老婆打电话，一边看着门外。一会老婆过来接电话，王觉民道："我这回，不蒸馒头争口气。"

老婆先是一愣，随即"嘻"了一声，道："谁要你的气，你的气值几钱？"

王觉民道："说好了，下午我就到银行取钱。"

老婆一时停住了，过了好半天，才说："你认真啊？"

王觉民有些自豪，道："告诉你，我们老师这边，要搭我船的人很多，李老师，金老师，于老师……好多呢，他们不愿意搭朱老师的船，都想搭我的船，信任我……"

老婆那边又"嘻"一声，道："出鬼。"

王觉民道："人是自己做出来的。"

老婆道："随你吧。"这才挂了电话，王觉民放下电话，才发现校长正站在门口朝他看着，一时有些慌张，道："打个电话。"

校长却走近他身边，压低嗓音道："你真的准备做了？"

王觉民不知该怎么回答。

校长道："是电力原始股吧，有没有把握？"

王觉民吃不透校长问这做什么，但看到校长盯着他等他的回答，不好装聋作哑，便道："据说中签率在千分之一以上，如果可靠的话，肯定能赚。"

校长眼睛一亮："肯定能赚？"

王觉民道："应该是吧，上回的机床股，赚昏过去了，他们都说……"

校长没有让王觉民往下说，打断他道："你能不能，听说你……听说有好几位老师搭你的船，你能不能……"

王觉民道："什么？"

校长犹豫了半天，朝门外看看，再一次低着嗓音道："也搭上我一个？"

王觉民张着嘴。

校长脸有些红，道："只是，只是，我钱不多，是我的私房，不让老婆知道，赚了也是我自己，赔也是我自己。"

王觉民"啊哈"一声，看校长脸上不自在，连忙收住口，心里不知是个什么滋味。

校长道："还有，还有，你别跟他们说我也搭了船，我这笔钱就算你的，行吗？"

王觉民麻木地点点头，有人进来和校长说事情，校长连忙向王觉民道："好，就这样。"

王觉民走了出来，心里胀鼓鼓的。

中午，王觉民回家取了存单，直奔银行去。银行里排队取钱的人很多，他回到学校，已是下班时候，老师都开始往外走，只他一个往里去的，看到金老师和于老师都在他的办公室里，估计是等他的，便道："你们等我？"

金老师道："是，想听听你说。"

于老师道："我们的钱都在存折上，要不要领出来？"

王觉民按了一下口袋，道："我刚刚去领了。"

金老师和于老师互看一眼，于老师道："那我们也赶紧去领出来，明天是不是开始了？"

王觉民道："前两天先卖一万张以上的大户，后两天是万张以内的散户，我想等等，看看再说，大户散户，想起来也没有什么大的差别。"

于老师道："你这说法有没有根据？"

王觉民道："也是听人传授的。"

金老师道："我们也不懂许多，只管委托你了，你得用点心思，啊，全靠你了。"

王觉民道："这也用不着说的，我自会用心的，也不只是你们二位呀。"差一点说出校长的事情，想了想还是忍住了。

金老师道："那我们也走了，明天把钱来交给你。"

王觉民道："好。"

金老师和于老师说走却还不走，像还有很多话要说。王觉民也知道他们要说什么，他们要说的，和他想的也差不多少，王觉民不知怎么说才好，这事情，安慰也是安慰不得的，包票也是打不得的。不说金老师、于老师，即使他自己，也最好有个人给他打打包票呢，却是不可能，也罢，想朱老师已经有了"必扑"的绰号，总是内行的了，听他的应该没错。这么想了一会，才发现金老师于老师已经走了，办公室没有人，连忙拿了包出来。

回到家，老婆已经在做晚饭，一见到他，马上说："哎，我们厂也吵翻天了，你的存款提了没有？"

王觉民拿出钱来，扬了扬，又说了一遍校长和别的老师的事情。老婆有些怀疑，道："校长也要买？怎么都相中你，你能？"

王觉民道："你却是不相信我，我同事倒是特别信我的。"

老婆道："我了解你。"

王觉民道："我们同事，少则几年，多则十几年，平时倒也不怎么明白，到这时候倒是见出人心来，我们那教物理的朱老师，你也知道的，小朱，人挺不错，赤胆忠心的。"

老婆："对谁赤胆忠心，对自己吧。"

正在这时，朱老师来了。王觉民道："正说你呢，你倒来了。"

朱老师道："说我什么呢？"

王觉民给朱老师泡了茶，端过来，道："说你赤胆忠心呀！真是想不到，现在还有你这样古道热肠的。"

朱老师道："难为情，难为情，叫我脸红。"停了一会儿，朱老师道，"告诉你一点小道，刚听来的，供你参考就是。下午，我找个朋友打听了，电力股这一次是要全力托盘的。"看王觉民不甚明白，便解释，"把握比较大，至少不会亏。"

王觉民点头，问道："大家都说什么套牢。"

朱老师道："套牢是二级市场的多，买原始股一般来说不会。"

王觉民道："只要不亏，也行了，也算是体验一下，至少也把自己锻炼一回，体现体现自己的价值。"

朱老师道："王老师，你的决策是对的。"

王觉民老婆道："朱老师，电力原始股，你买不买？"

朱老师笑了。

王觉民道："朱老师是必扑，必扑懂吧，哪里有原始股就扑到哪里，别说在本地，就是天南海北，照去。"

老婆点着头，道："赚了多少，朱老师？"

朱老师一笑，没有说多少。

王觉民打岔道："朱老师你是怎么想到去做这个的？"

朱老师道："也是巧，一个朋友做，差些钱，让我也投一些，我原本一窍不通的，但是朋友的面子不好拂，便给了钱，结果发了，就这么做起来的，一年多了。"说着，从自己带的包里拿出两本书来交给王觉民，道，"这是两本证券知识的书，我开始的时候也是看它们的，你看看，有帮助的。"

王觉民接过来，道："你自己不用？"

朱老师道："我都能倒背了。"

王觉民道："谢谢。"

朱老师看看表，说："也差不多了，我该走了，这方面有什么事情，我会尽力帮你的，我也有几个比我更内行的朋友，我们一起为你出出主意。"

王觉民起身送朱老师，道："那么朱老师，你看我们是买大户还是散户的好？"

朱老师不假思索，道："以我看，明天后天的大户你不一定去买，你们几个老师凑起来的钱，也不及人家真正大户的一点点边，这我有数，你干脆等等，到散户开始时再说。"

王觉民说："是，人家也都这么劝我。"

老婆却道："既然你们认为电力股稳拿，为什么不买大户，不是说买的号越多，中签希望越大么。"

王觉民看着朱老师，朱老师道："话都是这么说的，但是我们不能盲目相信，也得看看前一天的情况，贸然行动总是风险大。"

王觉民道："那是。"便送了朱老师出去，回进来，老婆正发愣，道，"怎么？"

老婆说："怎么回事，他来做什么？就说这么几句话？"

王觉民道："朱老师消息灵通，金融界朋友也多，联系广泛，也有了一年多的实践经验，他来指导指导我，那是再好不过。"

老婆道："我是说他为什么要来帮助你，莫名其妙么，他又没有什么好处。"

王觉民道："我跟你说的，他就这么个人，好心肠的。"

老婆道："我总觉得这人有点说不出的味道，你等着看就是，不过，你反正也不搭他的船，无所谓，他说的话，自己再想想，不要一说就听。"

王觉民道："那是，我又不是小孩子。"

老婆道："你以为你很大了，在这方面，你敢说你不是小孩子？"

王觉民苦笑一下："你是说炒股呀，那我承认，是小孩子，刚刚开始学步。"

老婆道："明白就好。"

两人说着，又响起了敲门声，老婆去开门，问道："你找谁？"

一个年轻女人的声音道："王觉民老师是这里吧？"

王觉民迎出去，一看，却是外语组的孙雅云老师，有些意外，连忙让进来，道："怎么会是你，怎么会是你，想不到你会来我这里。"

孙老师笑了，道："怎么，我来不得？"

王觉民道："没有这个意思，我是说没有想到，你平时也不怎么和我们语文组的人来往的。"

孙老师道："无事不登三宝殿，有事来求你了呀。"

王觉民道："孙老师说笑话了，我能帮你什么，你接触的人，我们也知道，朝洋里去的多，我们土不拉叽，能帮你什么。"边笑着回头朝老婆道，"给孙老师泡杯茶。"才发现老婆脸色不怎么样，再朝孙老师看，也看不出什么使老婆不高兴的意思，见老婆不动，便自己去泡茶。

孙老师笑道："王老师，你现在名气很大了，大家都说找你能办成大事的，你不是开船买原始股么，我也搭一份。"

王觉民更加意外，下意识地看老婆一眼，老婆正瞪着他。王觉民道："你怎么的，不是说你马上要走了么，护照已经到手，还炒什么股呀？"

孙老师叹息一声，道："就是因为要走，缺钱呢，你知道的，办一个护照，多少年的积蓄全扑进去了，还欠了一大笔，近期要还的。大家说，只有一条路，买原始股，一上市就抛，王老师，我也不瞒你，我等着这笔钱走路呢，我又不懂什么股不股的，大家说你精通，说你要买，我就来找你，帮帮忙。"

王觉民正要说话，老婆先插上来，道："这条路也不是百发百中的，万一亏了，蚀了呢？"

孙老师笑着，道："别骗我了，说你有个亲戚就是电力股里的老总，是不是？是不是？怎么样，不好赖了吧。"

王觉民有嘴难辩。

孙老师继续说："你若没有可靠消息，像你这样，是不会下这么大的本的，你的为人老师们也都清楚，一向比较谨慎，对不对，我没说错吧，你看你看，脸红了，哎呀，是就是了，近水楼台先得月，也让我们做同事的跟着沾点儿光呀。"

王觉民道："没有的话，我总共就是听朱老师说了说，别的真的没有任何来源。"

孙老师的脸色就有些变，但还勉强笑着："也好吧，就算你没有消息来源，你能让金老师、于老师他们搭船，也能让我搭个船吧。"

王觉民道："那是。"

孙老师当即就拿出钱来，放在桌子上，道："这我是向家里人借的，也豁出去了，成败在此一举，王老师，千斤重担压在你肩上了。"

王觉民愣住了。老婆拿起那钱要还给孙老师，道："这位老师，你这话我们承担不起的，你还是另找他人，比如你们的朱老师，他比我们王觉民精通得多，我们王觉民根本不懂这些的。"

孙老师笑道："我知道，但是我们大家相信他，我相信王老师心中是有底的。就这样，这叫全权委托，我走了。"

说着便一阵风似的出去。王觉民想说一句送送的话也没来得及，再回头看老婆，老婆道："看我做什么，一张老脸，看看人家小姑娘，多风骚，多有意思。"

王觉民讪讪一笑，道："这个孙雅云，到底年轻，放了钱，也不让数一数，就这么走了，万一有个差错怎么办，真是的，年轻人不懂厉害。"

老婆道："那叫潇洒。"

王觉民拿起钱来数，被老婆夺过去，往桌上一扔："你不要被人家迷昏了头。"

王觉民感觉出老婆一肚子醋意，觉得好笑，道："什么呀，哪里通到哪里，人家年纪轻轻的小姑娘，大学毕业才两年，再说马上要出国了，男朋友也在国外，我们差不多就黄土埋脖子了，哪里通到哪里呀。"

老婆哼一声，道："你还别说，现在还就不少小骚货喜欢老的，这叫时髦，我看她盯着你的那眼神，哼，有味道呢。"

王觉民纠缠不过，道："无中生有，实在好笑，不可能的事情。"

老婆道："无中生有？我说件事你听听，真人真事，我同事男人单位里的，一个老教授就是被一个年轻女的缠上了，没办法，说好两人一起去跳崖了，结果老的跳下去了，女的却怕了，没敢跳，又嫁了人，活得好好的，你说说，这种女人，你说值不值，你……"

王觉民道："越说越远去了，跟我有什么关系。"

老婆道："我只是提醒提醒你罢了，没关系最好，有关系我看你吃不了兜着走。"

王觉民再把钱拿过来数一遍，道："钱倒没错。"

老婆停了一会不说话，过一会道："看起来，看起来，倒像是有戏，他们都要来搭船，这些人也不都是呆子、傻子呀，若没有戏，他们怎么舍得？"

王觉民兴奋起来，道："正是这句话。"

三

王觉民利用课余的一点点时间，骑着车子到街上转了一圈，只看到一家很小的分行，里边站着四个警察，还有一个不穿警察服的人，根本不见大家说的很踊跃认购。便走出办公室，迎面看到小朱气喘吁吁地奔进来，一眼见到王觉民，道："原来你在这里，我到语文组看你，你不在。"

王觉民见到小朱，竟有一种亲切的感觉，连忙说："我来看看你，问问情况怎么样。"

朱老师道："我找你正是这事，我劝你，王老师，今明两天先别动，看看再说，别着急，后发制人。"

王觉民心里一冷："怎么，情况不好是不是？"

朱老师笑起来："你也别紧张，现在怎么也不可能知道情况如何，我只是得到有关内部消息，都说最好迟一点买，所以急急地来告诉你。"

王觉民不明白早一点买和迟一点买到底有什么区别，想了一会，问道："是不是迟买的认购证，中签率会高一些？"

一语既出，大家都笑，小朱笑得有些忍不住，边笑边说："这是没有的事情，不可能的，迟买些主动权大些罢了，与中签没有关系的。"

王觉民想问问什么叫"主动权大些"，却不敢再乱开口，便问道："那么你呢，你是要买大户的，今天买了没有？"

小朱道："你别管我买不买，我和你是不一样的，我是抽空子出来提醒你的。"说着就往外走。王觉民听到物理老师都笑，忽然看到校长在外面向他招手，神神秘秘的样子，王觉民连忙出来，道："校长。"

校长把王觉民拉到走廊一边，问："怎么样？"

王觉民便把小朱的话说了

校长想了想，点点头，道："也好。"

王觉民道："我实在也是不懂，心里没底。"

校长拍拍他的肩，也没说什么，看有人过来，便走开了。过来的老师看到，便笑，说："王老师，和校长搞地下工作啦。"

王觉民支吾了一下，回自己办公室，一直闷着头想到下班。

第二天是星期天，仍是大户认购，王觉民又上街转了一下，仍是没有发现什么人山人海。

到了星期一，王觉民一踏进办公室，便感觉到气氛异常，大家一见王觉民，都嚷，王老师，百万元户了吧。

王觉民道："开什么玩笑，我又没有买。"

大家不信，七嘴八舌，说是昨天的行情简直不得了，有老师亲眼看见有人用蛇皮袋装了钱去认购，还有老师认得的某某人，一下认购了多少万多少万。问定了王觉民确实还没有买，大家说，既然你们几个人合了伙，钱也不是不够，就应该买大户，大户可比散户沾光得远了。

王觉民摇头道："不的，你们不懂，一样的，大户和散户是一样的。"

老师们道，既然一样的，为什么大家都抢着买大户。

王觉民说："没有呀，我昨天前天都去看了，没有见到谁背了蛇皮袋什么的，根本没见什么人买么。"

老师们又抢上来说，你没见着，那些大户头是你能见着的么，都是住的高级宾馆，外地来的，都是飞机，安全。

说，安全什么，被杀的也有。

说，吓人倒怪。

说，王老师你小心呀。

王觉民笑了一下，说："我算什么，谁要来杀我呀。"

又有老师说，其实既然决定买，迟买不如早买。

正在这时，孙老师走进来，道："怎么还不行动？"

孙老师逼得很近，她身上浓浓的体香王觉民都能清楚地感受到了，他突然想起老婆的话来，不由有些心跳，不自觉地挪动了一下身子，让开一些，孙老师笑起来。

王觉民道："说好了的，明天上午去买。"

孙老师道："明天去买，课怎么办，调了没有？"

王觉民道："调课麻烦，教务处知道了也啰唆。"

孙老师道："那就请哪位代一代，反正也只一课，是一课吧？"

王觉民正等着这句话，听孙老师一说，马上朝同事们看，孙老师道："看什么呀，大家同事一场，这个忙怕没人帮你呀。"

老师们都笑起来，有人道，没有人帮，你们赚钱，让我们辛苦呀，有这样的好事。

孙老师道："那你们也搭船就是。"

王觉民道："正是。"

别的老师都道，我们不搭船，我们在岸上走走就行了，不想坐船。说一句大家便笑一阵，孙老师道："笑话我们呀，等我们发了，你们就笑不出来，笑出来也是尴尬。"

大家道，那是，到时候我们就是尴尬人的笑，你们呢，就是富有人的笑。

这么说了一会，和王觉民同级的刘老师道："好了，我来给你上吧，明天上午第二课，是吧。"

王觉民道："是，谢谢，谢谢。"

再到下一天，也就是认购电力原始股的最后一天了，王觉民早早地起来，出门先往几个认购点打探一下情况，发现时间还早，门还没开，门前一个排队的人也没有，心下很松快，便到学校去转一下，最后再同几个搭船的老师确认一下。他们见了他，都急道，怎么还在这里转，今天最后一天了。

王觉民胸有成竹，一笑，道："我已经打探过了，没什么人，九点开始，我到八点五十出去也是笃定。"

王觉民又到物理教研室看看小朱，小朱不在，出来绕到校长办公室，校长正和人谈话，看到他，连忙停下话来，出来低声问道："怎么样？"

王觉民道："这就去，怕你们有后悔，最后来看看。"

校长道："谁后悔，不后悔的，做出决定也不易，哪能再轻易反悔，再说，小道消息都说好，想起来应该没问题。"

王觉民听校长这话，心里很踏实。

王觉民很快到一个认购点，看人挺多的，便骑上车子再到一家，人比第一家少些，但也有一二十人。王觉民再去第三家，这一家也是王觉民事先已经观察过好几回的一家，看到已经有人排队，时间正是九点整，大概十多个人，便到队尾站定。在他前面的是一位老同志，干部模样，王觉民心里有些感慨，老同志也都醒了，又一次地感谢小朱的启发。一会听前边的人说，九点过了，怎么还不开始。王觉民并不很着急，熬过这么几天，他的情绪基本上已经稳定。忍不住要和前边的老同志说说话，可是老同志紧闭嘴唇，一言不发，那样子看上去是拒绝一切问题。无法，再朝身后看看，又已排上几个人，紧跟着他的是一位中年妇女，手里紧紧地捏着一个小包，护在胸前，也是一言不发。王觉民一回头，她把小包更紧地护住，王觉民不由笑了一下，也不是个好说话的人。在中年妇女后边，一个年轻的男人，从穿着打扮看，不像是本地人，却是想说说话的样子，因为中间隔着一个人，便把头勾过来，朝王觉民笑笑，王觉民也笑笑，算是联系上了，王觉民看他两手空空，看不出带了多少钱的样子，有些奇怪。

年轻人主动道："我买二十块钱，碰碰运气的，有当无罢了，蚀了也不心疼。"

两人说话，隔着的那个中年妇女感到不自在，对王觉民道："你们说话，唾沫都喷到我脸上了，你们要说的话，我和你换个位子。"

王觉民犹豫了一下，只差一个人，换也就换了，总不至于就这么一个人会有什么差别，便道："也行。"

不料那外地人却说："别换，每个人的位子都是早就定了的，该你在哪个位子就是哪个位子，换不得，换了位子那就不是你的命运了。"

王觉民听外地年轻人说的话里竟然含着些许哲理似的，有些宿命论的味道，也有些老庄思想似的，不由对他有些另眼相看，便听了他的话，没有和中年妇女换位子。发现前面紧闭嘴唇的老同志正回头朝他看，王觉民朝他一笑。老同志道："你买多少？"

王觉民道："我不是一个人的，我们单位一些人凑起来一起买，这样能保证有收获。"

老同志严肃地点头，过了一会道："既然你们有许多人搭船，完全可以买大户。"

王觉民心里便有些不踏实了，犹豫了一会，问道："你说大户和散户有没有区别？"

老同志想了一想，道："照说是没有的，但是为什么人家都要买大户，像你这样，有大户的能力而不买大户的恐怕是绝无仅有呢。"

王觉民叹息一声，道："我也是第一次弄这东西，一点也不懂的。"

老同志道："我们也都是，慢慢来。"

一会儿后边那个外地人又来推推王觉民。王觉民回头看。外地人道："是不是真的一个月之内就见效了？"

王觉民道："不会假的，报纸上都登了，明天公布中签率，三天后公布中签号码，一个月后上市。"

几个人这么随随便便地说着，看上去都很自然，其实心里都是有些紧张的，只是不愿意表露出来而已，王觉民能够感受到大家的情绪，自己倒是轻松些。又这么说了一会儿，时间便也不知不觉地过去，跟在王觉民后面的始终没有吭一声的中年妇女突然"哎"了一声，大家便朝她看，妇女举着手臂，将手表亮出来，道："怎么搞的，大半天了，怎么动也不动？"

再等，队伍终于有了动静，第一个人终于挤出来了，脸通红，情绪也很激动，走过的时候，听他长长地叹着气，王觉民心里松快了一下，便听身后的妇女说："一个人，一个钟头。"

王觉民回头朝她看，妇女紧紧搂住包，贴在胸前，看了王觉民一眼，又道："算算，轮到我们，该关门了。"

王觉民道："不会的，不会的，报纸上说是无限量的，不会控制的。"

妇女又似笑非笑地笑了一下，不再和王觉民说话，老同志再次勾过头来，道："这位女同志说的话不是没有道理，看来里边在捣鬼呢，这不是人为的控制是什么。"

王觉民心里又乱起来，道："和他们说说，提点意见。"

外地人自告奋勇过去，回时一脸苦相，道："人家理也不理。"

王觉民道："动作快些不？"

外地人道："哪里。"

王觉民便有些懊悔，叹息一声，道："早知这个认购点这样子，我不该来排这个队，早上我看过三家，都比这里的队伍长，说不定长的反而动作快呢。"

王觉民话音一落，妇女又哼一声，似笑非笑，老同志皱着眉头，好像思考了一下，道："我看，这情形，恐怕不是一个两个认购点的事情，看起来是事先都安排好的。"

外地人道："阴谋诡计，现在还来这一套，不怕群众造反？"

老同志说不出来，点点头，又摇摇头，王觉民心中着急，听身后的妇女又开口道："他怕什么，他慢，动作慢，你最多说他一个工作不卖力，你能抓到什么把柄，不会给你抓到的。"

外地人挠挠头，不说话了。

王觉民觉得妇女虽然脸色严峻，口气也不怎么好听，但是眼光却比较尖锐，便不耻下问，道："这位女同志，我想请问一下，现在若是换个点，会不会好些？这样看起来，要排到下午了？"

妇女不做答。

老同志对王觉民道："排也已经排了，再赶地方恐怕也是一样，不如在这里死等下去，既来之，则安之。"

王觉民道："我下午还有课呢，上午的课也是请别的老师代的，下午不好意思再……"

再站下去，就开始腰腿发酸，再看看时间，竟已经大半上午过去，想金老师于老师还有校长都等着他的消息，不由更急，便对老同志和妇女道："我走一走，打个电话。"

王觉民到马路对面的电话亭打电话。电话是校长接的，听得出校长办公室另外有人，校长支支吾吾，只问了王觉民在哪个点上，别的话就说得含糊不清。王觉民也有数，放下电话又打金老师那边。金老师接了电话，果然很急，道："是你呀，我们几个都在这里，正着急呢，怎么到现在不来，是不是出什么事情了？"

王觉民便把话说了，那边金老师半天没吱声，听得出那边在商量，过了一会，于老师把话筒接过去，道："王老师，依你看，排到下午关门前，有没有把握买到？"

王觉民道："排到下午我估计总能买到了，总共才十来个人在我前边呀，只是卖得太慢，磨洋工，我站得吃不消了，心里又没有底，发急。"

于老师道："王老师，你别急，既然下午有希望能买到，那就排下去，我们商量一下，马上过来一个人，和你一起坚持，你也替换下来歇歇。"

王觉民道："那你们快些过来。"放了电话回过来，心里似有些底，宽多了。一会远远地看到好像是校长的身影。校长的脸色也有些紧张，一过来，先看看队伍，脸上的神色马上好转了许多，对王觉民说："王老师，看起来没有问题，就这几个人，怎么慢也能买到。"

王觉民道："我也这么想。"

校长压低声音道："我听到些消息，今天确实是有意控制的，这样反而好，中签率会高得多。"

王觉民道："我也这么想，只是，只是也太慢了，你看看，已经两三个钟头了，才去了三个人。"

校长点点头正要说什么，一眼看到远远的于老师骑了车子过来，连忙对王觉民道:"我还有点事,我先走了,既然于老师来了,你们替换着,坚持到底。"说着急急离去。

于老师过来,笑道:"校长怕我做什么?"

王觉民也笑了。突然里边就出来了一个人,向着队伍道:"看看时间吧,差不多了,后边的人,不用排了。"

一下子队伍又混乱起来,有人骂起来,也有人问着什么,里边的人根本不回答,说完了就要进去,被几个人挡住,王觉民也性急地上去,道:"这不是有意拖延么,我九点钟到这里队伍总共才十来个人,到现在你看看基本没有动。"

那人笑笑,不再说话,回了进去。

王觉民看看于老师。于老师道:"已经等到现在,就等下去,我们这位子,尴尬位子。"

就这样一直等到下午两点四十分,离结束还有二十分钟,终于有人开始破口口大骂,乌龟王八也说了出来;也有说我只买一张,你们谁让我买一张,碰碰运气的;也有说好处都给什么什么人得去了,小老百姓要想发财,做梦什么的,反正说什么的都有。王觉民前边还有四个人,自知是没有希望了,浑身便发软,向于老师道:"怎么办,没希望了。"

于老师道:"再坚持,说不定到最后会放开,出现奇迹,要不然……"他指指队伍后边的人,"他们怎么都不走?事情很难预料的。"话未完,听得"咯嗒"一声,小窗口的门关了起来。

王觉民和于老师你看看我,我看看你。王觉民看那位老同志,捶着腰,唉声叹气;再看身后的妇女,紧闭嘴唇,仍是一言不发,脸色铁青;再看看其他的人,仍然整整齐齐地排着队伍,也不散去。

王觉民心中有些难受，也说不清是个什么滋味，只是不好受，正不知怎么办，就听到一声响亮的喊："认购证，谁要认购证！"

回头看时，那男人已经被许多人围住，只听得他的声音，道："一张加二角，一张加二角。"

于老师对王觉民道："知道了，认购证贩子，有人专做这种事情，就像火车票贩子一样，先来买了，然后转手加价。"

王觉民道："一张加二角，也不算太狠心。"

于老师看着王觉民："怎么，你动心了？"

王觉民道："我不好做这个主的。"

于老师一时也没有话说，只是看着那个男人被大家围着，乱嚷道："小数目不卖，小数目不卖，再说小数目你们买去也是赔，我倒是劝你们几百几十张的别来开玩笑，我这里，万字以上，再来谈……"

王觉民心里一动，朝于老师看，于老师也正看着他。王觉民道："你说，金老师他们会不会愿意？"

于老师道："我很难说，加二角钱照理也不算多，但是……王老师，这样，我去打电话问问他们，你呢，拖住这个人，跟他还还价看，能还多少是多少。"说着便去打电话。

王觉民挤上前，对那人道："我是万字以上的，你的加价部分能不能再降低一些。"

那人朝王觉民一看，笑虽笑着，口气却是铁板一块："一分不压。"

王觉民就再说不出第二句话来，方才知道讨价还价不是件容易的事，自己这样，才半个回合就倒了，真是无法，正想怎么办，于老师已经回过来，道："他们一致的，买。"

王觉民道："真的？"

于老师道："这个责任我也承担不起，我怎么会骗你，价怎么样？"

王觉民道："压不下来，口特紧，一分不动。"

于老师果断地道："就算，既然大家都愿意买，就加二角。"

很快便和那男人谈妥，把各位老师给的数目全部买下，这一买，旁边围观的人又是一阵骚动，有不少人都朝王觉民和于老师注目。王觉民从他们的眼神中感受到许多敬仰许多羡慕。正在这时，王觉民看到朱老师气喘吁吁奔来了，连忙拉住他，把自己和于老师买了转手认购证的事情急急地说了。朱老师一听，拍着巴掌，道："好，好，王老师，于老师，你们做得对，有魄力，有胆识，对了，炒股就得像你们这样！"

盯着王觉民看的人更多了，王觉民感觉到自己的脸上很热。

四

一个月的时间过得也快，也不快，其间有各种各样的消息，起初一些天，每有一点说法，王觉民他们就跟着激动一回，后来说法多了，也不再动心，只是等罢了。一直到了上市前三天，消息似乎越来越确切，形势很不乐观，据说是电力股的老总亲口对某某某说的，上市价要低于成本价，股民哗然。

便到了星期三下午的学习，大家看到王觉民都有些意味深长的意思，也不好多说什么。孙老师一到，就走到王觉民身边，道："王老师，是不是套牢了？"

王觉民看她眼睛红红的，有些难受，笑道："后天才上市，正式上市前说什么都不能为准。"他回头朝大家看，问，"是不是？"

大家都说是。

孙老师愣了一会，脸色仍然不好，说："你别安慰我了，我已经得到可靠消息，套牢了……"说着竟掉下两行眼泪，大家都愣了。

王觉民不知所措。

孙老师哭着道："我完了，我完了，就算签证办到了我也走不了了，我背了一身的债，我走不了了，我完了。"

金老师、于老师他们在一边长吁短叹。这时候只见朱老师哼着歌走进来，满脸光彩，一直向王觉民这边来。王觉民从朱老师脸上看到些希望，连忙说："朱老师，有什么消息没有？"

朱老师看了看孙老师，又看看金老师、于老师他们，道："怎么，已经先愁起来了？"

王觉民道："消息很不好呀。"

朱老师道："那也别先捞着愁呀，等出来再愁也不迟呀。"

王觉民道："你是不是觉得也有好的可能？"

朱老师道："那当然，什么可能都有。"

金老师道："万一真的亏了，怎么办？"

朱老师笑道："那也只能认命，不过，也算是体现一回自身价值吧。"

说得大家都笑。金老师道："朱老师，这话可是罪过，我们那几个是血汗钱呀，拿牙缝里挤下来的几个钱体现自身价值，有这样的吗？"

孙老师眼睛复又红了，道："我是高利贷。"

于老师道："而且，我们成本比别人的还高些，我们的认购证是转手来的。"

朱老师还是笑，说："那更能体现我们冒风险的勇气呀。"

珠光宝气的徐丽娟老师走过来，站在王觉民老师办公桌边上，有些居高临下地看着王觉民，再看看大家，道："我早说的吧，你们成不了气候。"

朱老师道："轮到你说这话吗？"

徐老师朝朱老师斜视一眼，笑道："你呀，买豆腐去吧。"

大家一时不明白，都看着她。

朱老师却是明白，笑道："知道，叫我买块豆腐撞死算了。"

老师们都笑起来，连孙老师也笑了一下，唯王觉民笑不出来，闷了一会，道："我也是。"

大家便收敛了笑意，默默地看着王觉民。校长开始念报纸，会议室里稍静了片刻，突然有一个年轻女人站到门口，对着里边大声问："喂，徐丽娟在吗？"

徐丽娟老师正为什么事笑着，猛地听到有人喊，朝门口一看，脸色大变，嘴唇哆嗦着，站起身朝门口走去。校长说："怎么搞的，现在的纪律越来越差，怎么教育学生？"

徐老师走出去，外面就有了叽叽喳喳的吵闹声。不一会，徐老师泪流满面地走进来，嘴里道："我还没找她，她竟然找到我这里来……"拿起自己的包就走了出去。

会议室里片刻的宁静也没有了，朱老师叹息道："唉，谁买块豆腐撞死呀。"

王觉民听了，心里竟有些凄凉的感受。

终于熬到了电力股正式上市的那一天，一早上王觉民到学校，老师们都说，你怎么不去，你快去呀。

王觉民道："我真的有些那个，我不敢去看。"

于老师道："你不去怎么办，若是持平，或是稍高一些，你赶快抛掉，我们也不想赚什么钱了，只求保本了。"

金老师道："是呀，你不去怎么办，我们全靠你了，王老师。"

王觉民道："如果套牢呢？"

于老师、金老师都不说话，别的老师都道，若是套牢你千万别动，要沉住气。说了一番话，王觉民想等等朱老师，如果朱老师来，他就和他一起去，可是等了好一会不见朱老师过来，只得一个人往证券公司去。

证券公司门前的广场上，人山人海，警察紧张地维持着。九点半，电力股正式上市。电力股民全部套牢。警察们的脸色都很紧张，可是广场上却出奇地静，竟然没有一点点吵闹声，股民们默默地看着显示牌。王觉民心里有许多话要问问人，可是谁也不愿意和别人说话似的。王觉民转了半天，看到一位年纪大些的人，便去请问，老人道，详细的，今天的日报上都有，你自己看去。王觉民无法，再看显示牌，一会儿之间，电力股已经开始往下跌，跌一会，又上一点，再下一点点，再上一点点。王觉民看得眼花缭乱，发现广场上的人渐渐地散去，被套牢的电力股民都叹息着走了，剩下的都是二级市场的股民，虽然也议论纷纷，但王觉民仔细听下来，都不是他能听懂的话，也都不是说的电力股的事情，和王觉民根本没有共同语言。王觉民一个人傻傻地站了很长时间，才想起该回家吃饭了。

　　回家的路上，王觉民闷头骑车，听到马路对面有人喊他，侧脸一看，在对面的自行车道上，孙老师正向他招手。王觉民下车绕到对面，低头向孙老师道："真是，真是对不起，真的套牢了。"

　　孙老师道："怎么对不起，又不是你的事情。"

　　王觉民道："反正我心里很那个，当初，我也动员过大家，我有责任，我真是……"

　　孙老师笑了起来，道："算了吧，王老师，你想承担这个责任呀，你承担得起吗？"

　　王觉民感觉到孙老师情绪不像前两天那么沮丧了，不知何故，茫然地看着她，道："孙老师，你好像不怎么急了。"

　　孙老师道："我被拒签了。"

　　王觉民更茫然地看着她。

　　孙老师道："拒签我反而不愁了，死了心，算了，高利贷我也用不着急了，慢慢挣，慢慢还就是……你说是不是，王老师？"说着，复骑上自行车，道，"走了。"便远去了，身形很轻盈。

　　王觉民一路回想着孙老师轻盈的身影，回家去。开门的时候，听到老婆在里边喝问一声，"谁？"王觉民想，还有难过的一关，低声道："我。"老婆从厨房里迎出来，看着他的脸："套牢的脸。"

　　王觉民没精打采地抬眼看了老婆一下，又低下眼睛。老婆道："你知道儿子前些日子说单位旅游，其实到哪里去的？"

　　王觉民不回答。

　　老婆道："告诉你，儿子比你有眼光，他也是去买原始股的，北边一个小城市。"

　　王觉民开始盯着老婆。

老婆道:"看我做什么。儿子赚大了,"她做了个手势,"一个月,这个数。你看看,我们儿子很来事,他吃得准。"

王觉民长叹一声。

老婆道:"你别叹气了,你亏的那一点,还不及我们儿子赚的十分之一,也算给你出了口气。"

王觉民苦笑一下,仍然没有话说。

老婆到厨房又去忙了一回,过来看到王觉民还苦着个脸,便有些来气,道:"你的脸给谁看,亏了钱,我又没有怪你。"

老婆端了饭菜,道:"别多想了,吃吧。"

王觉民难以下咽。老婆道:"你急什么,等着就是,总有上的时候。"

王觉民摇头。

下午王觉民早早地从家里出来,到学校去找朱老师。学校还没有什么人,王觉民到物理组一看,小朱却已经在那里,正向另一位老师大谈套牢,一看到王觉民,马上站起来,摇头笑道:"王老师,套牢,套牢。"

王觉民苦着脸"唉"了一声,说不出话来。

朱老师道:"王老师,你是小户头,亏也亏不到哪里,我可是惨了,我可是大亏大蚀了。"

另一位物理老师笑道:"看你脸,一点不像大亏大蚀的样子,你不要是骗骗人的呀,你别是为了安慰别人吧。"

朱老师道:"怎么会,我的脸,天生就这样,要它苦也苦不起来,小时候,大人说我哭的时候比笑还要好看呢。其实也犯不着,愁也愁不出个好结果,走着再说便是。"

王觉民听朱老师这么说，觉得也有道理，看到朱老师拿了自己的包要走，便问："你上哪里？"

朱老师看一下表，道："到几个朋友处转转，听听他们的。"说着就走开了。王觉民回到自己办公室，下午没课，也没什么人同他多说什么，同事也都知道王觉民心情不好，这样的事情，劝也是很不好劝的，只得少说。王觉民一人呆呆地坐了一会，觉得无事可干，便走出去，不知不觉又到了证券公司门前，抬头看着那块电子显示牌，看着那上面数字的变化，心里却有些奇怪，想我怎么走到这里来了。平时上班下班，也常常看到许多人围着电子显示牌看股市行情，一个个神情紧张，情绪激动，那时只是觉得那些人挺累的，像被那块大牌子套住了，挣不开来，只不知自己会与这牌子有什么关系，想不到才几时，自己也被套了进来。他看了一会电力股的行情，仍是忽上忽下，不一会便觉得头颈很酸，不再看了，便有一个人走过来，朝他看看，道："也是套牢的朋友？"

王觉民看他西装挺挺的，文质彬彬，便点点头，同时不易觉察地叹口气，却被那人觉察了，笑了一下。

王觉民从他的笑中体味道一种共鸣，便说："怎么，你也是？"

那人点着头，突然就提高了嗓音，并把脸转向许多人，道："你们套牢的人，向我看看就不会叹气了，你们要看看股市的风险，看看我就行，我是来现身说法的……我就是从一块钱起家，赚到三百万，又从三百万赔到身无分文的张百万呀……"

没有人接他的话，只是朝他看着。张百万继续说："知道什么叫潇洒吧，看看我，我就是潇洒，什么叫男子汉，能赢的叫男子汉，能输的更是男子汉，明白吧？"

听他说话的人互相丢着眼色，有人忍不住道，这是个疯子，玩股票玩疯了。那人听到这话，脸色一正，说："是的，有人说我是疯子，其实我心里很明白，为什么有人会说我是疯子，因为这世界上人人都是金钱的奴隶，而我不是，所以我就和别人不一样，和别人不一样，不就是疯子吗，我想得明白……"

王觉民看不出这个人到底是不是疯子，但是听了他的一番话，觉得心里好受多了。他慢慢地离开了证券公司，看时间还早，再往学校去，路上想，到学校先找老头杀一盘，脑子里便是棋盘上的一套套的路子。到学校传达室，老头一看到王觉民，很高兴，道："王老师，有时间和你杀一盘了。"

老头说着摆开棋盘。

王觉民和老头下了一盘有相当水平的棋。

通俗故事

一

当年，女知青嫁农民，是一种很通俗的故事，或者是女知青真的爱上了农民，与城市的青年相比，农村青年有他的长处，比如朴实本分，比如憨厚，比如吃苦耐劳，不娇生惯养，不浮夸，不虚荣，等等，所以女知青也是极有可能真心爱上农民的。既然有了真爱，嫁给自己所爱的人，这很正常，也有的情况稍有些差别，有的女知青在乡下过了许多年，眼看着年纪一天一天大起来，而前途呢，仍然模糊不清甚至越来越渺茫，在早晚得嫁人的思想指导下，就嫁了一个农民，当然应该是农村中比较突出一点的青年。另外，还有各种不同的原因，总的说来，女知青嫁农民，无论这事情的结果怎样，在当初，只不过是一种通俗故事的开头罢了。

卢晓梅下乡的时候，十九岁，没有谈过恋爱，她出身于一个知识分子家庭，父母都是大学老师。在"文革"期间，大学老师的处境也很不好，整天提心吊胆，不知哪一天就变成敌我矛盾，在"五七干校"住同一间宿舍的同事，昨天还是革命同志，今天就是反革命，大家都跟他翻脸，上台发言批斗。这样的事情天天都有，有一个就这样被吓出病来，整天躲在床上，用手紧紧地抓住帐门，说，我不出来，我出来就要逮捕我了。卢晓梅父母的出身都不算好，两人同在中文系，一个教外国文学，有外国特务的嫌疑，一个教古典文学，都是封资修的一套，压力比一般的同事更重些，但是他们的神经系统属于比较坚强的类型，咬着牙关度过那些惊心动魄的日日夜夜。

卢晓梅下乡插队的时候，父母亲想请假为女儿整理一下行装，但是没有被批准，无疑当时阶级斗争正激烈。反过来倒是卢晓梅在临走的前一天，到"五七干校"去看望了父母，和父母道别，父母亲对卢晓梅当然是要千叮万嘱的。他们说，晓梅，以后要自己照顾自己了，晓梅，要好好劳动，接受贫下中农的再教育。卢晓梅对即将到来的新生活充满激情，她还无法体会父母亲的想法，她说，爸，妈，你们放心。

卢晓梅就走了。

卢晓梅插队以后，和农民一起劳动，渐渐地适应了农村的生活。农民都觉得这个知青不错，愿意跟她说话聊天，农民最关心的是晓梅的婚姻，农民的问题常常提得赤裸裸，这使卢晓梅很不好意思，但是也正是在这种不好意思过程中卢晓梅这方面的意识渐渐地清晰起来。

　　村子里有一户人家，很穷困，父亲很早就病故了，老母亲长年瘫痪在床，靠大儿子金海一人撑起一个家，金海下面还有三个妹妹，金海负担她们的吃和读书。村里人都说，金海，算了吧，女孩子读什么书，读得再高也是别人家的人，让她们也下地劳动，多少挣几个工分，金海不吭声，但是他并没有听大家的话，他仍然沉默寡言，苦苦地干活，养活母亲和三个妹妹，供妹妹们上学读书。村里人说起金海就摇头叹息，他们说，唉，哪个姑娘肯嫁给金海做老婆。

　　也有热心的人给金海做介绍，但是没有成功，也不能说村里的或者远远近近的姑娘们没有一个喜欢金海的，但是她们的父母亲不许她们喜欢金海，她们只好另外嫁人。

　　村里和金海年龄相当的青年先后都结婚生子，和金海年龄相当的姑娘也前前后后走得差不多了，大家说，金海呀，你准备着打一辈子光棍吧。

　　其实已经有一个人爱上了金海，很明显，就是卢晓梅。

　　卢晓梅现在回想当初是怎么爱上金海的，已经很难说清楚，也许开始是被金海的行为所感动，感动了就会给予特殊的注意和关心，特别地注意和关心了，就越来越觉得金海的好。

　　金海大概是想不到卢晓梅会爱上他的，但是一旦金海感觉到了卢晓梅的意思，金海并没有惊慌，也没有特殊的意外，他很坦然很正常地向卢晓梅表示了自己的感情，这一点很重要，那就是金海同样喜欢卢晓梅。他认为卢晓梅这样一个城里姑娘，不娇气，不做作，肯劳动，肯吃苦，她的形象和她的一切早已经深深地印在他的心里。这使卢晓梅深信自己爱上的人非同一般，他虽然是一个普通的农民，但是在他的身上，有着比较高的思想水平和修养。卢晓梅很激动，在一个没有月亮的夜晚，她主动吻了金海，金海也报以热烈的回吻，然后卢晓梅说，金海，我爱你，我要把一切都给你。金海说，晓梅，我家里很穷，我有一个瘫痪的老母和三个未成年的妹妹，卢晓梅说，我知道。金海说，我没有条件娶你。卢晓梅说，什么是条件，爱就是条件。说这话的时候，卢晓梅和金海同时掉下眼泪，他们紧紧相拥，除了爱，世界上的一切都不重要。

事情总是要传开来的，其实聪明的人早就看出来了，他们分作两拨，一拨是关心金海的，都去劝金海，金海呀，你不要一时冲动，女知青是待不长的，早晚有一天要回去，她们的家不在乡下，在城里，她们不会永远待在乡下，到那时候，你怎么办？另一拨人呢，是关心卢晓梅的，他们对卢晓梅说，卢晓梅呀，你不要一时冲动，金海好不好，确实是蛮好的，我们也觉得他不错，但是你跟他不配，你是城里人，他是乡下人，你们早晚走不到一起的。但是他们苦口婆心的劝说，动摇不了一对热烈相爱的恋人的意志。

就在这时候，卢晓梅接到了陈池的第一封来信。陈池和卢晓梅是高中同学，也下乡插队，离卢晓梅插队的地方很远很远。陈池在信中向卢晓梅袒露了他的心意，他说他早在上高一的时候，就默默地喜欢上卢晓梅了，一直不敢说出来，一直到下乡以后，分开以后，才明白了自己的感情，到处打听她的地址，后悔临分手时没有鼓足勇气互留通信地址，现在终于有了她的地址，怀着万分激动的心情给她写信，大胆地说一声：晓梅，我爱你。

卢晓梅此时正沉浸在与金海的热恋之中，她读了陈池的信，笑了笑，就把信搁在一边，很快就忘记了。

　　过了不久，陈池又来了第二封信，说第一封信寄出以后，自己是怀着怎样一种心情等待回信的，真是望眼欲穿，不知卢晓梅是否没有收到他的信，请卢晓梅收到他的第二封信后，务必回复一信。卢晓梅看了看陈池的第二封信，仍然一笑，又搁在一边。

　　陈池的第三封信，语气更加激动，诉说了自己对卢晓梅的相思之情，如何折磨得他昼夜不安，食而无味，这封信整整写了五大页纸。陈池的字写得很漂亮，但是在卢晓梅看来，陈池显得有点无耻，卢晓梅看了这封信，有点生气了，给陈池回了一信：

　　　　陈池，你的三封信都收到，收到第一封信的时候，我没有给你回信，以为你会明白其中的原因，但是你不明白，又来了第二封信，我仍然没有回，想这一回你应该猜到我为什么不回信，但是你又追来第三封信，写得这么长，完全是一厢情愿，我印象中的你，不是这种一厢情愿的人，我无法将你的信读完。

　　　　我本来不想直接告诉你，现在我正式告诉你，我已经有了对象，我们非常非常相爱，永远相爱。

　　第二天卢晓梅把信交给大队的邮差。

　　从此以后，陈池再也没有来信。

　　卢晓梅开始和金海谈论结婚的事情，他们恋爱的消息也传到金海老母亲的耳朵里，老母亲没有明确表态。到了金海向母亲说出准备结婚时，母亲说，金海，我不能同意这桩婚事。

　　金海说，妈，你也看得出来，晓梅是个好姑娘。

老母亲说，可是以后她会甩了你的。

金海说，她甩了我，我也心甘情愿。

这时候卢晓梅正往金海家来，她听到了金海这句话，心里一阵热流翻滚，暗暗发誓。

卢晓梅来到金海老母亲床边，握着老人的手，说，妈，我和金海结婚后，这个家就是我的家，我永远不会离开自己的家，我永远和金海一起侍候您老人家。金海母亲掉下两颗混浊的眼泪来。

出门来，金海说，晓梅，我妈同意了。

卢晓梅给父母亲写信，写了个开头，就觉得写不下去，换了十几个开头仍然写不下去。金海说，晓梅，这是大事情，你还是回去当面和他们谈一谈。

卢晓梅说，金海，你和我一起去。

金海和卢晓梅一起回城，卢晓梅给金海找了一家小旅馆住下，自己先回家去。

卢晓梅回家来，这时候卢晓梅的父母都已经恢复工作，仍然在中文系做老师，仍然教的外国文学和古典文学。他们的学生被称为工农兵学员，是从各地的工人农民中推荐出来的，也有一些下乡知青，他们不必经过严格的高考，但是也和高考一样必须过五关斩六将才能进入大学。

他们的求知欲望也和从前的大学生一样的高，所以恢复了工作的卢晓梅的父母亲正满怀激情地投入崭新的生活中。

卢晓梅事先没有写信说要回来，她的突然回家，使敏感的母亲感觉到可能发生了什么事情。

卢晓梅把事情说了，父母亲互相看了一眼，他们说，他们已经有这种预感，在卢晓梅的家信中，常常提起一个叫金海的青年农民，这就是信号。父母亲说，都怪我们忙于自己新的工作和新的生活，没有及时和你交流思想，交换看法，原来也只是以为你对金海有些好感罢了，年轻人之间的相互好感这也是很正常的，但婚姻不是靠好感建立起来的，婚姻要有非常牢固的基础。卢晓梅说，我们有基础，我们有牢固的基础，爱情就是我们最牢固的基础。父母亲说，晓梅，你们这样的爱情算不上真正的爱情，你们只是冲动型的一见钟情。卢晓梅说，我们不是一见钟情，我认识金海已经四年，四年来，我们互相都已经非常了解，金海是一个真正的男子汉，他家的情况我以前已经告诉过你们了，你们应该相信金海。父母亲说，晓梅，你对金海的爱情是起于一种同情心，因为他困难，因为他是全村最困苦的人，所以你同情他，你误以为这就是爱情。卢晓梅说，金海最突出的地方不是困难，而是他战胜困难的勇气和行动，是他的责任感，是他的正气。父母亲说，晓梅，你冷静下来想一想，你和金海，出身不同，家庭背景不同，生活经历不同，脾气习性不同，文化水平不同，不同的地方太多，太多，差异比较大，很难和谐地共同生活，我们都是过来人，我们都是懂道理的受过高等教育的知识分子，没有封建脑瓜子，不会对子女的爱情婚姻横加干涉，但正因为我们是过来人，因为我们是你的长辈，所以我们有责任在关键的时候提醒你。卢晓梅说，客观上我不否认我和金海有差异，但是主观上我们心心相印，我们相信爱情能够消除一切差异。父母亲这才发现从前不怎么吭声的女儿现在变得能说会道了，他们知道这是爱情的作用，他们都明白爱情的力量有多么伟大，于是，他们向爱情认输，开始换一种思路和女儿说话。他们说，晓梅，我们可以相信你和金海确实相爱，我们只是希望你在考虑爱情的同时，也考虑一下自己的前途。你知道的，工农兵学员上大学，也在知青中招生，但起码的条件是未婚，你一旦在乡下结了婚，以后招生招工，恐怕就难轮到你了，本来招生招工竞争就很激烈，你这是自动出局呀。卢晓梅在和金海的恋爱中，可以说是抛弃了一切世俗的内容，唯一使卢晓梅内心偶有波动的，那就是关心前途。所以当父母亲将前途的问题提出来时，卢晓梅犹豫了。父母亲乘胜追击，说，难道你想一辈子待在乡下？卢晓梅说，我没有想过，父母觉得胜利在望，异口同声地说，那你现在就应该好好想一想了。

卢晓梅到小旅馆，金海住的是二十几个人的大统间，在二十几张床位中，卢晓梅一眼就看到了金海，在她的目光和金海的目光交流的一刹那，卢晓梅明白自己别无选择。金海迎着卢晓梅走出来，卢晓梅说，金海，爸爸妈妈同意了。金海眼睛闪烁着晶莹的泪花。

他们去看了一场电影，芭蕾舞剧《白毛女》，卢晓梅为喜儿和大春最后的美好结局，流下了欣慰的眼泪。

晚上卢晓梅回到自己家，对父母亲说，爸，妈，我决定了，和金海结婚。

父母亲知道事情不可挽回，但仍然抱着最后的侥幸，无力地重复了一句，他们说，晓梅，你不考虑自己的前途了？

卢晓梅说，我考虑过了，有我的前途，就有金海的前途。

卢晓梅的父母亲黔驴技穷，最后说，晓梅，你结婚是你的自由，但是做父母的对这件事是持明确的反对态度的。他们嘴上是这么说，但是他们心里明白，以后，他们不光要为女儿的事情操心，更要为女婿的事情操心。在人生的道路上他们已经走得比较累了，但他们必须继续累下去，因为这是他们的责任，无可推卸的责任。

第二天卢晓梅将金海带回家来，让父母亲看了。卢晓梅的父母亲对金海尚满意，当然也是无可奈何的满意，门当户对的思想深深地扎根在他们的心灵深处，但是他们有知识，通道理，他们不会将自己看不起农民的思想暴露出来。他们客客气气地招待金海，询问了他的一些情况，最后，他们拿出一笔多年的存款，交给卢晓梅。

婚事是在乡下办的，来了许多客人，卢晓梅的许多同学都来了，也有离卢晓梅插队的村子很远的也赶来了。那一天大家都很高兴，喝了不少酒，有个知青喝多了，哭起来，大家骂他，说他扫兴，但是他仍然哭个不停。后来他被几个人架走，扔到柴堆上就睡着了，一直睡到第二天才醒。

河东的知青小卫来得迟了些，交给卢晓梅一件东西，告诉卢晓梅，这是陈池托人从很远的地方捎来的。卢晓梅说，陈池，他怎么晓得我结婚？小卫说，陈池一直很关心你的，卢晓梅看了看，东西包扎得很严实，当着众人的面也不好马上拆开来。卢晓梅说，是什么？小卫说，我也不知道，他们捎来时就扎得紧紧的，我也不好拆开来看。

热闹的婚事结束后，卢晓梅将陈池送的东西拆开来看，是一个手工制作的木质的娃娃，女的，扎了两条辫子，脸上有两个深深的酒窝。卢晓梅知道这是自己在中学时的形象，对着娃娃笑了笑，拿给金海看，金海看了，也笑笑。

一年后，卢晓梅生了一个女儿。

二

知青回城的风越吹越厉害，渐渐地就形成了一股很大的浪潮。卢晓梅在农村结了婚，不在上调之列。看着乡下的知青一天一天地少下去，金海说，晓梅，你后悔了吧，卢晓梅说，我不后悔。

卢晓梅的父母亲很着急，他们想方设法找关系，托人，要把卢晓梅弄回城来。但是他们身在校园，外面的关系不多，即使有一些，也往往是没有什么实权的知识分子关系，想来想去，就想到自己的学生。这时候，他们教出来的第一批和第二批工农兵学员都已经毕业，到了工作岗位，都是很受重视的，有的很快就提了干，做了官，是有实权的。卢晓梅的父母亲把学生的情况一一排列出来，果然就有一个在市知青办工作并且提升为副主任的学生，卢晓梅的父母喜出望外，连夜就去找了这个学生，希望能帮助他们把女儿卢晓梅调回城来。学生听了老师的情况介绍，说，卢晓梅的事情我可以帮助解决，包括她的女儿也可以一起回来，但是她的丈夫的忙，我帮不上。

学生果然起了很大的作用，不多久后，公社知青办就给卢晓梅发来一张招工表格。表格送到卢晓梅手里的时候，卢晓梅很诧异，说，是不是搞错了，我不在上调范围的。公社知青办的人奇怪地说，难道你不想回城？卢晓梅张了张嘴，没有说出第二句话来。公社知青办的人临走时关照卢晓梅抓紧时间填表，明天一定要送到公社，招工工作是分批进行的，招了这一回，下一回就不知要等多久时间，这一批卢晓梅正好赶上了末班车，差一天，表格就统一送到县里，想赶也赶不上了。

公社知青办的人走后，金海从田里回来，卢晓梅把表格给金海看，金海说，填吧。

卢晓梅听得出金海情绪不高，她说，金海，如果你不同意我走，我就放弃。

金海说，你别犯傻，人家知青，为了回城，什么事都干，你现在送上门来的机会，你放弃？

卢晓梅搂住金海，说，金海，你真好。

金海说，填吧，明天一早就送去。

两个月以后，卢晓梅正式办理了回城手续，带着女儿，带着对金海的无比眷恋和深深的感情离开了乡村。卢晓梅走的时候，金海的三个妹妹都哭了。这时候，金海的三个妹妹中有两个已经有了条件尚可的婆家，只等黄道吉日就能出嫁，也算是有了比较好的归宿。最小的妹妹也已经初中毕业，在村办的五金厂上班。贫困的阴影基本上已经从这个家庭的上空离去。

卢晓梅被分配在工艺鞋厂工作，工艺鞋厂是个生产传统工艺鞋的老厂。卢晓梅的工作是在缝纫机上做机绣鞋面，比起在乡下劳动，工作要轻松多了，但是每天八小时的班却不如乡下种田自由，一个人带着孩子，也是比较辛苦的。父母亲也帮不了她多少忙，他们要上课，要政治学习，要进修，五十多岁，正是抓紧时间搞事业的时光。

卢晓梅工作的厂不大，一百多工人，厂长是六三届的老大学生，技术员出身，后来做了厂长。卢晓梅上班第一天，因为女儿没有联系上托儿所，所以将女儿抱来了，被厂长批评了一顿。厂长说，你现在是工人，不再是自由散漫的农民，怎么能把孩子带到厂里来。卢晓梅慌了，说，那我把她送回去。厂长说，你家里有人带孩子？卢晓梅说，没有。厂长说，没有人带孩子，你把她送回去，让三四岁的孩子一个人在家，你放心？看卢晓梅不说话，厂长又说，你怎么搞的，把生活弄成这样，报到之前怎么不把事情安排好？为什么不把孩子送托儿所？卢晓梅说，我找来找去找不到托儿所。厂长说，我看过你的档案，你父母亲在大学教书，大学里没有托儿所？卢晓梅说，从前是有的，前几年停办了，还没有恢复。厂长叹息一声，说，你们这些人，下了几年乡，就婆婆妈妈的了。卢晓梅不知所措，呆呆地看着厂长。厂长说，算了算了，先把她放在我办公室里，你先到车间报到去。卢晓梅放下女儿，到车间报到，车间主任讲了讲情况，就让她进车间上班了，卢晓梅惦记着孩子，手脚很慢。组长说，卢晓梅，你这样做活不行的。

休息时间，卢晓梅跑到厂长办公室，一眼看到女儿在看一本连环画，也不知厂长怎么会有连环画。厂长说，我替你找了个人家，我的邻居，一个老太太，身体很好，在家没事情，愿意带带孩子，一个月你出她十五块钱。卢晓梅感激不尽，连连说，谢谢，谢谢，谢谢厂长。

卢晓梅在工作上和生活上得到厂长很多关心，心里充满感激，在快过八月中秋的时候，她买了月饼和一些水果，到厂长家里去。厂长不在家，厂长的老婆忍不住向卢晓梅诉说了厂长一大堆的不是，说厂长的心思全在外面，心里根本没有她这个人，不关心，不体贴，一点也不在意她苦恼和喜悦，连话也不大愿意跟她说，她问一句，就答一句，她若是不开口，他永远也不会先开口和她说什么。卢晓梅听着，觉得很奇怪，她印象中的厂长是个十分热情、感情丰富的人，对厂里的工人都很体贴，怎么对自自己老婆反而不体贴呢。卢晓梅疑疑惑惑地离开了厂长的家。

第二天，厂长对卢晓梅说，卢晓梅，谢谢你送月饼。

卢晓梅说，我的一点心意，我回城来，进厂，你给了我很多很多帮助，我不会忘记的。

厂长说，哪里话，什么帮助，厂长帮助工人，也不过是为了让工人更好地工作，也是为了我的厂呀，我也很自私的。

说得卢晓梅笑起来，想把厂长老婆的话和厂长说说，但是不知怎么开口，终于没有说得出来。

卢晓梅从进城的第一天起，就有一个明确的奋斗目标，那就是把金海也弄进城来，但是金海说，我不会去的，我走了，我的老母亲怎么办？我不会扔下她不管，过了一年，金海的老母亲去世了，卢晓梅说，金海，从现在开始，我要竭尽全力了。

卢晓梅要做的事情非常难，所以她一直心事重重，眉头舒展不开，即使在笑的时候，也显得很忧郁。厂长是注意到的，问卢晓梅有什么心事。卢晓梅把心思向厂长说了，厂长盯着她看了一会，说，卢晓梅，你很有良心的。卢晓梅说，这是起码的呀。

厂长也帮了不少忙，但是仍然无法把一个农民调进城来。卢晓梅后来有些灰心了，对金海说，金海，别管他户口不户口了，你就进城来住吧，至少我们的家能算个家。

卢晓梅回城后，带着女儿一直住着父母亲的房子。父母的房子也不大，两居间，父母用一间，给卢晓梅一间，父母就无法分开来各自做自己的学问，在小小卧室里放了两张书桌，十分拥挤。金海住到城里来后，小小的空间，凭空又添出一个大汉，金海又长得人高马大，站在屋里，像要戳穿房顶似的，给家里带来一大片阴影。金海住了一段时间，借口要为妹妹筹办嫁妆，又回乡下去了。卢晓梅的父母属于那种学问很高深，但生活能力较弱的知识分子，家里会有许多意想不到的烦人的事情冒出来，比如电线出了什么问题啦，比如水管漏了之类，这些事情渐渐地都由卢晓梅的厂长来帮助处理。起先的一两次，卢晓梅的父母亲也没有觉得有什么不好，心里十分感激厂长，觉得一个厂长做到这样，是很不容易的，但是渐渐地就发现有些问题，好像厂长对卢晓梅特别有好感。卢晓梅呢，也常常在谈话中说起厂长，有一次还说到厂长的家庭，说到厂长和妻子的不和谐。做父母的警惕起来，但是也不便多说什么，而且他们家也确实少不了厂长的帮助。

厂长的夫妻关系越来越坏，家庭矛盾越来越激烈，后来他们分居了。卢晓梅的父母亲觉得应该给卢晓梅敲敲警钟了，说，晓梅，你们厂长，怎么和他妻子分居了？

卢晓梅说，他们夫妻之间性格不合。

父母亲说，晓梅，你坦白地说，你们厂长的家庭矛盾，和你有没有关系？

卢晓梅脸微微有些红，一时没有说话。

卢晓梅的父母亲说，晓梅，我们早就看出来，你们厂长对你有意思，关键是你自己，你到底怎么想？

卢晓梅说，他人很好。

卢晓梅的父母亲错误地理解了女儿的这句话，以为女儿的心已另有所属，他们严肃起来，正式和卢晓梅谈话。他们说，晓梅，做人要有良心，你不能因为金海是农民，就抛弃他，就看不起他，毕竟他是你的丈夫，是你女儿的父亲，你不能说翻脸就翻脸。

卢晓梅有些莫名其妙地看着父母。他们继续说，我们也承认你们厂长是个好人，有同情心，有爱心，愿意帮助人，但是婚姻是人生大事，不是儿戏，不是你今天对谁感觉好，就可以和谁结婚，明天看到另一个人好，就改弦更张。

卢晓梅这才明白父母亲的误会，她笑了笑，说，爸，妈，你们想哪里去了，你们以为我要和金海分手，和厂长结合？

父母亲听卢晓梅这样说，稍稍松了口气，说，没有这事情就好，我们从小就教育你，做人不要做势利人，自己心里要有一杆秤，要能把握住自己，千万不能一念之差，做出被人指戳脊梁骨的事情。

卢晓梅说，我怎么会？说着拿出金海从城里回乡下后不久写来的一封信，信上说，晓梅，我们现在已经是两个世界的人了，恐怕应了当初大家说过的那句话，早晚要分开的，我们以后大概会越走越远，我想，晚分不如早分，如果你愿意，一切听你的。

父母亲说，你没有给金海回信？

卢晓梅说，接到信的当天就回了，我不会和金海分开的。

父母感到欣慰，点头，说，我们相信你不会因为金海进不了城，就变心。

卢晓梅说，我一定会把金海调过来。

卢晓梅在厂里表现好，厂长提拔她做了厂里的人事科长。虽然只是小小一个厂的人事科长，但是至少有接触外界的机会，到市里开过几次人事干部的会议，认识了一些人，找机会把金海的事情向他们说说。也有热心的人，说，怎么，卢科长的丈夫还在乡下？卢晓梅说，一直在乡下，想调进城来，户口一直解决不了呀。热心人说，我认识公安分局的张局长，我写个条子，你去找他。

卢晓梅找到分局局长，局长说，你是工艺鞋厂的？现在你们的工艺鞋不错呀，老厂焕发青春了。

工艺鞋厂自从半年前划归市外贸系统分管以后，开辟了外贸渠道，工厂一下子红火起来，工资、奖金、福利条件在全市名列前茅，从一个被人瞧不起的小工厂成为分配工作的热门单位，有路子的人都想进工艺鞋厂。

分局长说，你是人事科长，帮我解决一个人怎么样，我小姨子，想进你们厂，你丈夫的户口，明天就给你解决。

就这样，金海体体面面地送了老娘的终，风风光光地嫁出了三个妹妹，最后，户口调上来，世世代代的农民，变成了城里人。乡下村里的人都说，各人头上一片天，想当初，哪里料得到金海能有今天的福气？

三

厂里给卢晓梅分了一套两室一厅的房子，地点也不错，卢晓梅和金海去看了新房子，都很满意。金海说，正好我有事情做了。金海的户口虽然进了城，但是工作一时尚未着落，在家待了几天就心神不宁，坐立不安，现在有装修房子的事情，觉得生活有了目标，来了劲。

金海把自己的全部精力和聪明才智都用在装修新房了，花了整整两个月的时间，把新房子装修得非常漂亮。卢晓梅厂里的同事，凡分到新房子，都排着队来参观，说卢晓梅来事。卢晓梅说，我哪里来事，都是金海一人搞的，我每天上班，也没有时间插得上手。大家都说金海能干，金海听了也很高兴。接下来的事情就是搬家，忙碌了一阵，终于把一切安排好，经过多少年的颠簸，家终于安顿下来了。

晚上卢晓梅和金海走到女儿房门口，看到女儿在安静舒适的环境中做作业，心中十分欣慰感慨。

在长时间的忙乱过后，突然一切都平静下来，白天卢晓梅上班，女儿上学，金海一人在家，看看电视，做饭，等妻女回来。但是这种日子是不能长的，稍一长了，金海内心十分烦闷。卢晓梅完全能够理解金海，她给金海联系工作，但是金海一无学历，二无技术，文化水平又比较低，所以工作轻松报酬高的事情是很难找的。金海倒不在乎工作性质，但是卢晓梅希望金海能有个相对理想些的工作。卢晓梅的厂长对卢晓梅说，让你们家金海长年待在家里也不是个事情，别的工作不理想，就叫他到我们厂来吧。卢晓梅说，叫他来做什么呢，搞机修他没有技术，做女工的事情他不合适，做行政工作？政策水准他也不够。厂长想到一个好点子，说，做食堂管理员，怎么样？卢晓梅回家和金海商量，金海说，到你一个单位？我不想去，事情就作罢。

在以后的日子里，金海像打游击似的，这里做几天，那里做几天，工资多少也能挣一点，但始终没有找到固定的工作，这么拖拖拉拉，时间倒是过得很快。卢晓梅的工厂日新月异，卢晓梅的工作也很顺利，女儿呢，眼看着一天天长大，上了初中，又上了高中，成绩不错，有希望考大学。

　　但是金海却始终恍恍然，好像这一切都不是他的事情，都与他无关，都与他隔着一层屏障。有时候在人群熙攘的大街，他常常有一种不知身在何处的茫然感觉，更多的时候，他回想起从前在乡下的情形，这时候他的眼眶湿润了。

　　有一天金海在街上转着圈子，看到一些人正在排队购买什么东西，百般无聊的金海过去打听一下，被告知是购买股票认购证。金海并不知道股票认购证是个什么东西，在队伍旁愣愣地站了一会，有股票热爱者向他简明地介绍说，买股票好歹比存银行利息高。

　　既然股票比存银行利息高，金海就排到队伍后边，去买认购证，反正他闲着也无事。

　　金海万万没想到，他糊里糊涂地入了股海，如入了金钱的海洋，两三年时间，就赚了几十万元，每天在大户操作室里抽烟喝茶聊天受人尊重。

　　金海炒股成了大款，有个女孩崇拜他，追逐他，金海想到自己和卢晓梅这许多年的经历，觉得不能做对不起卢晓梅的事情，一直拒绝女孩，但是女孩不折不挠，死追不放。后来金海动摇了，他在女孩浓烈的感情感染下，终于和女孩好了，他吻了她，她的小嘴柔软如棉，她的脸光滑如丝，她的眼睛晶莹如月，最后金海和女孩上了床。上床的时候，金海还犹豫再三，觉得自己底气不足，眼前晃动着卢晓梅的影子，可是这一切的虚弱，在他被女孩崇拜敬仰的神情感动得兴起之后全部无影无踪。金海突然变得强壮无比，这是他和卢晓梅结婚到现在十几年来从未有过的让人惊喜的事情，最后，女孩娇媚百态像无骨虫般躺在他怀里说，亲爱的，想不到你十八般武艺样样来事，你的床上功夫和你的炒股水平一般高呀。金海感动得紧紧搂住女孩，说，谢谢你。

金海觉得自己再也离不开女孩。

金海炒股成功，卢晓梅是很高兴的，她知道金海终于在一块不属于他的地方找到了自己的立足之地，金海魂有所归了，而且金海十分成功，卢晓梅为此感到庆幸。

卢晓梅的单位做外贸产品，虽然效益不错，但比起金海炒股那是不可同日而语的。从前靠卢晓梅的收入维持一家三口的生活，充其量也能算个中等水平，现在呢，他们的家庭情况发生了很大的变化，可以说，他们已经跻身有钱人的行列了。卢晓梅的厂长对卢晓梅说，卢晓梅呀，你真是好心有好报。卢晓梅的父母亲虽然是知识分子，但是他们也这样想，他们的内心充满了欣慰。

唯一发生变化的就是金海和卢晓梅的性生活，越来越少，基本上没有了。卢晓梅曾经在书上看到过关于这方面的情况介绍，对于这种情况，一般有几种可能：一是丈夫有了外遇，再也提不起兴致和自己老婆过性生活，二呢，是有生理疾病，三呢，有心理疾病，比如工作压力太重，比如周边关系太紧张等等。卢晓梅想来想去，觉得金海的厌倦可能是第三种原因引起的。卢晓梅对金海说，金海，我知道炒股的辛苦，人家都说，最不轻松是股家，最不自由是股家，我理解你的压力，你呢，尽量放松自己，你已经很成功了，已经做得很不错了，钱这东西，很难说，无止境，多了还想再多，就会活得很累。金海避开卢晓梅的关切的目光，想了想，说，我不仅仅是为了钱。卢晓梅觉得金海炒了股以后，不光精神振奋，情绪好转，连修养水平也迅速提高。卢晓梅很高兴，说，金海，有你这句话，我就放心了。

卢晓梅所在的工艺鞋厂红火了一阵以后，渐渐开始衰败，好日子一去不返，外商不再来订货，产品积压，经济亏损也开始了。全厂的干部工人都全副精力投入到扭亏为盈的努力中，卢晓梅也不例外，虽然她一直管着人事工作，但是在情况紧急的时候，也被调出来跑供销，跑资金，常常出差。金海的情况，她了解得越来越少，关于金海和女孩的事情，她根本无从发现。

这一年，卢晓梅的女儿考上了外地的大学，离开家乡，卢晓梅在外面奔波的时间比较多，金海就自己顾自己。

有一天卢晓梅赶火车出门，路上堵车，赶到火车站时，火车已经开走了，卢晓梅只得回家。掏钥匙开门的时候，卢晓梅心里突然一抽搐，一种不祥的预感涌上心头，她打开了门，走进去，里屋的人也许正沉浸在欢乐之中，没有听到门响。卢晓梅走到卧室前，卧室的门敞开着，卢晓梅清清楚楚一览无余地看到一个做妻子的最最不愿意看到的情形。

金海和女孩都不慌张，他们不急不忙地穿好衣服，金海点起一根烟抽，卢晓梅愣愣地看着他们。

女孩向卢晓梅一笑，说，其实早晚都会告诉你的，我是主张早一点和你摊牌的，现在被你看到，多狼狈，其实女孩一点也不狼狈。

金海抽着烟，眯缝着眼睛看着卢晓梅，慢慢地说，有两年多了。

卢晓梅尽量地镇定自己，她在心里说，这是应该能够预料到的，这是应该能够预料到的，我不应该失常，但是她的嘴唇哆嗦着，说不出话来。

女孩说，卢大姐，你和他之间，早已经没有爱情，也许你们从来就没有过，既然这样，何苦再维持下去，不如把他让给我算了。

卢晓梅转身冲出房间。

接下来的事情就是卢晓梅向金海提出离婚，卢晓梅觉得自己的神经快要崩溃，她觉得自己没有力量承担这样的事情。她向父母亲诉说。也向厂长说了，又向同事说，向从前的老同学、老知青战友说，所有的人，异口同声痛骂金海没有良心，也痛骂如今的社会世风日下，但是他们又极其一致地反对卢晓梅离婚，他们说，不离，离什么，离是正中他的下怀，离了让他称心如意，坚决不离，从前他是乡下瘪三，你怎么对他的，现在他有了钱，就另寻新欢了，世界上哪有这么便宜的事情，你不和他离，吊死他，缠死他，他要是再养小的，就告他，不能让他想干什么就干什么，不能让坏人舒坦。

卢晓梅离婚的想法遭到一致的反对，她不由想起当初和金海结婚时也同样遭到几乎所有人的反对。历史跨了一大步，她却又回到从前被人一致反对的位置。

金海也无所谓卢晓梅离婚不离婚。离婚不离婚，都不影响他做自己想做的事情，他在新区买下花园洋房，和女孩共度，他把大把大把的钱花在女孩身上，觉得痛快淋漓，舒畅无比。当女孩吊着他的胳膊在大街上行走，引来诸多艳羡的目光，当女孩在大庭广众之下，给他一个热烈的亲吻，再一个亲吻的时候，金海想，这辈子，我也够本了。

有人把金海花园洋房的地址告诉卢晓梅，叫卢晓梅只管搬过去住，看他金海敢不敢把她赶出来。卢晓梅此时已全无斗志，不想再折腾，说，随他去吧。

金海偶尔也回来一次，交一点钱给卢晓梅，卢晓梅说，你拿走，我不需要钱。

金海说，你真的不要？

卢晓梅不再说话，金海就收起钱走了。过几天，再又回来一趟，仍然重复前一次的动作，最后仍然把钱带走。

到了假期，女儿回来，卢晓梅一直把金海的事瞒着女儿，但是女儿长大了，有了自己的判别能力，她很快就觉察出事情的真相。女儿很生气，跑到父亲的花园洋房，把父亲和那个女孩狠狠骂了一通，女儿学的是法律，她指着父亲说，你这是重婚罪。

金海笑笑说，我没有你和你妈离婚，也没有和她结婚，怎么是重婚罪呢？

那女孩也笑眯眯地说，你妈不是正在准备离婚吗，你爸会等离了之后，再和我结婚，不会犯重婚罪。

女儿气鼓鼓地回来，把经过情形向母亲一说，然后问母亲，妈，你打算怎么办？

卢晓梅说，我决定离婚。

女儿跳起来，大声说，不离！

四

有一个人回来了。

他是陈池，陈池插队在很边远的地区，后来上了当地的大学，毕业后就地安排了工作，在外面成了家，以为会一辈子漂泊在外，却又闹了婚变，孩子判给母亲，陈池孤身一人在外，突然非常非常想念自己的家乡，下决心迁回来了。

陈池是带着几项专利回来的，凭着这几项专利，他在一家公司占了一半的股，公司的势头十分好，陈池的婚姻失败了，但总算事业有成。

在陈池回到自己家乡的这段日子里，卢晓梅第一次离婚诉讼被法院驳回，正在艰难地度过半年内不许离婚的漫长时间。

而此时，卢晓梅的厂，也已经走到了最后的时刻，谁也无回天之力，成了系统内的亏损大户，上级要求立即裁员。厂长是个重感情的人，厂里的工人，都像他自己的兄弟姐妹似的，下掉谁他也舍不得，向上级说，要么先下掉我这个厂长吧，叫我做厂长，下谁的岗我都开不了口。上级无法，只得给厂长另外安排了一个事情，派了一个新厂长来。新厂长来的第一件事，就是裁员，想到如果仅是叫工人下岗，工人会不服气，也要有科室干部带头。新厂长找到卢晓梅，卢晓梅说，我是人事科长呀。新厂长说，人都不要了，还要人事科长做什么，再说，正因为你是人事科长，是干部，觉悟肯定比一般工人高，所以希望你带个头，让下岗的工人也心服口服，我知道你是老知青，我了解你们这批人，经过锻炼的，什么样的风浪没有经历过？你们对自己，对社会，对他人，都是最负责任的一批人，所以我才想到请你带头的。新厂长说了许多话，最后卢晓梅说，好吧，我就带头下岗。

卢晓梅离开了工作了近二十年的工厂，虽然新厂长再三许诺，一旦厂里形势有所好转，他们不会忘记为改革做出牺牲的下岗工人，但是下岗人员中却很少有人对此抱有幻想。

卢晓梅一边等待度过漫长的半年，一边到处为自己寻找一份新的工作，这时候她碰到了陈池。

碰见陈池的时候，她并没有一下子认出他来。陈池的样子她早已经淡忘，但是陈池心里却永远有卢晓梅的影子。虽然卢晓梅已经被生活磨砺得几乎变了一个人，陈池见到她，一眼就认出她来。

陈池原以为在经历了二十多年以后，再见到卢晓梅他不会再激动，但是他错了，他非常激动，他快速跑到卢晓梅身边，激动地喊了声，卢晓梅！

卢晓梅略带着惊讶地看着陈池，她想不起来他是谁，有些不好意思，说，对不起。

陈池说，你不认得我了，我是陈池。

陈池？卢晓梅咀嚼着这个早已经陌生的名字，陈池？是你？

陈池说，是我，我现在回来了，回到属于我的地方来了。他们一起来到街边的咖啡馆，坐下，陈池默默地盯着卢晓梅看了好一会儿，卢晓梅不由自主地摸着自己的脸，说，我不像样子了吧，我很老了。

陈池说，不，你仍然是从前的你。

这一天陈池向卢晓梅讲述了许多年来他的经历，也讲述了他的感情历程，说到和妻子最终分手的原因，是因为妻子觉得她嫁了从来没有爱过她的男人。

卢晓梅本来是不会向陈池讲述她自己的痛苦经历的，她和陈池并不很熟悉，只是从前的一般同学，而且，从某种意义上说，那时她因为爱金海爱得厉害，在给陈池的信中，语气十分不客气，肯定是伤害了陈池的。所以，再见到陈池时，卢晓梅以为握个手，相认一下，得到陈池的谅解，就会结束，哪里想到跟陈池进了咖啡馆，喝咖啡，听陈池讲他的经历。卢晓梅突然想，原来我们都需要倾诉，都需要有人愿意倾听我们。

卢晓梅也向陈池讲了自己的事情，她怀着抱歉的心情说，陈池，对不起，那一次我给你写的信，有点过分了，请你原谅，因为那时候，大家反对我和金海好，我情绪有点激动。

陈池笑了笑，慢慢地从口袋里摸出个折叠式的钱包，打开钱包，从里面拿出一张折叠得整整齐齐的已经发了黄的纸。卢晓梅的心突然一跳，这就是当初她写给陈池的那封信。

陈池说，我一直把它带在身边。

卢晓梅说，为什么？

陈池说，也不知道为什么，只是愿意带着它，你想不想再看一遍？

卢晓梅不好意思，说，不看了。

这一天回家，卢晓梅从一只旧木箱中翻出她结婚时陈池托人捎来的那只木质娃娃，她从娃娃脸上看到了自己年轻时代的模样。

卢晓梅来到陈池的公司工作，她很快学会了电脑操作，工作认真负责，受到上下一致好评。公司里的人大多清楚陈池的情况，以后呢，也慢慢地了解了卢晓梅的遭遇，心地善良的他们暗暗祝愿陈池和卢晓梅能够走到一起。

在秋天的某一个晚上，下了班的陈池邀请卢晓梅到他家去，卢晓梅就跟去了。进屋一看，桌上放着生日蛋糕和红葡萄酒，陈池告诉卢晓梅，今天是他四十八周岁的生日，他说，几十年来他就没有为自己过过一次生日，他甚至忘记了他的生日是几月几号，是卢晓梅，让他重新找回了自己的生日，他感谢卢晓梅。

这天晚上，卢晓梅留在陈池家。

卢晓梅喃喃地说，也许当初我就错了，我没有听大家的话，一意孤行，才有后来的结果。

陈池抚摸着卢晓梅的脸，说，人走过的路，已经走过了，我们不再去研究是对是错，我们把握住前面的路，好吗？

卢晓梅说，好的。

半年时间过去了，卢晓梅再次向法院提出离婚诉讼。可是就在这时候，金海那边出了事情，金海的股市惨重跌落，开始只是套牢，但是金海沉不住气，着急，这就注定金海将走向失败。

金海的失败带来的第一个结果就是那个爱金海爱得死去活来的女孩离开了他。很简单，因为爱情是建立在金钱的基础上，现在金钱这个基础已经崩塌，爱情的洪水一转眼便泄得无影无踪，只给金海留下一片美好而苦涩的回忆。花园洋房是用女孩的名义买的，女孩将金海赶出来，卖了花园洋房，带上金海在过去的几年时间里替她买下的所有值钱的东西和钱，闯天下去了，一去不返。

金海无家可归，他也没有脸再回卢晓梅这里来。其实金海早已经开始自暴自弃，现在他变本加厉，用仅剩不多的钱，作践自己，也作践别人，他狂赌滥嫖，终于在一次嫖娼时被抓。

如果仅是嫖娼，事情就简单得多，交了罚款，就让你走路，连单位也不通知，当然金海也没有什么单位，也不怕通知，炒股的钱虽然已经作践得差不多，但万把块钱的罚款还是能拿出来的。却不料事情出现了较大的周折，派出所的干警怎么看那个自称十九岁的卖淫女也不像个成年人，穷追一番，才知道这个女孩尚未满十四周岁，于是金海的普通嫖娼一下子就变成奸淫幼女，逮捕，判刑。

通知卢晓梅的时候，卢晓梅的头脑里轰的一声。她带了生活用品去探望金海，金海剃了光头，两眼闪着卢晓梅以前从未见过的贼光，看得出他也想控制自己的眼睛，但却不由自主地不断地瞄向卢晓梅带着的包。

卢晓梅痛心无比，基本上说不出话来，但是探视的时间是宝贵的，不能不说话，卢晓梅说，金海，你到底为什么要这样做？

金海没有回答卢晓梅的问题，他答非所问地说，你从来没有看得起我，从前我是乡下人，你看不起我，后来我有了钱，你仍然看不起我。

卢晓梅说，没有的事。

金海说，就是这样的。

晓梅说，我看不起你，为什么要和你结婚？

金海说，你和我结婚仍然看不起我。

探视时间结束后，监狱干部又和卢晓梅谈了话，他们说，听说你在金海出事前已经向法院提出离婚要求？

卢晓梅说，是的，半年前提出一次，没准离，现在已经过了半年，可以再提。

监狱干部说，从我们长年搞监狱工作的实际情况出发，为了有利于犯人的改造，尤其考虑新进监狱的犯人要帮助他们思想稳定，一般的，我们希望家属尽可能在犯人服刑期间不提出离婚要求，协助我们一起做犯人的改造工作，有些犯人是愿意好好改造重新做人的，但是由于老婆离婚，一下子失去了最后的支撑，越走越远，也有的犯人刚进来的时候万念俱灰，我们动员家属和我们一起做工作，用爱情和亲情，用家庭的温情来感化他，效果是意想不到的好，改造罪犯这是一项非常艰巨的任务，不是光靠监狱就能管好的，要靠全社会的支持，卢晓梅同志，我们希望得到你的大力支持。

卢晓梅默默地点点头。

卢晓梅回家后，到法院撤了离婚诉状，法院的人奇怪，说，卢晓梅，这一次你有希望了，怎么反倒撤了？

卢晓梅的父母知道了这件事后，立即给卢晓梅打电话，当天晚上他们又追到卢晓梅的家来，他们苦口婆心劝卢晓梅不要撤诉，他们说，晓梅，难道对这个人，对这样的人，你还存在什么幻想？你还指望他改邪归正，指望他重新做人？这个人，从本质上就不是一个好人，所以晓梅你在这个时候务必要头脑清醒，千万不能让你的糊涂的善良毁了自己今后的生活。卢晓梅的父母为了女儿真是痛心不已，他们含着眼泪说，晓梅呀，这许多年来，你吃了这么多苦，受了这么多难，眼看着好日子就要来了，你千万不能自己作践掉！

卢晓梅的女儿义正词严地向母亲说，妈，即使你愿意要那个人做你的丈夫，我也不会承认他是我的父亲，我没有这种父亲！你不为自己的名声考虑，也得为你女儿的名声考虑！

所有的亲戚朋友都劝卢晓梅，他们说的话大致和卢晓梅父母及女儿的差不多，总之，大家一致认为，卢晓梅现在撤诉是太傻太傻，大家一致认为生活不承认善良，只承认事实。

卢晓梅说，你们说的话都对，我知道你们都是为我好，我为你们对我的关心而感动，但是我已经撤诉了。

大家异口同声地说，卢晓梅你错了，我们反对你的做法。

卢晓梅笑了笑，她想，怎么我做的事情，永远是要被人反对的呢，生活到底是怎么回事呢？

陈池说，晓梅，我理解你的心情，我会永远等你的，因为我心里有你，就像你心里也永远会有金海一样。

一路平安

一

新根没有想到八荡镇是这样的破烂落后。

一路过来，沿着公路，新根他们早已经注意到八荡这一带的乡人以及乡下的住房是怎样的情形，当披了一身尘土的长途车停在八荡站，新根对八荡这地方的落后就更清楚了。

其实新根是应该想到这一点的。新根此来的目的，就是想从八荡这里带一批劳动力回去。一个地方要是不贫穷，一般说来是不会把自己的人送到外省去做工的。将自己创造的价值让别人去得，这是在万不得已的情况下才可能发生的事情。所以新根他们事先也确实可以想象八荡这边的大体情况，只是在亲眼见了这些情况后又觉得比想象的更甚一些。现在南方乡下的小镇那是相当气派相当富庶的，在这一种对比之下，新根他们的感触就更深一些，这也属正常。

新根他们那里的乡办厂、村办厂，正如雨后春笋，不断地冒出来，一些早几年建起来的厂，现在又要不断地扩建，需要更多的工人。本地的人只要是还能做做的，几乎都进了厂，再要发展，就只有到外面去找人了。

新根他们就是这样到八荡来的。当然他们到八荡来并不是盲目的，八荡这边的人想出去做工，是有确切消息的，事先新根那边都已经了解清楚，也都跟这边联系过，一切都已经安排妥当。新根他们过来，也只是看一看这边乡里为他们挑选的人是不是满意，是不是合适，别的也没有什么意思。再就是负责把这边的人带过去，因为给新根和八荡这边牵线搭桥的人曾经说，八荡这边的人和那边是不能比的，许多年轻的人就住在八荡乡下，可是二十多年连八荡镇上也没有去过，所以希望新根那边能有人过来带一下路。这样新根他们几个就过来了，别的几个人也都和新根一样，在厂里做厂长，至少也是副厂长，只有泉生的身份稍有不同，他是乡工业办公室的干部，他是一起来看看情况的，如果情况比较理想，很可能就会来第二次第三次，还要招更多的人去。

从新根他们家乡到八荡这边，已经跨越了两个省，坐一天的火车，再改乘长途汽车，又是一天，新根他们都已经很疲劳。车到站，八荡这边有人在站上接他们，接住了就领到乡的招待所去。招待所也是简陋得不能再简陋，一行人走进院子去，都有一种荒凉的感觉，进屋子看，是光光的水泥地，水泥也没有抹平。八荡乡的干部说，这是水泥的。那口气好像是在夸耀。新根想这可能确实是八荡最好的房间，他觉得身上冷丝丝的，这是在初春，寒气还有些逼人，住在光水泥地的屋里，实在是有一些不习惯。现在新根他们自己家里，睡人的屋子都是用木地板铺的，冬天很暖和的。

八荡的乡干部安排新根他们住下，就走出去，大概是去张罗晚饭，新根同来的几个人就嘀咕这地方条件太差，说早知道这样也不来了，让新根给他们把人带回去就行。新根说："你们不来，不怕我把好的都抢走。"

他们说："什么好的不好的，这地方，看上去也没有什么很好的人。"

泉生说："那不一定。"

新根说："今天活该你们受冻，主要是平时你们太惬意了，出门都要住空调房间，现在叫你们忆苦思甜。"

他们说新根："你还说我们，你不是一样！"

他们一起笑，后来说，这一两夜总是能熬过去的，这一两夜也熬不过，那真是忘本了呢。

泉生说："你们以为你们现在还没有忘本啊。"

大家又笑了一回。

新根说："等会儿他们干部来了，我们说一下，有关的事情今天就可以谈起来，早点弄好早点回去。"

另外几个也说："是的，家里还一大堆事情。"

过了一会八荡的乡干部进来了，说："怎么样，这里住的，还满意吧？"

新根说："还可以，我们不讲究的。"

八荡的干部说："你们不讲究这我们知道，但是从我们的角度，尽量是要给你们安排得好一些的，为了你们来，我们想了不少办法，现在总算解决得比较满意。"

新根他们听他的口气，好像另外安排了更好一些的住处，都准备着再把东西收拾了跟他走，可是他却自己坐了下来，拿出烟来派给大家，大家才知道他所说的总算比较满意就是指的这里了。

八荡的乡干部等新根他们抽完了他派的那根烟，就起身说："走吧，先吃饭。"

一行人跟着乡干部到了乡招待所的食堂，食堂也很旧陋，但是那一桌酒席还是很像样的，酒是喝的茅台，至于菜，可说是飞天四两，走地半斤，以野味为主。问乡干部这些野味是不是本地产，乡干部笑起来，说："本地哪里有，我们这地方真是穷狠了，连飞禽走兽也不来我们这里安家。"

新根问："那这些吃的，都是去买的？"

乡干部说："是买的。"

新根说："那是很贵的，太破费了。"

乡干部说："你们来，我们总是要尽心的，你们是财神。"

新根朝同来的人看看，大家都说不出什么来。其实新根他们也是有过同样的经历同样的感受，当初在他们刚刚办厂的时候，请城里的老师傅下来，也是这样请人家吃，也是这样跟人家说话的。即使是现在，新根他们也还是要请人吃饭，跟人家说这样的话，不过对象有所变换，多半是一些大企业的领导，还有就是台商什么的。往往是自己在说这些话的时候反没有什么更多的想法，觉得是很正常很应该，而听别人说，味道就不一样，这有些奇怪。

在吃饭的时候，就不断地有人在外面探头探脑，有的人索性就走了进来，问乡干部："你们商量好没有？"

多干部就训斥说："滚出去。"

进来的人也不生气，说："你给我一个明确的答复我就出去。"

乡干部还是叫"滚"。

那人就出去，过一会儿又进来。

乡干部对新根他们说："都是要到你们那边去做的，告诉他们名额已经满了，不肯罢休，还是来缠。"

新根说："这些人条件怎么样？"

乡干部说："条件总是可以的，但是你们要不了那么多人。"

新根看看泉生的脸，泉生没有表示什么，新根也就没有再说什么。

等吃完饭，从食堂出来，就看到有许多人在招待所的院子里等着。见了他们一下子都围上来，说："要不要人了，要不要人了，我们要去。"

乡干部用最粗鲁的话骂他们，但是没有一个人跟乡干部别气，他们只是围着新根他们，不让他们回房间休息。

新根说："你们不要吵，吵了也没有用的，都已经和你们乡里商量定下来的。"

新根这样一说，立即就有人跟他顶真，说："你不要以为有什么了不起，要不是去年发大水，我们还不求你们南蛮子呢。"

许多人都应和，吵吵嚷嚷闹了一片。

后来乡干部说："你们再不滚，我叫警察来。"

听了乡干部这话，大家才慢慢地散去。

乡干部对新根说："你不要跟他们一般见识，这些人，没有弄头的，本来就是看地摊的，后来我们也搞一些副业什么，正想今年开始也试试弄一点工业，谁想去年一场大水，什么也没有了，这些人又跟从前一样，看地摊，没有盼头。"

新根叹了一口气，说："也难怪他们的。"

后来他们就听乡干部给介绍了定下来一批人的情况，根据原来定的条件，男性，年纪在二十七岁以下，未婚，没有病，家中没有其他牵连，这些人都符合条件，乡里已经通知他们明天到招待所来，再面试一下，如果行，后天就可以上路。

对八荡镇的安排，新根他们觉得无可挑剔，别的也想不起什么要说的，这样就定下来。新根关照乡干部，后天要走的话车票是否要早一点定好，乡干部笑起来，说："这个你们放心，在我们八荡，都是乡里说了算的，长途汽车也要听我们的安排。"

乡干部说完要说的话，就告辞走了，让新根他们早一点休息。

这边新根几个喝了点酒，都有些兴奋，有睡意的先倒在床上睡了，像新根这样没有睡意想说说话的，就说起话来，无非也是说说到了八荡的感想什么。

后来新根尿急，就出来找厕所，上完厕所回过来，在门前的空地上被一个黑影子吓了一跳。

新根大喊一声："谁？"

那黑影子慢慢走过来："是我。"

新根说："你是谁？"

那人说："我是这里的。"

新根说："你做什么？"

那人说："我想，我想，找你，你……"

新根说："你找我，是不是为招工的事情。"

那人说："是的。"

新根说："所有的人已经由乡里定下来了，不能再增加了。"

那人停了一会，以一种哀求的口气说："能不能再商量商量，我……"

在黑暗中新根看不清他的脸，但是根据声音判断，这肯定不是个二十来岁的人了，声音听上去已经有些苍老，新根说："我们招工人都是有条件的，你都符合这些条件吗？"

那人没有回答。

新根也估计他是不符合条件的，就说："既然这样，你是更没有可能了，现在你们乡里说，符合条件的还有好多人想去，不符合条件的是很难轮到的。"

那人还是不说话。

新根说："好了，天也很冷，你回去吧。"

新根说了，自己就进屋去了。

新根回进屋里跟泉生他们说了这事，泉生说："真是想不到。"

新根说："我想想这些人，真是，这地方，怎么到现在还这样差。"

泉生说："其实真要是下决心搞起来，也快的，我们那边不是，真正搞起来，几年就上去了，只是他们这里恐怕没有这样的决心。"

新根说："要是没有去年那场大水，恐怕要好一些。"

泉生说："那当然，天灾人祸。"

他们又说了一会闲话，就睡下了。

第二天一早，新根醒得最早，天刚刚亮，鸡一叫，新根就醒了，醒了再想睡，怎么也睡不着了。他起来，拿了洗漱用具出来刷牙洗脸，谁知一出房门，就被吓了一跳，一个人蜷缩着躺在门口地上。新根急忙叫醒他，这人睁开眼睛，看到新根，他好像有点羞涩地一笑，说："本来想等天亮的，想不到后来睡着了，自己也不知道怎么就睡着了。"

新根听他的声音，说："昨天晚上是你？"

这人不好意思地点点头，说："打扰你了。"

新根看看他冻得很厉害，说："你昨天在这里等了一夜？你这是为什么，这样要生病的。"

这人笑笑说："我身体好。"

新根看他的模样，很瘦，胡子拉碴的，可能有四十来岁。新根说："你要想去做工，恐怕是难的，你的年纪……"

这人说："你们不是要二十七岁以下的吗，我正好是二十七呀"。

新根又看了看他，他不能相信，但是也不好很明显地表现在脸上，新根说："你叫什么？"

这人说："四球。"

新根把四球听成了屎球，忍不住笑了一下，说："哪有这样的名字，你寻什么开心。"

四球急得脸都红了，说："没有寻开心，是叫四球，不是屎，是四，一二三四的四。"

新根说："噢，四球。"但是叫起来还是跟屎球一样，新根看四球的样子还是想要笑。

这时候泉生他们也都起来，出来洗漱，看到新根跟这个人在说笑，都觉得奇怪，新根告诉大家，四球居然在门口等了一夜，大家听了都是十分地感慨。

新根这时候对四球已经产生了某种说不清的感觉，也许连新根自己也还不知道这一点，但事实确实如此，如果不是这样，以后的许多事情也就不会发生了。

新根对四球说："你说你才二十七岁，这是真的？"

四球不好意思地一笑，说："是真的，别的可以瞎说，自己的年纪不会瞎说的，再说这都是可以查的，一查就能查出来的，我不会这样笨的。"

新根犹豫着。

四球说："我知道的，我说出自己的年纪，多半的人是不会相信的，我这个人就是很老眼，看上去像三四十岁的样子，是吧。"

新根心想，看上去连三四十也不止呢，但是新根已经相信了四球的话，这是事实。

泉生走过来朝他们看看，说："有话不要站在门口说，外面这么冷，你们到屋里说。"

新根说："是呀，进去说吧。"

四球摇摇手，说："不了，也没有很多话说，就是想求你们能把我带出去做。"

泉生说："名单都是你们这里自己定的，你要找也应该找你们乡干部。"

四球犹豫了一下。

新根说："是不是找过了，没有用。"

四球说："是的。"

泉生说："那找我们也没有什么用的，我们还是要经过你们乡的。"

四球低下了眼帘。

新根说:"你是不是有什么特殊的困难?"

四球想了想说:"困难是有的,但是要说特殊,我也不敢说,和我们这里大家都差不多。"

泉生说:"那就更难了。"

新根看四球,觉得四球真是很老实。

四球好像也明白新根对他有一些好感,只是把希望寄托在新根身上,但是他又不敢紧盯着新根看,看了新根一下,急忙又把眼睛移开。

新根也说不上对这个四球会有什么好感,只是觉得他有些可怜,新根说:"你以前是做什么的?"

四球说:"一直在家里种地。"

新根问:"从来没有出去过?"

四球说:"出去?当兵算不算出去?"

新根说:"你当过兵?"

四球点点头,又有些不好意思的样子,说:"我没有出息,在部队也没有入党,也没有提干部,就回来了。"

新根说:"那也没有什么,部队那么多人,总不能个个都入党当干部呀。"

四球说:"话是这么说,可是我要是出息点,当了干部就能转户口。"

新根说:"我也当过兵,也和你一样没有提干部,现在也蛮好的。"

四球看看新根，叹了口气。

新根又问四球："你是在哪个部队？"

四球说了他当兵的部队，新根心里一跳，居然和新根是同一个部队的，可惜不是在一个团里，所以也不认识。即使是在一个团，因为他们并不是老乡，所以互相也是不可能知道的，在一个团里如果是老乡那倒是会认识。

现在新根对于四球就有了更深一些的感触，新根觉得四球这样出去过几年的人，回来了还闷在这个穷地方，实在是有一些可惜，现在在新根他们那里，凡是部队回来的，多半都是很有出息的，所以新根心里就有了一个想法，他觉得他应该在自己的能力范围内帮四球一下，说不定这一次忙能帮在关键上，说不定四球从此就走上了另外一条路，世上的许多事情都是这样开始的，现在既然新根有这个能力，新根有理由做一件他愿意做的事情，虽说外出人员应该由八荡乡的干部决定，但是如果新根提出来，他们也许没有什么理由好反对的。

至于新根怎么会想到要帮四球一下，是因为四球在门口冻了一夜感动了新根，还是因为新根觉得四球的为人很实在，或者是出于一种战友的情感，这些就是新根自己也是说不很清的，所以到上午乡干部来了，新根提出要四球一起走的要求时，乡干部不无怀疑地看了新根一眼，说："你怎么认识四球？"

新根说："四球怎么，是不是有什么问题？"

乡干部说："问题是没有什么问题的，只是我们想不到你会认识四球。"

新根也觉得不大好解释为什么要特别地提出四球，他想了想，干脆说："四球和我，我们是战友，在一个部队。"

乡干部这才明白，说："怪不得，四球已经来过好几次。他也不说这一层关系。"

新根说："现在把四球放进去，没有困难吧，我了解过了，四球正好二十七岁。"

乡干部有些为难，愣了一会，说："可是四球已经结婚，小孩子也有了。"

其实在八荡这地方的男人到二十七岁还没有结婚的，恐怕也不会很多，那些入选的人也许大半都是结了婚的，只是乡里不说出来，外人谁也不会知道。至于新根他们虽然提出未婚这样一个条件，但是归根到底他们要的是劳动力，而不是找女婿，所以即使有一些人是成了家的，那也无所谓，提出这样的要求，无非只是一种限制罢了。说到底也是给八荡的乡干部有一个控制的余地，再说这一批去的人很多，新根他们也绝不会再一个个地去调查了解是未婚还是已婚的问题，即使知道都是结了婚的人，当然也就睁一只眼闭一只眼算了。那么八荡的乡干部为什么偏要强调四球是结了婚的，这里面是不是有别的什么原因，新根想了想，问乡干部："四球这个人，平时怎么样？"

乡干部说："四球平时也是这样，比较老实，没有什么花花肚肠的。"

新根说："那就好，就让他去吧，至于已婚还是未婚这个问题，我们也都有数的。"

八荡的乡干部见新根这样坚持要四球去，也不好再说别的什么话，当然他们要说的话可能也是拿不到台面上来的，他们也许想照顾自己的亲戚朋友，说出来是不大好听的。

就这样把四球的事情定了下来，很简单，没有什么不顺当，泉生对新根说："你这个人，也真是的，像四球这样的人，多的是，你要照顾也照顾不过来的。"

新根说："那是当然，不过既然我碰上了四球，我又很想帮他一下，我就帮了，这也没有什么不好，反正他去也是一样的做工，他在部队干过，总不会比一般的人差。"

泉生说："也是奇怪，你怎么就觉得你应该帮四球一下，你看着四球很顺眼，是不是，我们看着四球就不一样。"

新根说："你们看着四球觉得怎么样？"

泉生想了想，摇摇头，说："也说不准是一种什么感觉，反正总有一点说不清的意思。"

新根笑他，说："真是多花头。"

四球知道他的事情已经定下来了，过来叫新根一定到他家去看看，新根说："家里就不要去了吧，我们还有事情。"

四球说："我求求你，你一定要去。我，我的老娘躺在床上，是个瘫子，想看看你。"

四球这样说了，新根倒不好意思不去，就拉了泉生一起过去。

四球的家也算不上什么家，去年大水，把他们家的房子冲了，这是临时搭的棚子，四处穿风，摇摇欲倒，新根他们进去，有些提心吊胆。

四球的娘果然是躺在床上，但不是新根想象的那样病得奄奄一息或者十分虚弱的样子，老人家精神很好，也很会说话，还有四球的女人，正在忙着给他们做菜，根本也没有什么厨房，都在一间棚子里，烟雾腾腾的。

新根说："看一下就行了，以后我们都在一起做工，以后会熟的，饭是不吃了，那边招待所都是定好了的，不去吃也是浪费。"

四球说："这一顿饭无论如何是要请你们吃的。"

新根和泉生坚决不肯。

正在说着，四球的女人过来，笑嘻嘻的，也没有说什么话，就给他们跪下了，说："二位好人，你们要是不肯在这里吃饭，我就不起来。"

新根和泉生好尴尬，先把四球女人拉起来，新根说："好吧，就听你们的。"

泉生看了新根一眼，那意思是怪新根多事，新根想其实吃一顿饭也不见得有什么大不了的，也不值得大惊小怪。

四球的女人站起来，说："谢谢二位好人。"

新根和泉生看四球的女人，真是长得很好，又秀气又年轻，看上去不过二十刚出头，和胡子拉碴的四球真是不好比。这时候新根和泉生都有一种想法，那就是觉得这真是一朵鲜花插在牛粪上，不过他们谁也不好把这种意思表现出来，但是不说几句又有点如鲠在喉的感觉。

过了一会，泉生说："四球，你爱人叫什么？"

四球说："叫秀英。"

泉生说："真是人如其名。"

秀英听了，咯咯笑，说："什么人如其名呀。"

泉生说："说你长得好呢。"

四球说："她好个屁。"

秀英更是笑得厉害。

他们说笑的时候一直没有注意到旁边还睡着一个孩子，过一会孩子醒了，哭起来，新根说："哟，我们声音太大了。"

四球说："管她呢。"

新根看秀英把孩子拉起来，是个女孩，也有两三岁的样子了，长得不像秀英像四球，不好看。

四球在女儿头上拍了一下，说："哭什么。"

女孩就不哭了。

秀英指着新根对女儿说："叫干爹。"

小女孩张口就叫："干爹。"

新根愣了一下，正要问问清楚，四球又拍了女儿一下，说："出去吧。"

女孩子就出去了。

四球说："倒霉，养了个女的。"

新根和泉生都不知怎么说好，新根一开始心里还记着叫他干爹的事情，后来见四球和秀英都不再说起，也就不再去想了，他以为这种叫法大概是八荡这地方的习惯，没有什么特别的意思。

过了一会四球又指着秀英说："都是她不好，她的命不好，我老娘说的，这女人命硬，克人的。"

秀英笑着说："你听他瞎说，等会喝点马尿，还要说得厉害。"

四球娘在床上开口，说："这怎么是四球瞎说，这命是真的，说也说不出来，要赖也是赖不掉的。"

秀英又笑，说："谁要赖呀。"

四球对新根和泉生说："她是命硬，进门三年，三年不顺，第一年死老爹，第二年生个小女，第三年，就是去年，发大水，把房子也冲走了，不是她是谁。"

秀英笑着说："好吧好吧，就算是我吧，我反正也说不过你们娘两个。"

四球说："别的倒没有什么，老爹死，也是气数到了，本来身体不好的，生女儿也不要紧，反正以后再生就是，我最伤心我的房子。你们知道，好几年省吃俭用，拼死拼活地做，好容易积六千块钱，去年上半年弄了房子，哪知到了夏里就发了大水。村上这么多的人家，也有新房子，也有旧房子，都没有冲走，偏就把我们一家的房子冲走了，你们说伤心不伤心。"

四球的伤心是真伤心，说的时候眼睛都是红红的，可是秀英却一直是笑眯眯的，她也许就是这样一种性格的人，比较乐观的。

新根看到在这样一个破地方，四周灰暗肮脏，竟有秀英这样一个鲜鲜亮亮的形象，新根心里真是很有想法，他看着秀英的脸，不由心有所动。

这一顿晚饭虽然没有什么很好的菜，但是新根和泉生都吃得很开心，一边伺候他们的秀英的笑声比什么菜都有味道，这是毫无疑问的。从前人家说秀色可餐，新根总是不相信，现在他自己也体会到了这一点，感觉很深切的。

第二天一行人就上路，秀英到车站来送四球，虽然还是笑着，但是眼睛里分明是多了一层担忧的，四球把她拉到一边，叮嘱什么，新根走得稍近一些，但还是听不很分明，只是听见四球像是在骂秀英。

新根看到秀英眼里那层担忧越来越浓，后来等四球跟着大家一起上了车，新根走过去对秀英说："秀英你放心，四球到了那里我们都会照顾他，再说他是一个大男人，你也用不着过分为他担心。"

秀英说："我知道你是好人，四球他，他的命不好，还要贵人多相帮的，你就是他的贵人，全靠你啦。"

新根听了，心里有点好笑，这对夫妻，都说对方命不好，真是奇怪，也不知道到底是谁的命不好，看起来八荡这地方对于这个倒是很相信的。

新根说："不会有什么事的，到那边。安排下来，就叫他给你写信。"

秀英笑起来说："我不认识字的。"

新根说："反正你不用为他担心，我会安排他一个好的单位的。"

车子已经发动起来，大家在车上喊新根，新根不好再多说，就返身上了车，车子很快开了，新根回头朝后面看，他看到在公路上秀英的人影子被早晨的阳光拉得长长的。

二

新根的厂是一家轧钢厂，活比较重，而且在乡里其他厂里，从产值到效益都是排不上号的。现在在新根他们这里，一个乡，甚至一个村，自己办的厂，年产值几百万上千万也是稀松平常，新根的厂只能算上是一座中等规模的厂。按照原来定的规矩，从八荡招来的人，谁招的就到谁的厂里做，这样的话，四球就是要到新根厂里去做，这也是理所当然。四球和其他跟着新根的人一样都是早有思想准备的。

可是到了家，情况却有所变化，乡里的一座重点厂电器厂扩建了一条生产线，这就是在新根他们出门的短短的几天里定下来的，因为是外商投资，动作很快，立即就要上马。电器厂的厂长急了，说早知道就和新根他们一起到八荡那边弄一些人来了，现在这样机器等人真是很急的事情。张厂长来找新根商量，能不能先借一些工人给他，让他那边先开了工，等忙过这一阵，张厂长也要到八荡去一趟的，那时候再把人还给新根。

其实和新根一起去八荡的还有好几个人，都把八荡的人招得足足的，张厂长为什么别的人都不求就是要求新根，这当然和新根的一贯为人有关系。大家知道新根这个人是愿意帮助人的，在别人有困难的时候，新根一般说来都是会相帮一下的。

张厂长找新根说这件事，新根觉得张厂长也是为厂里的事情，他居然没有叫了乡里的干部一起来说服新根，这说明张厂长还是信任他新根，也是看得起他新根的。新根的厂固然也是很需要人的，如果不需要人新根也不会这么远的路赶到八荡那边去，但是和张厂长的情况比起来，新根这边还没有急到那样的地步，还没有到机器等人的时候，所以新根也没有很犹豫就答应了张厂长。

接着新根就把从八荡招来的人排了一下，哪一些是可以先到电器厂去做的，新根也把事情都跟他们说清了，也想听听他们的意见，既然已经招过来，也就是新根厂里的人，也是不能忽视他们的。

那些八荡人听说这个消息，表现是不一样的，因为新根实事求是地告诉大家，从目前情况看，电器厂的效益要比轧钢钢厂好一些，这个消息是很能诱惑人的，有些人就提出来想到电器厂去做。新根把四球也安排过去了。

过了一日，张厂长在路上见到新根，半开玩笑半认真地说："好啊新根，你弄些什么人给我。"

新根听了一愣。

张厂长说："怎么把老头子也弄来了。"

新根想了想说："你是不是指的四球，其实四球只有二十七岁，一点不假。"

张厂长笑了，说："哎呀，这个人，真是老眼的，二十七岁，看上去倒有四十七岁。"

新根说："他是很见老，但人是很好的。"

张厂长狐疑地看看新根，说："好吧，做做再看吧。"

这样过了一段时间，一次乡里开厂长会议，新根向张厂长问起四球那一批人的情况，张厂长说："蛮好的，我也没有想到，原来听说那边的人都是很懒的，现在做下来看看，也不赖，做得不错的，也不是很笨。"

新根说："那就好。"

张厂长说："我还没有抽出空来跟你说，我想这批人他们好像也已经做习惯了，对工作也比较熟了，再回到你那里，也不一定合适，你看是不是……"

新根笑起来，说："我早知道你会赖皮的，所以我也是早有准备的，我已经又到那边去找人了，那些人你就放心地用吧。"

张厂长说："都说你新根是个上路的人，我是服帖你的，往后你要是有什么困难，找我，我一定出力。"

新根说："好的。"

说了一会儿厂里的事，新根见张厂长没有提起四球，忍不住就问了，张厂长朝他看看，说："人家都说你和四球有些什么关系的，我还不相信，看起来你倒真是很关心他呀。"

新根说："关系实在是说不上的，只是认识了，总想问一问他的情况。"

张厂长说："怎么说呢，只能说是马马虎虎吧，好也好不到哪里，差也不能算是最差的。"

新根说："那也行了。"

张厂长说："就是，对这样的人要求太高也是不切实际，只要说得过去就行。"

新根说："是的。"

现在新根其实完全可以对四球的事放心了，四球已经开始了他的新生活，一切他都会自己去努力，自己去开创，自己去奋斗，基本上已经用不着新根再照顾，但是在新根的内心，总还是惦记着他的，总还想在可能的情况下关照四球一些。因为新根的轧钢厂和张厂长的电器厂不在一个村子，所以平时新根也很难见到四球，有时候厂休，四球会过来看看新根，告诉新根家里怎么样，秀英怎么样，女儿怎么样，也说说老娘的情况，但是四球从来不到新根家里去，新根也没有邀请过四球。

四球告诉新根，他算了下，如果这样做下去，他不出四年就可以积满重造房子的钱了，也许只需要三年，他反正在做够了钱之后就要回去的。

新根说："那是你的家，你当然要回去。"

这样四球在这边大约做了半年时间，一切都很平静，家里也很少有信来，大概也没有什么很大的事情，有了大的事情是会请人代写信的，一般没有什么大事，就不叫人写信，这是事先都说定了的，所以四球也不很惦记家里。

一直到有一天，四球来找新根，脸色不大好，说："秀英她……"

新根以为出了什么事，说："秀英怎么啦？"

四球说："秀英也想过来做。"

新根说："为什么，当初不是说好女人不来的么？"

四球有点尴尬，好像有话要说又不好说似的。

新根说："有什么事，你说出来，大家一起想想办法。"

四球就拿出一封信递给新根，告诉新根是秀英的信，说是家里那边有个干部老是打秀英的主意，弄不到手就给她小鞋穿，秀英的日子很难过，想过来和四球一起做做。

新根听四球这样说，觉得有些奇怪，他说："信是秀英写的？"

四球说："是呀。"

新根说："秀英不是不认识字的么，怎么会写信了？"

四球说："噢，是请别人写的。"

新根就想怎么连这种事也可以请别人写在信里了，那地方也真是。

四球说："我也不知道怎么办好了，来看看你有没有办法。我在这也只有找你了。"

新根这时候就想起秀英那秀丽的脸来，他说："秀英要是一定想来，叫她来也好，家里有这种事情，也是不好过日子的。"

四球说："来了怎么办，现在各家的厂都满满的，来了白吃饭不行的。"

新根就有些为难，他站在那里想了半天，一次次地在他眼前浮现出秀英的脸来，最后新根说："本来是可以到我厂里的，但是我们已经有规定女的一律不再收了，要是收了她，别人也会说话的，我不好办。"

四球说："这样行不行，叫秀英到我厂里做，我到你这里来做，做什么活都不要紧。你拣重活叫我做就是。"

新根想也只有这个办法了，他看看四球，心想也许四球早已经想好了这一步的吧。

四球说："张厂长那里……"

新根说："那当然是我帮你去说，你自己说了恐怕也是没有用的。"

过一天四球就请假回八荡接秀英来，他走之前又到新根这边来了一下，再和新根把话说定，新根说："你放心，我既然答应了，总不会变卦的。"

四球的眼睛有点发红，说："我真是不知道怎么感谢你。"

新根说："别的话不说了吧，你去吧，一路上自己小心。"

四球这才放心地去了，新根看着四球远去的背影，不知道为什么心里居然有一丝苦涩的味道。

其实在四球启程回去接秀英的时候，事情并没有解决。张厂长那边还有些疙瘩，张厂长觉得四球已经是个熟手，现在换个老婆来，也不知是什么样子，不知是笨还是聪明，也不知要多长时间才做到和四球这样熟练。张厂长当然并不是对四球有什么不好的看法，他只是从生产的角度考虑问题多一些。

新根既然答应了四球，总是想把这件事情办成的，如果办不成，不仅是不好对四球交代，秀英来了怎么办还是个问题。所以新根无论如何是要说服张厂长的，难怪张厂长很是奇怪，说："你这个人，

对那个四球真是很关心，说起来是什么关系也没有，真的要是什么
关系也没有，哪会这样。"

新根说："随便你去说吧，但是这件事，还是要你做主定下来的，
至于秀英，你看了保证会满意的，很灵巧的。"

张厂长说："是吗，要是很灵巧，能很快学会这边的活，那倒也
无所谓了。"

新根说："包在我身上。"

张厂长看看新根的脸色，说："你对四球的老婆这么熟啊。"

新根被张厂长看得有点脸红了。

张厂长笑起来，说："你和他们家原来真的不认识？"

新根说："原来确实是不认识的。"

张厂长说："对一个不认识的人，要你这么操心，怎么可能呢，
实在要说可能，那只有一种可能。"

新根心里跳了一下问："什么？"

张厂长笑了，说："前世里欠着他们的。"

新根也笑了，说："就算是吧。"

等到四球从八荡把秀英接来，领到张厂长那里一看，张厂长果
然很满意，当时就定下来把秀英放一个很好的位置上。

秀英不是一个人过来的，她把女儿也带过来了，现在他们一家
三口都到这里。说起来是新根把他们引过来的，所以新根就觉得自
己还应该帮他们落实一个住的地方。

本来新根想，只要张厂长收下了秀英，他的任务也算是顺利完
成了。可是秀英一来，新根就发现自己完全想错了，他发现他对于
四球一家应尽的义务还远没有完成。新根到现在才意识到这一点，

是不是已经为时过晚？当然无论是为时晚了，还是为时尚早，新根知道他必须沿着他自己弄出来的这个局面走下去，已经没有别的退路。

新根想办法把一切安排好，四球、秀英也有了住处，也有了工作，秀英是顶的四球在电器厂的事，四球到这边轧钢厂。新根本来是应该把四球放在比较艰苦的地方，这也是四球自己的意思，一般来说新来的工人总是要先做几年苦活的，但是到了最后决定的时候新根看着四球瘦弱的身体苍老的模样，新根的心又软了，他还是让四球做了一个比较轻松的活。虽然别人有些闲话，但是新根是一厂之长，别人说了也没有用，说过也就算了。

等这一切都妥帖后，秀英和四球就提出来要到新根家去拜望一下，新根说："其实也用不着，都在一个村里做活，天天能碰见，也没有必要看来看去的。"

秀英说："那不行，我们是一定要去的，要表表我们的心意。"

新根看他们坚持，就说："实在要去，就去吧。"

过了一日，秀英和四球果然就到新根家来了，买了些礼品，也不是什么很值钱的东西，当然新根懂得礼轻情义重这个道理。

新根在前一天就把秀英、四球要来的事情告诉了家里，新根家的人觉得没有什么必要，八荡那边的人，在这边的人眼里，是不算什么的。新根女人来凤说："你叫他们不要来了。"

新根说："已经说好来的。"

来凤说："这种人，缠上了也是够烦的。"

新根说："其实也没有烦我们什么，四球在这里也做了大半年了，一次也没有到我们家来过。"

来风"哼"了一声,说:"你还说没有烦什么呢,你不听外面人家说你,说你和四球他们不知怎么回事呢。"

新根说:"人家要说让人家说,说说也就过去了。"

来风说:"你倒是想得开,我们听在耳朵里很不好听的。"

新根还想说什么,新根娘也插上来,老太太平时一般都是站在儿子这边的,但是这一次却也和着媳妇起说儿子了,可见新根的做法实在是不得人心的。老太太说:"你就是多事,你也不想想来风的身体,最好是不要叫人回来烦她。"

来风是一年前嫁过来的,现在身怀六甲,行动已经不大方便,来风听老太太这么说,就觉得有一种委屈的情绪,她说:"新根哪里会考虑我什么。"

婆媳俩一搭一档,把新根弄得很难堪,说不出什么话来。

其实新根娘和来风也只是嘴上说说罢了,等到秀英和四球真的上了门,她们也同样是会摆出一副笑脸来的。

秀英抱着女儿一进门就让女儿喊新根干爹,喊来风干妈,又喊老太太奶奶,弄得来风和老太太莫名其妙,找一个机会来风就把新根拉到一边,问:"什么意思?为什么这么喊人,什么干爹干妈的,谁定下来的?"

新根哭笑不得,说:"我也不知道他们怎么会这样称呼,也许是他们那边的习惯吧,也许并没有什么特定的意思,只是一般叫叫罢了。"

来风盯着新根看,说:"这个秀英长得很不错啊。"

新根知道来风话中有话,又不好解释什么,只有干笑。

来风说:"不行的,话要说清楚的,什么干爹干妈,这些人被他们缠上了真是不得了的。"

新根说："人家也没有说就是来认亲的呀。"

来凤说："等他们开了口，就晚了，你去跟他们说，我们不认这门亲的，哪里不好去认个干儿子干女儿，要去认一个那边的人，你真是昏了头。"

新根说："我真的没有认什么干女儿，是他们自己说的。"

来凤说："你不要说别的了，现在你就去跟他们说清楚，省得到时候麻烦。"

新根说："叫我去说什么？"

来凤说："你不去说是不是？你不去说我去说。"

新根说："你等一等，真要说，还是我说吧，你跟他们又不熟，怎么去开口，只不过，我怎么说好呢，以什么为借口呢？"

来凤想了想，说："这好办，就说我们这里是有规矩的，自己没有生小孩，就不能做别的小孩的干妈干爹，就这样说。"

新根犹豫了一下，就走到这边来，跟四球、秀英说了一会闲话，想等他们把话题再说到干爹干妈的事情上，可是秀英和四球却不再说这个话题。

来凤在一边站了一会，见他们不说这话，也没有趣味，就走开去，秀英见了，连忙过去对来凤说："干妈你不要忙，我们很随便的，家常便饭就行。"

来凤朝新根看看。

新根很尴尬，顿了一下说："随便弄几个菜就行。"

来凤"嘘"了一声，说："你没有说好他们在这里吃饭的呀，现在叫我弄，怎么弄，一点也没有准备。"

四球连忙说:"不忙不忙,我们不在这里吃饭。"

秀英对四球说:"人家客气,你就不要再客气了,吃饭就吃饭,反正这里不吃,回去也是要弄饭吃的,只是叫干妈少弄些菜,我们很随便的。"

来凤说:"我不能弄菜了,我身体不好。"

秀英朝来凤的肚皮看看,说:"干妈有七个月了,快了,就要给我们小萍生个弟弟了。"

来凤听秀英说这话,她瞪了新根一眼,看新根没有开口的意思,她忍不住说:"你以后不要再叫干妈什么了,我们这里有规矩的,没有生孩子的人,是不能做人家干妈的。"

秀英愣了一下,随即笑起来,说:"那也不要紧,小萍不做你们的干女儿,可以做儿媳妇呀。"

来凤和新根都不知说什么好。

秀英笑着指指来凤的肚皮,说:"你这里,肯定是个男的,跟我们小萍正好配对。"

来凤想不到秀英会说出这种话来,一时不知道怎么回答了,僵了一会,她说:"那不行,我们的小孩生下来才一岁,你们的女儿倒有四岁了。"

秀英说:"那有什么,女大三,堆金山。"

来凤和新根真哭笑不得,四球也明白新根和来凤的心思,但是当着大家的面他又不好把秀英怎么样,只好憋着,只有秀英一个人陶醉在自己想象的天地中,很快活,不停地盯着来凤说话。后来来凤只好沉下脸来,说:"这事情以后再说吧,我们这里现在是要批判娃娃亲的。"

秀英还要说什么，四球挡住她，说："你少说吧，外面的事情你不懂的。"

秀英就笑，笑着笑着就越觉得越来越好笑，后来竟然笑弯了腰，别人也不知有什么好笑的，都看着她发愣，等秀英笑够了，新根说："秀英真是会笑。"

秀英听了又笑，然后说："我也不知怎么搞的，就是喜欢笑，人家都说我不正常，其实……"

四球打断她，道："你还在说，到这里都是你的天下了。"

过了一会，来凤说："秀英这名字，倒是很文气的，一点也不疯的。"

秀英又高兴起来，说："是吗，我的名字是很好的，人家都说我的名字和我的人不配，是吧？"

来凤一开始还是绷着脸的，对秀英这样一个长得不错的年轻女人，来凤是不可能很放松的，可是话越往下说来凤的脸就越绷不住了，她也笑起来，说"秀英，你这名字，是谁给你起的呀？"

秀英说："是我大舅，我大舅你们不知道，有学问的，是大学教授。"

来凤说："噢，他在哪里教书？"

秀英说："他死了。"

来凤又忍不住地要笑，但是她还是忍住了，倒不是因为怕秀英不高兴，主要是来凤感觉到四球的情绪不怎么好，但仔细想想，也说不上是情绪怎么样，只是觉得在四球身上有一种东西，说不出道不明的，靠近了人，就给人一种压抑感。四球身上的这种东西，最早是泉生他们感觉到的，后来四球到了这边做工许多人都有类似的感觉，这究竟是什么，现在还不好说，一切还要看事态的发展，还要看命运的安排。

他们在说话的时候，新根已经把饭菜做好了，来凤也没有别的话说，就留下他们吃饭。席间，秀英一直忙出忙进，她叫来凤坐着不要动，也不要新根娘再做什么，里里外外都由她来弄，看起来操持家务是很能干的。

吃过饭，四球就要走，新根也没有挽留，就送他们走了。回屋来，看来凤沉着脸，不理他，新根说："怎么，不高兴？"

来凤说："怎么能高兴得起来，看一个女人在自己男人身上挤来挤去，谁会高兴。"

新根说："你是说吃饭时秀英进进出出？"

来凤说："我告诉你，你不要往那个女人身上动什么心思！"

新根说："你想得出。"

来凤笑了，说："我想也是，你总不至于看中一个外地女人吧？"

新根说："你说得出。"

三

大约在秀英过来到电器厂做活有半年的样子，一切都很正常，秀英也确实没有辜负大家对她的期望，她的活做得很好，别人实在说不出她的什么不对来。只是秀英的为人有一点那个，拿本地人的说法是有点烂污，当然这也只是说她的为人而已，并没有什么秀英不规矩或者别的什么不好听的话说出来。而且像秀英这样的为人，一般的人，尤其是男人家都是比较欢迎的，女人家一开始也许有点不习惯，但是时间长了，知道她本来就是这样的人，改也是改不了的，慢慢也就适应了，也不会再拿秀英做说闲话的中心。

到了这一年的年底，四球和秀英就已经来了将近一年。钱是按原来的计划赚的，因为两家厂的效益都好。四球说起来就很开心，说是这样做下去，再做一年，他们就可以回去弄新房子了。

快到年底，大家都要抽空上上街，买些东西，准备过年。因为要上街的人比较多，村里就放一条水泥船，让大家坐船去，买了东西也有个放处。这一天新根因为厂里的车子被干部借用去了，他就跟船上街了，来凤因为孩子还小，只有几个月，走不开，没有出来。

新根一上船，和大家打过招呼，就坐在船头上点了一根烟，悠悠地抽着，也不跟别人多说什么，坐船的大多数是妇女，新根怕跟她们啰唆。

船开出一段，新根听得后面船舱里的声音很大，大家都在说话，也听不清谁说的什么。新根对撑篙子的船工说："这些人，好像八辈子没有见过面了。"

船工笑着说："就是，哪次开船出去不是这样，吵得人头脑子发胀，女人！"

过了一会，说话渐渐地平息下来，倒不是没有人说话，只是说话的人少了，只有一个人在说，那声音就显得特别清楚，新根坐在船头也听得很真切。

新根听到她们在说秀英。

那意思不是很明显，但是新根还是能听出来，说秀英和电器厂厂长老张怎么怎么。那些女人说得很神秘，又很紧张，新根听了，不由得也有些紧张起来，好像秀英不是一个与他并无什么关系的外来的女人，而是他新根的什么亲人似的。

新根集中精力注意听女人们说，但是女人们却又不说了，新根探头朝船舱看时，才发现那些女人正用一种暧昧的眼光看着他。新根不知怎么心里有点发虚，刚想把头缩回去，可是已经来不及了，女人们看见了他，说："新根，你下来，我们有话问你。"

新根只好下到船舱，说："什么事情，一本正经的。"

女人们说："我们问你，你弄来的那个女人，就是八荡那边来的，叫秀英的，是个烂货，你知道不知道？"

新根说："你们不要瞎说，说话是要负责任的。"

女人们说："看看，看看，帮腔了，说的又不是你们来凤，是说那个女人，你急什么？"

新根说："我急什么？我是不急。"

女人们又问："你知道不知道她和张厂长？"

新根说："我怎么知道，不过我劝你们说话注意一点，瞎说别人当心吃耳光子。"

女人们说："到底是谁吃耳光，是我们还是她个烂货，告诉你，张厂长的女人要找她算账的，已经回娘家去叫人来了。"

新根说："我不相信。"

一个女人说："不要跟他说了，说了也是白说，他不相信，就叫他看事实。"

另一个说："他也不是不相信，人家是不愿意相信，说不定也是有情有义呢。"

女人们哈哈大笑，有的说，他敢，有情有义不怕来凤拿他么！也有的说，男人总是这样，家花不如野花香等等。接着又说了四球，说四球看上去倒是个老实人，做了王八还不知道，真是可怜什么的。新根听了一肚子的火，可是又不好对女人们怎么样，这些女人的嘴实在是比刀子还要厉害，新根是说不过她们的。

这一天从街上回来，新根看来凤情绪还好，新根试探地说了一句："我怎么听到外面有人在说秀英的闲话？"

来凤朝新根横了一眼，说："你到现在才晓得。"

新根说："怎么，你早听说了？"

来凤说："不是我早听说了，是事情早就发生了。"

新根说："怎么会，是不是人家瞎说的？"

来凤又横了新根一眼，说："无风不起浪。"

新根叹口气。

来凤说："你叹什么气？"

新根不说他叹什么气，即使要说他也是说不清楚的。

下一天新根到厂里看见四球，他试图从四球的脸上看出点什么来，可是四球的脸上什么也没有。新根一上午闷着，到吃午饭时，他把四球拉到一边，说："四球，我问你个事情，你听了不管有没有这事，不要不高兴。"

四球点点头。

新根说："我听外面的人说，秀英和张厂长怎么，你知道不知道？"

四球的脸色在一刹那间好像有一点变，但是很快又恢复了原来的样子，他看着新根，慢慢地说："我知道。"

新根很觉意外，又问了一遍："你知道？"

四球点点头。

现在新根再也说不出话来了，四球知道，但是知道又怎么样，不知道又怎么样，新根觉得自己很没趣，本来是想要四球出面帮秀英澄清这个名誉的，可是四球却承认了这件事，而且也没有表现出什么特别的情绪，新根真是多管闲事。

新根看了四球一眼，说："既然这样，我走了。"

四球没有回答，他的沉默使新根感受到一种压抑。

新根在心里发誓他再也不会管四球和秀英的闲事。

其实新根自己也不相信自己的誓言，他总还是要关心他们，到底是为了什么，新根始终没有弄明白。自己对自己做的事情不明白，这很奇怪，但事实就是这样。

新根在四球的沉默面前不知所措，后来四球吞吞吐吐的，好像要说什么话，新根说："你说吧。"

四球说了，他的意思是要请新根帮忙把秀英也调到轧钢来，离开电器厂，离开张厂长，就没有事情了。

新根说："我真是，前世里欠了你们的债。"

四球说："你是我们的恩人，我不会忘记你的，我就是死了变成鬼也会来报答你的。"

新根说："哎呀，可别那样，你死了变成鬼来报答我，还不把我吓死呀。"

四球听新根这样说，竟然笑了一下，四球平时不大笑，难得笑一次，新根感觉到四球的笑意也很沉重。

新根说："如果真是这样，我可以想想办法，但是秀英到我们厂来了，你就不能再做现在的活，你的活给她，你只好到炉前或者炉后去，那是很辛苦的。"

四球说："我不怕辛苦的。"

新根再没有话说。

后来新根在一次会上碰到张厂长，新根直截了当地问了这件事，口气里大有兴师问罪的意思。

张厂长却不在意地一笑，说："你到现在才来问我，看起来你的耐心很好。"

新根说："不要说别的了，到底有没有？"

张厂长说："怎么说呢？我若是说没有，你恐怕不肯相信，我要是说有，你又要发火。"

新根说："你耍滑头，人家千里迢迢过来，也无非是想赚几个钱回家，你欺负人家是不作兴的。"

张厂长笑了，说："我怎么会，就是有那样的事情，也是她自己送上门来的，再说我也没有把她怎么样呀。"

新根说："你这样说等于是你承认了。"

张厂长说："随你怎么理解吧，反正我一开始已经说了，我怎么说你也不会放心的了。这个女人我倒是要提醒你的，我其实跟她真的没有怎么，她倒先已经说出去了，很可能是别有用心的。"

新根听了张厂长的话，不但没有放下心来，心里反而更乱，他想想自己真是不值得，但是既然是他前世里欠下了四球的债，在他还没有还清欠债时，他无论如何是不能放下心来的。

新根就把秀英要调厂的事情跟张厂长说，张厂长说："那正好，我还正愁没有地方打发她。"

新根说："你很恨她？"

张厂长说："我倒无所谓，我家里人跟我吵死了，没有办法。"

这样很快就把秀英的工作调了，秀英过来时问新根："怎么要调我呢？我在那边做得蛮好的呀。"

新根说："你还好意思假痴假呆，你跟张厂长是不是有事？"

秀英听了咯咯地笑。

新根说："还好意思笑。"

秀英说："我这个人就是要笑的。"

新根没有再理睬她。在新根开始为四球和秀英做这些事情的时候，新根心里总有一种想法，他尽管自己也把握不准，但总觉自己是为了秀英。他还不知道自己是不是看中了秀英，或者说是喜欢上了秀英才为四球和秀英做这一切的，直到现在，新根才发现他为四球和秀英所做的一切，并不是冲着秀英来的，而完全是为了四球。新根为四球所做的一切，是很难找到让人信服的理由的，但是新根始终在做，许多事情的发生发展都是有根有据，但是另一些事情的发生发展却是无根无据，这应该说是正常的。

但是许多事情有时候并不完全按照人们的意志和努力发生发展，新根所做的一切都是为了四球，这已经不用怀疑，但是新根努力的结果，得益的却总是秀英，这是事实。当然说到底四球和秀英是夫妻，秀英得益和四球得益是一样的。

现在秀英到了新根的轧钢厂来，四球的工作就转到炉前了。炉前工是一个非常辛苦的工种，这不说大家也都能想象。但是四球他毫不在乎，他有的是力气，虽然看上去四球很瘦弱，其实四球的筋骨还是很好的。在炉前干活工资奖金也比别的工种要高一些，这正中四球下怀。所以四球干活实在是很卖力的，大家对他的印象也还不错。

　　事情的进展应该说是顺理成章的，一切都是理所当然。四球进电器厂，这是新根对四球的照顾，很正常；后来秀英来了，把电器厂的工作给秀英做，这也属正常；再后来因为秀英和张厂长也许有一些不清不白的事情，把秀英再调到轧钢厂，还是正常；秀英到轧钢厂，四球把自己原来的工作让给秀英，自己做炉前的活，这也说不出有什么特殊。看起来一切都是按照正常的轨道在向前发展，虽然像秀英和张厂长这样的事情说出来并不很好听，也不能算是好事情，但是生活中这样的事情确实是有的，而且也不会少，既然在别人身上可能发生这些事，那么在秀英身上出一些问题也是情理之中的，更不要忘记秀英是一个很能诱惑男人的女人。也许像秀英这样的女人早晚会弄出一些事情来的，不在张厂长这里也会在别人那里，如果这样想问题，那么关于四球以及秀英从八荡背井离乡来到这地方以后所发生的一切也就不足为怪。

　　所有进展都是正常的，以后仍然正常地进行，秀英到了轧钢厂，她的工作做得也是无可挑剔的。和四球一样，秀英也只有一个目的，那就是早一天挣足了造房子的钱回家去。

　　到了来年夏收夏种的时候，厂里放几天假，让大家回去忙田里的活。四球和秀英没有田可种的，他们提出来要帮新根去种田，新根不要，他告诉四球和秀英他的责任田并不多，家里几个人做，时间也足够了。四球听新根这样说，也不好再坚持，只是不停地说：“那这三天时间做什么呢，不是浪费么？”

　　新根本来是想劝他们乘这机会回去一次，也看看家里的情况，看看四球的老母亲什么，可是新根也知道他们是不会回去的，他们是不会拿自己辛辛苦苦用汗水换来的钱去铺铁路的。所以新根也就没有开这个口，新根想了想，说："怎么会浪费呢，我倒是有一个提议，你们来了一年多了，还没有到杨湾镇上去看看呢，不如抽天时间去杨湾转转，杨湾的塔很有名的，有十三层，现在已经修复开放了，可以上去的。"

四球转过脸去问秀英："怎么样？"

秀英说："我听你的，你说去就去，你说不去就不去。"

四球又朝新根看看，说："好，我们去玩玩。"

但是结果四球和秀英并没有到杨湾镇去看塔，他们一大早出了门，沿着公路走，见到田里有人干活四球就上去问要不要帮工。也有一些田比较多，人手比较少的人家，活来不及做的，想请人帮忙，但是看四球和秀英两人的样子，又有一个小孩子，总觉得不太放心他们，一家一家都谢绝了，任凭四球怎么跟他们解释自己是哪个村哪个厂的，有名有姓，有根有据，但许多人还是不敢用他们。

走了大半天，后来总算是找到了一家，四球和秀英在那里帮了一天忙，到天黑才往回赶，到家时天已黑尽，村里也没有人看到他们，第二天一早他们又出去了。这样连续做了三天，别说是村上一般的人不知道，就连新根也不晓得四球和秀英到什么地方去了。如果不是在第三天出了一件事情，闹了回来，这事恐怕别人永远也是不会晓得的了。

在放农忙假的第三天下晚，村里大多数人都在田里忙着，正是将要回家还没有回的时候，大家就听到村口那边闹了起来，都过去看，才知道是四球和秀英被外村几个人带了回来。

原来四球和秀英在外村一家人家帮忙种田，开始两天什么事情也没有，到了第三天，也是说好帮忙的最后一天，东家的女人突然说手上的金戒指不见了。这就理所当然地怀疑到秀英，秀英当然是不承认的，让人家搜了身没有找到，但是那人家不肯罢休，一直就把四球和秀英揪送回来，要打听一下他们是否在这边的轧钢厂做，平时手脚是不是干净。

大家看这情况就叫人去把新根叫来了，新根来问明了情况，大家都朝新根看，新根把四球叫到一边，问他："四球，你说老实话，到底有没有拿人家的东西？"

四球说："我怎么会做这种事情，我要是干这种事情，我也不用跟着你们到这么远的地方来做活了。"

新根说："那秀英呢？"

四球说："她不会拿的，再说他们也查过她的身了，没有。"

新根说："如果你们真的没有拿，我就去跟他们说，口气也好硬一点。但是如果我去跟他们下什么保证，结果还是你们拿的，那你叫我怎么办？"

四球的眼睛里好像掠过一丝不安，但是四球还是说："我不会做对不起你的事情。"

新根去跟那边来的人把四球和秀英的情况说了，村上的许多人也在一边为他们作证，那边的人后来说："既然你们这样说，好像可以担保似的，我们也就算了，一只小戒指，也算不了什么，只是话要说说清楚，对这两个人，还是防着点好。"

这边村里的人听了这话，有人说："这倒也是的，以前我们对这些外地人真是太没有防人之心了。"

新根说："话不能这么说，他们来了也不是一天两天了，一年多了，要说做什么坏事，恐怕早暴露了。"

新根说的也有道理，大家议论了一会，就分头回去了，那边村子里过来的人临走时说："我们回去还是要去找的，一只戒指是不可能飞掉的，要是找不见，说明你们还是有问题的，说不定我们还要再来。"

新根说："这是应该的。"

等那边的人一走，秀英就笑了，说："这里的人怎么这样，真好笑。"

新根说："你怎么老是要惹点事情出来？"

秀英笑着说："你怎么老是怪我，四球跟我一起去做的，为什么出了事情不怪他，却是专门盯住我呢？"

新根叫秀英这样一说，想想确实也是这样，为什么一有事情总是先说秀英不好，为什么他对四球会有这样的似乎是与生俱来的信任感呢？

新根还是不明白。

事情就这么过去了，过了一阵也没有见那边的人再来。不知是找到了戒指，还是怕烦不再来了。事情过去以后，一切又归复原来的样子，这件事情只不过是四球秀英他们生活中的一个小小的插曲，一个偶然事故，并没有也不会影响他们迈着正常的脚步向他们的目标进展。

但是如果从另外的一个角度看问题，这件事情是不是预示了一些什么，是不是四球秀英生活中的一个必然的过程，现在还很难说。

农忙假结束后，又开始上班，如果一切发展都是正常的，那么四球和秀英再做半年就可以回家了，在新根的内心，总是有一个念头，那就是希望他们早一点实现自己的目标，早一点回家去。新根这种想法是不是蕴含着对四球秀英的某种担心，事实正是这样。

现在新根老是有一种没来由的担心。

新根想来想去不知道这担心从何而来因何而起。

过不多久，新根的这种担心竟然成了事实，四球出事了。

四球在炉前拉钢条时，一根火红的钢条突然从炉子里蹿了出来，飞速而来的钢条一下绕在四球的腰部，四球连哼也没有来得及哼一声就倒了下去，这一倒下四球就再也没有能站起来。

钢条把四球拦腰截断的情形被所有的人清清楚楚看在眼里，唯有新根没有看见这幕惨象。当新根得知出了事情奔来时，四球早已经断气了，新根只看到四球的衣服被烧焦了，四球的脸上却没有什么伤痕，也没有痛苦的表情，跟平时一样，很平和的。

没有违章操作，也没有事故的预兆，事情的发生突然得让人不肯相信。事后在场的人说起这情形，好久好久还都是心有余悸，他们说，根本想不到一个人的死竟然是那么的快，叫人毫无招架的可能，只是在那么短的一刹那，四球就没有了，从此世界上再没有这么一个人存在。

新根在听他们说这些的时候，他想，是的，当命运来临，人是无法招架的。

厂里出了人命关天的大事，乡里的一些领导也来了，但是他们除了能够慰问一下秀英之外，对于已经死了的四球当然是于事无补的了。泉生也来了，泉生看到新根在短短的一两天里瘦了一大圈，泉生说："新根，还记得我当时跟你说的话么？"

新根茫然地摇摇头。

泉生说："我当时在八荡一眼看到四球我就觉得四球的脸上有一

种说不清的东西。"

新根点点头，他记起来泉生以及他们同去八荡的另外几个人都说过这样的话，但是新根没有在意这个。新根是不是忽视了最关键的东西，这在当时新根肯定是没有什么感受的，现在新根回想起来，他对这一切开始有了一些新的认识。

新根现在想，也许悲剧早已经写在四球的脸上，只是新根以及别的许多人看不清它，或者说看到了它也不知道那是什么罢了。新根这样一想，他的心情就慢慢地平息下来，他还有许多事情要做，四球的后事还没有料理完，秀英还需要他多多关照，八荡那边，也要他去解释去处理。四球的死因实在太突然，四球自己是根本不可能有什么预感的，所以四球什么话也没有留下，什么心愿也没有说出来。

其实四球的心愿大家都知道，那就是挣了钱回家造新房子。现在新根有责任帮助四球完成这个愿望。是新根把四球从八荡带过来的，如果从这一种意义上看问题，那么新根对于四球的死是否也要负起一些责任呢。

还有一个应该负起责任的人就是秀英，实际上也可以说是秀英一步一步地把四球推上了那一条路的。如果秀英不从八荡过来，如果秀英来了没有从电器厂把四球挤到轧钢厂，如果秀英一直在电器厂好好地做活，没有调到轧钢厂来而把四球挤到炉前去……说到底如果没有秀英，后来的一切就不会发生，这是肯定的，所以在四球出事之后的一段时间，秀英就成了大家所憎恨的女人。

这实在也是不公平的，把一切怪在秀英身上或者把一切归到新根头上这同样不应该，新根和秀英他们都是很一般很普通的人，他们是没有能力和命运抗争的，要把和命运抗争的责任加在他们身上，这未免太苛求他们了。

当新根拿着八千元的抚恤金交给秀英时，秀英居然还笑了一下，但是新根看得出秀英的笑是不正常的。

秀英说："现在他达到目的了，这就是他的目的。"

新根不知说什么好。

秀英说："你们都说是我害了他，你不知道，是他把我从八荡叫过来的，他要挣钱，没有别的想法，就是这一条，还有，还有……那只金……"

新根看着秀英，秀英没有再往下说，她的眼泪流下来。

新根明白，秀英不会说一个死去的人的坏话，秀英说的是真话。

新根问秀英如何打算，秀英说："我回去。"

在料理完四球的后事以后不久，就有人来给秀英提亲，是一个四十出头的老光棍，想娶秀英，先是找了新根托新根去跟秀英说，新根说："你们怎么想得出，我不会做这种事情的。"

人家说："你不是想关照秀英吗，她这样的女人要是回到那边，还不知会怎么倒霉呢，还不如让她在这边过呢。"

新根承认这话有一定的道理，但是他无论如何是不会做这个媒的。

至于后来是不是又找了别的什么人去跟秀英说过，新根并不很清楚，现在新根见到秀英，忍不住说："是不是有人跟你说过介绍对象的事情？"

秀英看着新根说："你以为我会答应吗？"

新根摇了摇头，他不知道。

　　秀英终于走了，她带着女儿，带着四球，带着那八千块线的抚恤金，回去了，她要去把房子造起来，这是四球的愿望。

　　新根曾经提出要送秀英回八荡，但是秀英谢绝了，秀英说她一个人完全可以走到家的。

　　秀英走的那天，新根送她到车站，车子开动后新根站在车下向车上的秀英挥手，秀英在车上也向车下的新根挥着手，新根突然想起当初到达八荡把四球他们带出来的时候，秀英送他们走，那时候，秀英是在车下，他们在车上，时过不到两年，一切都不是从前了。

　　车子远去了，新根唯一能做到的就是在心里祝秀英一路平安。